LUCKY LOSERS

LUCKY LOSERS

LAURENT MALOT

litt'

Albin Michel

22, rue Huyghens, 75014 Paris
www.albin-michel.fr

Loi n° 49-956 du 16 juillet 1949
sur les publications destinées à la jeunesse.

À tous les rêveurs, les utopistes, les épris de justice, ceux qui continuent de croire que le monde peut devenir meilleur, et qui mettent tout en œuvre pour y parvenir.

1

Sean Kinsley, dix-sept ans, à moitié anglais : c'est moi. On m'accuse d'être responsable du foutoir qui a régné en ville au printemps dernier ; je plaide pour le concours de circonstances. À la limite, je veux bien assumer le rôle de détonateur, mais si mon père n'avait pas été surpris par ma mère avec un autre homme, si aucun court-circuit n'avait réduit l'institut Balzac en cendres et si les Ateliers d'Arincourt n'avaient pas annoncé un plan social, est-ce qu'on en serait arrivés là ?

C'était il y a quatre mois et les vrais responsables sont le printemps et mes hormones. Et Camille d'Arincourt, qui n'avait qu'à pas être la plus belle fille du monde.

Si je suis à moitié anglais, c'est que mon père s'appelle Peter Kinsley, que je suis né à Londres et qu'on y vivait encore l'année dernière, jusqu'à ce que Martin, professeur de cuisine à domicile, initie mon père aux joies de l'homosexualité. Ma mère, rentrant plus tôt que prévu d'un après-midi shopping, fit aussitôt ses valises et emmena Louise, ma sœur cadette, respirer le bon air breton à Douarnenez, la ville où elle avait grandi, d'abord chez une amie, puis très vite chez Simon, riche oisif s'ennuyant ferme dans sa maison tape-à-l'œil de la plage des Sables blancs. Quelques semaines plus tard, le divorce prononcé et la paperasse expédiée, nous suivions le même chemin, mon père dénichant le rêve de toute une vie : un appartement minable dans un quartier minable.

Personnellement, je pense avoir plutôt bien géré le cataclysme. Je ne me suis pas mis à boire ou à me droguer, je n'ai pas fait de crise à mon père, et mes notes à l'école n'ont pas plongé, malgré le changement de lycée en cours d'année. Et, contrairement à ma mère et à ma sœur, je n'ai pas ressenti le besoin d'aller voir un psy pour évacuer rancœurs, aigreurs et autre envie de tout saccager à la moindre évocation des mots *famille*, *Londres* ou *tarlouze*, injure qui ne les grandit pas et déforme leur visage quand elles n'arrivent plus à se contenir. Je crois que ce qui m'a le plus perturbé, ç'a été de ne pas être perturbé. Mais qu'est-ce que j'y peux ? Oui, mon père est attiré par les hommes, oui, notre niveau de vie a été divisé par trois et, oui encore, j'aurais préféré rester à Londres où j'avais ma vie, mes copains, et même une fille ou deux en vue. Seulement, si l'on change l'angle de vue de ces bouleversements, on peut aussi dire que, à dix-sept ans, je commençais une nouvelle vie, dans un nouveau pays, en parfaite santé ou presque. Qui n'en a pas rêvé un jour ? Ma sœur dit que je n'ai pas de cœur, ma mère que tout va jaillir un jour ou l'autre, que ce sera le tsunami, puis la cure de repos en asile psychiatrique ; il n'y a que mon père pour ne pas s'en étonner, c'est ce qu'on appelle « le flegme britannique ».

Mais tout le mérite ne me revient pas. J'ai eu la chance, dès mon arrivée, de rencontrer trois gars sur qui j'ai pu compter quand les problèmes ont surgi. On a tout de suite formé une équipe soudée, on s'est serré les coudes, et c'est ce qui a fait notre force. Avec le recul, je crois qu'ils m'ont fait entrer dans leur bande parce qu'ils m'ont pris pour un des leurs, c'est-à-dire un loser. En arrivant au lycée Saint-Hilaire, je n'avais aucun repère, scolaire, culturel ou simplement vestimentaire. Le premier à m'adresser la parole a été Antoine. Comme à son habitude, il n'y est pas allé par quatre chemins :

– Ils s'habillent tous comme toi, en Angleterre ?

J'ai prêté attention aux vêtements que j'avais mis machinalement le matin – richelieus en cuir fleuri marron clair, pantalon slim orange, col roulé et veste pied-de-poule Pepe Jeans –, puis je les ai regardés, lui, les autres. J'étais le seul à porter des couleurs un peu criardes, on aurait dit Homer Simpson à un enterrement mormon.

– T'as quand même l'air pas trop con, a-t-il ajouté. Tu veux une cigarette ?

J'ai répondu que je ne fumais pas, mais j'ai aussitôt eu peur qu'il me prenne pour un débile, lève les yeux au ciel et fiche le camp.

– C'est toi qui as raison. Ça fait cinq ans que je veux arrêter, mais je continue, je ne sais même pas pourquoi.

J'ai fait un rapide calcul pour estimer qu'il avait dû commencer vers douze ans, âge où je me déguisais encore en Spiderman et envoyais de la fausse toile d'araignée à ma sœur quand elle avait le malheur de me déranger dans ma chambre.

– T'es au moins en littéraire, avec des fringues comme ça ! a-t-il repris en m'entraînant vers le banc où il avait l'habitude de s'asseoir.

– Première littéraire, et toi ?

– Bac pro électricité. En alternance. Ça me plaît pas, mais de toute façon, je sais pas ce qui me plaît.

Il a voulu savoir pourquoi je parlais sans accent, je lui ai expliqué que ma mère était bretonne et qu'à la maison elle m'avait toujours parlé en français. On a continué à se présenter jusqu'à ce qu'il aperçoive une grande brune à talons et me laisse planté là. Antoine avait dix-huit ans, fumait comme un pompier, couchait avec des tas de filles en même temps sans qu'aucune ne lui en veuille, il était tout le contraire de moi et, pourtant, il allait devenir un de mes meilleurs amis !

J'ai connu Kévin et Rémy en classe. Kévin le Gros et Rémy le Taiseux. Ils traînaient leurs surnoms sortis tout droit du Moyen Âge depuis le collège, malgré des efforts que personne ne mesurait à leur juste valeur. Kévin avait perdu quinze kilos en deux ans et n'en pesait plus que cent deux. Quant à Rémy, il pouvait aligner trois phrases de suite dès lors qu'on ne lui parlait pas de compétition, de maths ou de gagner des millions en créant sa boîte, trois sujets qui n'en faisaient qu'un : son père.

Rapidement, on a commencé à traîner ensemble, d'abord au McDo, ensuite au ciné, puis très vite à *La Dentelle*, une crêperie où l'on pouvait rester des heures sans se faire engueuler par le patron sous prétexte qu'on ne consommait pas assez. Un Coca et une crêpe au Nutella nous faisaient l'après-midi, il n'y avait ni prise pour brancher nos portables ni Wi-Fi gratuit comme à l'*Open Bar*, la brasserie branchée du port ; on s'en foutait, c'est là qu'on refaisait le monde, qu'on parlait filles, politique et société, là qu'on bâtissait des projets que l'on savait ne jamais pouvoir réaliser.

Les premiers temps, c'est moi qui les rejoignais. Ils y étaient avant moi parce qu'ils s'y sentaient mieux qu'à la maison. Ça se concevait pour Antoine qui n'avait jamais connu son père et dont la mère partait régulièrement en cure de désintox. Pour se faire pardonner cette injustice, la nature l'avait doté d'un physique hors norme. Taillé comme un Viking, il était fréquent de le voir courir une cigarette au bec et doubler sans forcer des types qui s'entraînaient plusieurs fois par semaine. Ces mêmes qualités d'endurance rendaient les filles dingues, celles du lycée, mais aussi d'autres, plus âgées. En attendant de trouver un travail, il vivait dans un foyer à quelques rues de chez moi où traînaient des ados désœuvrés, certains hagards, d'autres violents, cibles idéales des dealers et autres vendeurs de rêves.

Kévin et Rémy avaient leurs deux parents à la maison mais, à les écouter, c'était pire. Ils s'en excusaient auprès d'Antoine qui répondait invariablement : « Vous bilez pas, les gars, c'est cool. » Cool, chez Kévin, ça ne l'était pas vraiment. Ses parents travaillaient dans la plus grosse entreprise de la ville, cumulaient avec des petits boulots de bricolage ou de livraison de journaux, ce qui ne les empêchait pas de finir tous les mois dans le rouge, le porte-monnaie étouffé par un crédit immobilier pris sur vingt-cinq ans et un autre, renouvelable, dont ils ne voyaient pas le bout. À travailler comme des forcenés sans jamais profiter de la vie, les nerfs lâchaient plus souvent qu'il n'est supportable, les mots dépassaient les pensées, il ne fallait pas chercher très loin les problèmes de poids de Kévin.

L'ambiance chez Rémy était différente, mais pas plus enviable. Une mère effacée, un père aigri par plusieurs échecs dans la création d'entreprises ; il fallait absolument qu'il soit ambitieux, qu'il brille d'une façon ou d'une autre pour sortir du lot. Rémy était tout le contraire d'un meneur, c'était un intellectuel, un esthète, il passait son temps à lire ou à regarder des films d'auteur.

Je comprenais mieux pourquoi *La Dentelle* était devenue leur refuge, mais je me suis inquiété lorsque j'ai commencé à y arriver avant eux. Avaler une crêpe et un Coca en solo était le signe que quelque chose clochait. J'ai mis du temps à me l'avouer, mais ce quelque chose, c'était mon père qui filait un mauvais coton. Les cotons mal filés à l'anglaise se traduisent généralement par des cuites de plus en plus fréquentes, seul dans une cuisine mal éclairée ou entre copains au pub du coin. Celui de mon père s'appelait *Le Duty Free*, à deux pas de chez nous, un bar au nom mensonger, les bières n'étant pas moins chères qu'ailleurs.

Il avait payé très cher le cocufiage de ma mère. Le divorce l'avait laissé sur la paille, la vente de son Petrof, un piano droit à vingt mille euros qu'il adorait, et de tout ce qu'ils possédaient en commun n'avait pas suffi. Il s'était séparé de sa collection de 33 tours et de la plupart de ses guitares, un crève-cœur, plus quelques bijoux, montres, et deux costumes qu'il mettait lorsqu'il allait faire résonner Liszt ou Chopin dans les discussions rêches des banquets de la City. Ma mère s'était montrée intraitable. Si encore elle était restée à Londres, il aurait essuyé la tempête, mais aurait tenu bon et fini par retrouver le cap. Ici, c'était le naufrage. Échoué dans une ville qu'il ne connaissait pas et disposant d'un français approximatif, il avait, au bout du compte, perdu sa femme, sa fille, son amant, ses copains et, plus inattendu, son travail. Naïvement, il avait pensé qu'un professeur de musique pouvait exercer partout. Ce qui était vrai à Londres ne l'était pas à Douarnenez. Tout ça pour rester près de ma sœur qui ne lui avait pas pardonné le divorce et refusait de le voir tant que ma mère ne l'y obligeait pas.

À ce rythme, nos économies ont vite fondu. La moitié a servi à meubler un trois-pièces jamais rénové, le reste a été tronçonné en tranches de six cents euros pour le loyer. Heureusement, ma mère me payait mes vêtements et mon forfait téléphonique ; pour le reste, n'ayant pas choisi le mode grand luxe de ma sœur, je me débrouillais.

Le flegme de mon père s'effilochait de jour en jour. Le sentiment d'échec et de désœuvrement poussait de toutes ses forces pour entrouvrir la porte à un état dépressif que je ne savais comment endiguer. Il faisait de son mieux pour ne rien montrer, mais je n'étais pas aveugle, je voyais bien qu'il se démolissait de l'intérieur.

2

Le dimanche 9 mai de cette année, et je jure sur la tête des Rolling Stones que je n'y suis pour rien, la moitié de l'institut Balzac, école privée pour filles et fils de nantis de Douarnenez, est partie en fumée. Soixante-trois élèves, répartis en trois classes, obligés de demander asile au lycée Saint-Hilaire, sans salle de projection, espace multimédia dernier cri, menu bio à la cantine ou même double vitrage aux fenêtres. Il ne restait que deux mois avant les vacances et on aurait pu penser que la mixité sociale supporte une aussi courte période, seulement, temps de crise ou destinée, elle a explosé en moins de deux semaines. Entre la population à majorité populaire de Saint-Hilaire et celle bourgeoise, parfois au bord de l'écœurement, de Balzac, ce fut le grand écart. Tout Saint-Hilaire n'est pas populaire et tout Balzac n'est pas écœurant, mais la rencontre forcée de quelques individus, dont moi, a rapidement dégénéré.

C'est à la récréation du matin du lundi 10 mai que je l'ai vue pour la première fois. Camille d'Arincourt, seize ans, en première littéraire, la plus belle fille du monde. La Terre s'est arrêtée de tourner à l'instant où elle a descendu les marches de la cour, Scarlett Johansson et Jessica Alba pouvaient se rhabiller. Kévin et Rémy étaient en train de parler d'une série télé, leurs voix et leur enveloppe charnelle se sont perdues dans un silence cosmique, il n'y avait plus qu'elle, tout en blondeur, en peau laiteuse et en regard azur, une déesse descendue du ciel, la femme de ma vie, au moins celle qui devait la bouleverser.

– Laisse tomber, c'est pas pour toi.

Ils m'ont certifié l'avoir répété quatre ou cinq fois avant que je l'entende.

– Laisse tomber, c'est la banquise, cette fille, et toi, t'es un rafiot qui va se faire broyer si tu t'approches trop près !

J'aimais bien les métaphores de Kévin, mais celle-ci me faisait mal pour deux raisons : la première, c'est qu'en tant qu'ami il aurait pu m'encourager plutôt que m'enfoncer. La seconde, que j'ai ignorée malgré l'évidence, me rappelait qu'on ne mélange pas les serviettes avec les torchons, Camille étant le must de la serviette, Versace Home pour palaces et hôtels grand luxe, tandis que j'étais le torchon le plus basique, un euro quatre-vingts le lot de trois chez Auchan. Il avait sans doute raison, mais c'était trop tard, j'étais amoureux, gonflé à bloc, insouciant, à la fois Julien Sorel, Cyrano et Lorenzaccio. Si je devais un jour faire l'amour, ce serait avec elle.

– En plus, c'est à cause de sa mère que mes parents n'arrêtent pas de s'engueuler. Je préférerais que tu t'en trouves une que je n'aurais pas envie de baffer tous les matins.

C'est là que j'ai fait le lien. Camille était l'héritière des Ateliers d'Arincourt, spécialistes en vaisselle de table, couverts et verrerie haut de gamme. L'usine existait depuis plus d'un siècle à Douarnenez et employait six cents personnes. Un bus, en bas de chez moi, passait les avaler et les recracher à heure fixe. Les parents de Kévin s'y esquintaient depuis quinze ans sans espoir de voir leurs conditions de travail s'améliorer. La récession avait bon dos, on pouvait geler les salaires sans avoir à se justifier de bénéfices mirobolants. Toujours est-il que Camille venait de faire une entrée fracassante dans ma vie, plus rien ne pouvait être comme avant.

C'est aussi à cet instant qu'on a vu ceux qui allaient devenir nos ennemis jurés, trois types à l'assurance travaillée, des fils à papa qui ne se levaient le matin que pour en mettre plein la vue aux autres. Je ne crois pas me tromper en affirmant qu'ils étaient ravis de passer quelques semaines à Saint-Hilaire, comme s'il s'agissait là d'une étude sociologique sur les us et coutumes des fils de prolos. Si cette morgue à vomir n'avait pas suinté de tous leurs pores, les choses se seraient passées différemment.

– Regarde-moi ces têtes de cons, on dirait des paons qui font la roue !

– Sauf que les paons finissent par se taper la femelle et qu'eux, ils peuvent toujours courir !

En deux phrases, Kévin et Rémy avaient résumé la situation. En tout cas, je l'espérais, parce que si l'un des paons ramenait Camille d'Arincourt dans son lit, ma vie était foutue.

– C'est qui, la fille ? a demandé Antoine en arrivant clope au bec et bleu de travail largement ouvert.

– Camille d'Arincourt, une bourge qui ne sait même pas que tu existes.

– Sean est déjà sur le coup, a ajouté Rémy. Il n'arrive pas à décrocher depuis qu'elle est là.

– Et les mecs autour ?

Antoine ignorait tout de l'incendie de l'institut Balzac et Kévin l'a mis au courant. J'ai ainsi appris que les courtisans de ma belle se prénommaient Quentin, Jacques-Étienne et Hubert, et que leurs pères étaient respectivement patron d'une conserverie, restaurateur et huissier. Autant dire qu'on ne boxait pas dans la même catégorie, mais ça, je m'en doutais déjà.

Antoine m'a dit de foncer. Si elle me plaisait, je n'avais pas à me poser de questions, je devais préparer une belle déclaration ou y aller franco, c'était la meilleure façon d'être fier de moi et de passer à autre chose ensuite.

– Comment ça, « passer à autre chose » ? ai-je demandé.

– Même si t'arrives à coucher avec elle, elle te jettera au bout d'une semaine. Ces filles aiment bien s'encanailler avec des ploucs parce que ça les sort de leur quotidien, mais elles ne font pas dans le social non plus.

J'étais survolté et en même temps dix pieds sous terre. Je pouvais décrocher un billet pour le paradis, mais à durée limitée, le genre d'expérience qui peut coûter des années de psychanalyse. Il me fallait un peu de temps pour réfléchir. J'ai béni la sonnerie qui indiquait le retour en classe, jeté un dernier coup d'œil à Camille d'Arincourt et commencé à triturer le dilemme dans ma tête.

Une heure plus tard, sans avoir rien écouté du cours d'histoire, j'avais pris ma décision : j'allais prouver à tous que les temps avaient changé, qu'une princesse et un roturier pouvaient filer le parfait amour pendant plus d'une semaine, un mois et même une vie tout entière.

J'ignore de quels recoins de ma tête sont sortis les premiers mots que je lui ai adressés. Si je le découvre, je demanderai à un bon chirurgien de me lobotomiser.

– Bonjour. Je m'appelle Sean Kinsley. Je n'y connais rien en couverts ou en vaisselle de table, mais je suis d'un naturel curieux. Si, de ton côté, tu veux découvrir la culture anglaise, je partage avec toi tout ce que je sais.

Il était dix-sept heures, le soleil ne tapait pas encore trop fort, pourtant je me liquéfiais sur place. J'avais mis tout l'après-midi à préparer quelque chose d'intelligent, et ce sont ces mots qui sont sortis. Les dieux de l'Amour hésitaient sur la taille de la massue qu'ils allaient m'écraser sur la tête.

– Appelle ce soir à la maison, là, je suis pressée, je dois essayer une robe pour un mariage.

– Tu vas te marier ?!

Avec un sourire plein de compassion, elle a répondu que c'était pour le mariage d'une cousine. J'avais un « ah, d'accord » prêt à m'achever, mais j'ai tenu bon pour qu'il ne sorte pas de ma bouche. J'ai hoché la tête, elle a encore souri, puis a rejoint l'énorme Chrysler qui l'attendait.

– Toi, quand t'as décidé de passer pour un naze, tu mets toutes les chances de ton côté !

Rémy avait raison, jamais je ne m'étais senti aussi crétin. J'ai baissé la tête et voulu couper au plus court pour rentrer chez moi ; ç'aurait été trop beau, il fallait d'abord que je me fasse afficher devant la planète entière, en tout cas la planète Saint-Hilaire.

« Il est des nô-ô-tres, il a pris son râteau comme les au-au-tres ! », chanté par deux mecs qui n'avaient rien entendu de ma conversation avec Camille. Ça a suffi pour déclencher les rires de pas mal de bourrins. J'ai relevé la tête et les ai défiés du regard, ça en a calmé quelques-uns, mais pas les trois bourges de Balzac, que je n'avais pas vus.

– T'as cru que tu allais pouvoir jouer dans la cour des grandes ?

Jacques-Étienne Le Guen, dix-neuf ans, terminale S, fils du restaurateur du même nom, une tête et vingt kilos de muscles de plus que moi. Je l'ai haï dans la seconde. D'abord parce qu'il se foutait de ma gueule, ensuite parce qu'affleurait dans son sarcasme de grand con l'idée que Camille faisait partie de sa chasse gardée. En bon anglais détenant dix pour cent de sang écossais, je m'apprêtais à répondre lorsque les deux autres, plus petits mais pas moins cons, ont cru bon d'y aller de leurs conseils.

– Tu n'es pas de taille, bigorneau. Camille aime ce qui brille. Qu'est-ce que tu as à lui proposer, à part tes baskets et ta chemise en solde ?

– Reste avec les tiens, c'est comme ça que tu seras le plus heureux.

Celui qui m'avait traité de bigorneau s'appelait Quentin Jaouen, l'autre, avec son ton doucereux à gerber, Hubert Guilbec. Une dizaine de pauvres cloches attendaient ma réaction, mais comme je n'avais ni dix ans de kung-fu derrière moi pour les ratatiner ni répartie cinglante pour les humilier, j'ai opté pour un sourire forcé. Je suis rentré seul à la maison, pas question de faire la causette avec Rémy qui ne m'avait pas aidé sur ce coup. Son attitude, à lui et à ceux qui avaient assisté à la scène, m'énervait au plus haut point. Non seulement il était resté passif, mais j'avais senti de la résignation, comme s'il était établi qu'il fallait se coucher devant les bourges de Balzac. Si c'était comme ça qu'il avait été élevé, moi pas. J'étais né après les années Thatcher, mais mes deux oncles m'avaient raconté en long en large et en travers leur grève des mineurs dans les années quatre-vingt. Ils y avaient tout perdu, mais sûrement pas leur âme. En plus, je croyais que la France était mètre étalon en matière de lutte sociale, ça me décevait encore plus.

Je n'ai pas trop eu le temps de me faire des nœuds à la tête avec cette histoire parce qu'en arrivant à la maison, une autre a pris le relais. C'est Mme Brieuc, la voisine du premier, qui m'a prévenu :

– Je crois que ton père va encore avoir du mal à monter les marches tout seul. Et j'aimerais bien qu'il ne dégueule pas sur mon paillasson, cette fois !

C'était arrivé un mois plus tôt, un soir où il avait fêté son anniversaire avec des copains. Il s'était excusé dès le lendemain matin et avait nettoyé les dégâts mais, visiblement, ça n'avait pas suffi. Je suis monté déposer mon sac et je suis redescendu sans me sentir plus léger. Camille, les petits princes de pacotille, mon père, cela faisait beaucoup pour une fin de journée.

Je n'ai pas eu à chercher beaucoup. S'il n'était pas au *Duty Free*, c'est que ses copains l'avaient abandonné, probablement en train de dessoûler dans leur lit ou sous un porche. Mon père tenait mieux l'alcool que les Bretons, ce qui tenait de l'exploit. Il était rare de l'entendre bégayer, chanter à tue-tête ou tenir des propos incohérents. Je ne l'avais jamais vu non plus montrer la moindre agressivité. La seule chose qu'il ne savait plus faire, c'était s'exprimer en français. Dès que le taux d'alcool dans son sang passait la barre des deux grammes, il redevenait cent pour cent anglais, souvent lucide, parfois spirituel.

Je l'ai trouvé sur un banc en face du port. Ça faisait loin de la maison, mais c'est là qu'il aimait venir, à l'heure où les bateaux rentraient et où les goélands quémandaient toujours plus de poissons. Je me suis assis à côté de lui et j'ai regardé le spectacle. Je savais qu'il était inutile de l'engueuler et que le meilleur moyen de le convaincre de rentrer, c'était encore de parler avec lui. J'ai attendu qu'il entame la conversation, ce qui a pris cinq bonnes minutes.

– Tu crois que les goélands s'arrêtent de bouffer quand ils ont le ventre plein ou est-ce qu'ils se gavent jusqu'à en être malades ?

Je ne m'étais encore jamais posé la question.

– Ça fait une heure que je suis là, et j'en ai pas encore vu un dégueuler. Et pourtant, je peux te dire qu'ils en bouffent, du poisson !

Génial, j'allais pouvoir placer ça dans ma prochaine conversation avec Camille, sûr que ça allait l'intéresser.

– Au début, je me disais que ceux qui braillaient le plus étaient ceux qui n'avaient pas encore mangé, mais non, ils braillent tous autant.

J'ai repensé à ce qu'avait dit Cantona en conférence de presse : « Quand les mouettes suivent un chalutier, c'est qu'elles pensent qu'on va leur jeter des sardines. » J'ai lu dans sa bio qu'en réalité il n'avait aucune envie d'aller parler aux journalistes et qu'il leur a jeté cette phrase qui ne voulait rien dire. Bizarrement, elle a été analysée de mille façons différentes. Si c'était ce que mon père était en train de faire avec moi, je préférais qu'il se taise. En tout cas, il pouvait toujours courir pour que j'use un neurone à comprendre ses métaphores bidon, si métaphore il y avait.

– À mon avis, ils crient pour être solidaires avec les autres. Ça énerve les pêcheurs, qui leur jettent du poisson en espérant qu'ils la bouclent. Seulement, ils ne la bouclent jamais. Tant qu'il y a du poisson, ils réclament. Et tu veux que je te dise ? Je crois qu'ils ont raison !

Voulait-il dire par là qu'il fallait se serrer les coudes et ne jamais baisser les bras, ou s'interrogeait-il réellement sur les mœurs de ces foutus piafs ? Je n'ai pas eu ma réponse parce qu'il s'est levé et a décrété qu'il était temps de rentrer à la maison.

– Comment ça va, au lycée ?

Autre caractéristique de mon père : sans même me regarder et tout en étant rond comme une barrique, il lisait en moi comme dans un livre. Je lui ai tout raconté. Camille, les trois débiles de Balzac, Rémy qui n'avait pas dit un mot. Il a réfléchi et il a dit que je devais la rappeler.

– Qui ça ?

– Camille. Elle t'a bien dit de la rappeler ?

– Elle s'est foutue de moi !

– Les autres se sont foutus de toi. Elle, elle t'a demandé de la rappeler.

D'accord, j'avais un peu zappé cet épisode. J'étais tellement aveuglé par la crétinerie de ma conversation que je n'avais pas vraiment écouté ce qu'elle avait répondu. Cependant, même avec le recul, j'avais du mal à y croire. J'ai laissé ça de côté et je lui ai raconté qu'on m'avait traité de minable, qu'on s'était moqué de mon allure et qu'on m'avait bien fait comprendre que je n'étais pas au niveau pour intéresser une fille comme elle.

– C'est comme ça que ça marche et que ça marchera toujours, a dit mon père. Tu peux faire tout ce que tu veux, au mieux, tu gagneras des batailles, mais la guerre, ce sera toujours les riches qui en sortiront vainqueurs.

– Tu plaisantes, là ?

– Non.

On a continué à marcher silencieusement, je n'en croyais pas mes oreilles. Mon père, qui en littérature ne jurait que par Dickens, Sinclair et Steinbeck, qui connaissait par cœur les chansons les plus protestataires de Dylan, des Clash ou de Springsteen, mon père qui avait accompagné ses deux frères pendant les grèves anti-Thatcher et qui ne manquait jamais une occasion de fustiger les politiques ultralibérales, voilà qu'il enterrait d'un coup toutes ses convictions sociales. Même avec quelques bières de trop, je ne le reconnaissais pas.

– Et les goélands, alors ?

– Quoi, les goélands ?

– T'as dit qu'ils avaient raison de brailler !

Là, c'est lui qui m'a regardé sans comprendre. Au point que je me suis demandé si je n'étais pas devenu complètement neuneu.

– On n'est pas des goélands.

Avec ça, il avait tout dit. Terminée, la lutte sociale, oubliés, les lendemains qui chantent, que les plus forts cognent sur les plus faibles si c'était dans l'ordre des choses. La journée ne s'arrangeait pas et je n'avais qu'une envie, me coucher et la rayer au marqueur indélébile. Sauf qu'il fallait que je rappelle Camille ; j'étais prêt à parier le peu de moral qui me restait que ça allait être l'apothéose.

On a réussi à rentrer en évitant Mme Brieuc, j'ai aidé mon père à se coucher dans sa chambre où traînaient ses deux dernières guitares, des dessins et quelques toiles qu'il ne terminait jamais. Il était dix-neuf heures et il faisait encore beau, je n'avais pas faim, pas envie de ressortir, ni de réviser la leçon d'histoire sur la décolonisation.

Camille ne m'avait pas donné son numéro de portable ni précisé de la rappeler chez elle. Je ne savais pas où elle habitait, mais j'imaginais un château et des domestiques en livrée qui portent le téléphone sur un plateau d'argent avec un fil qui traîne sur des kilomètres. Et si je tombais sur sa mère et qu'elle me demandait qui j'étais, pourquoi j'appelais et si j'avais des vues sur sa fortune ? Je délirais un peu, mais c'était un risque à prendre en considération. Je me suis décidé en réalisant que, sans même la connaître, Mme d'Arincourt m'impressionnait. Malgré moi, je me laissais happer par la différence de classes sociales. Pas question de donner raison aux nains de Balzac ou à mon père. J'ai cherché dans les Pages jaunes et je suis tombé sur les seuls d'Arincourt de la région, au nom d'Éléonore. J'ai respiré un grand coup et j'ai composé le numéro.

– Allô ?

– Bonsoir, c'est Sean Kinsley, on s'est parlé à la sortie du lycée, mais tu n'avais pas le temps à cause de ton mariage, et comme tu m'as dit de te rappeler ce soir à la maison, je rappelle. Enfin, si ce n'est pas trop tard.

Je m'étais pourtant promis de prendre mon temps, de la jouer gars posé qui fait ça tous les jours, ç'a été plus fort que moi, j'ai tout débité d'un coup.

– C'est très gentil, Sean, mais je me suis déjà mariée une fois et ça n'a pas été une réussite. J'ai donc tout mon temps, si tu veux que nous parlions, je t'écoute.

– Je... vous...

– D'ailleurs, tu tombes très bien, j'ai passé une journée exécrable, j'ai besoin qu'on me change les idées.

Elle a laissé un blanc pour que j'enchaîne, je n'avais rien d'intéressant en magasin.

– Vous... n'êtes pas Camille, n'est-ce pas ?

– Non, a-t-elle ri, je suis Éléonore, sa mère. Ravie que tu nous aies confondues. Sean Kinsley, tu es anglais ?

– À moitié. Ma mère est bretonne.

– C'est déjà pas mal. Camille ne m'a jamais parlé de toi. Tu es de Balzac ?

– Non, de Saint-Hilaire.

– Enfin de saines fréquentations ! Tu pars avec un bonus pour séduire ma fille. Tu viens d'où, exactement ?

– De Londres.

– J'adore Londres ! Dix points de plus ! La culture anglaise ne te manque pas trop ?

Elle commençait à me courir, avec ses questions, mais je ne me voyais pas l'envoyer bouler si je voulais avoir une chance de parler à Camille. En plus, je sentais qu'elle le faisait exprès, soit pour passer le temps, soit pour se foutre de moi.

– Je suis plus Rolling Stones que Nolwenn Leroy, mais aussi plus kouign-amann que scones, du coup, je ne sais pas trop dans quelle case vous allez me ranger.

– Je vois. Tu veux parler à Camille, j'imagine ?

Ton sec, plus du tout dans la confidence, fin de l'idylle entre la bourgeoise et son futur gendre. J'étais énervé par ma journée, mais je m'en voulais déjà de lui avoir parlé comme ça.

– Allô ?

Cette fois, c'était elle. Je venais de me griller avec sa mère et me sentais chaud pour un doublé, ou même tenter le hat-trick si un autre membre de la famille traînait dans les parages.

– C'est Sean, ai-je répondu avant que le silence ne devienne embarrassant. Je... je n'ai pas voulu... enfin si, mais pas... En fait, je n'avais pas pensé que ce serait... Bon, je m'excuse. On peut se parler demain, plutôt ?

– Ça a l'air préférable, on dirait ?

– Oui. Demain. Bises. Enfin... bonsoir.

Haut la main, je venais de décrocher l'oscar du coup de fil le plus grotesque depuis l'invention du téléphone ! J'ai regardé le soleil se coucher en pensant que c'était ce que j'aurais dû faire dix minutes plus tôt. Ou, mieux encore, ne pas me lever ce matin. Évidemment, je n'ai trouvé le sommeil que tard dans la nuit, ce qui fait qu'en plus de mes brillantes conversations téléphoniques, j'allais avoir des valises sous les yeux : bravo Sean, la honte internationale !

3

Le lendemain, je ne suis pas sorti en récréation. J'ai prétexté une allergie au soleil, excuse qui est passée toute seule, on m'a dit que c'était normal avec mon sang anglais. J'appréhendais la cantine, mais j'ai appris qu'aucun élève de Balzac n'y mangeait. Pas assez sophistiquée pour leurs palais sensibles, du sous-vide dans les assiettes et de l'eau du robinet dans les verres, ça devait sentir l'intoxication alimentaire, voire la gastro. Quoi qu'il en soit, je ne risquais pas d'y croiser Camille, c'était au moins ça.

C'est mercredi matin qu'une pierre de l'édifice s'est détachée, celui-là même qui s'est effondré quelques jours plus tard et a engendré tout ce bazar. Depuis quelques semaines, des rumeurs circulaient à propos de licenciements dans la plus grande conserverie de la ville. On parlait au départ d'une quinzaine, mais le chiffre était rapidement passé à quarante, puis à soixante-dix. Ce n'était qu'une rumeur jusqu'à ce qu'une altercation, à la sortie du lycée, ne vienne l'accréditer. On discutait avec Antoine quand on a entendu que ça s'échauffait sur le trottoir. J'ai tout de suite repéré Jacques-Étienne Le Guen, puis Quentin et Hubert. Ce n'était pas fin, mais ils n'avaient rien de mieux à faire que de chambrer un gars de terminale ES qui portait un maillot du PSG. Pas assez classieux comme sport, juste bon à exciter le prolo devant sa télé, une bière dans une main, un sandwich merguez dans l'autre. C'était caricatural, mais ça les faisait rire. Eux pratiquaient la natation, l'aviron et l'équitation. Ils en étaient très fiers ; c'était, paraît-il, des sports nobles qu'on pouvait mentionner sur un CV. On n'a pas entendu la suite, mais le ton est soudain monté d'un cran. Quand on s'est approchés, le gars de terminale était blanc comme un linge.

– Ça veut dire quoi que mes parents vont pouvoir venir me voir aux entraînements ?

Ils souriaient. De ce même sourire dont ils m'avaient gratifié deux jours plus tôt. Je savais ce qu'ils allaient lui dire. J'étais même sûr qu'ils avaient préparé leur coup.

– Dis-lui, Quentin, c'est sa vie de famille, après tout.

Quentin a vérifié d'un coup d'œil que tout le monde était attentif, puis a asséné la sentence :

– Le bon côté du chômage, c'est que ça laisse du temps pour les loisirs. Ils vont être fiers de toi, tes parents, un beau petit sportif en short qui court après un ballon !

Le gars de terminale s'est statufié. Parmi ceux qui assistaient à la scène, quelqu'un a demandé combien allaient être virés.

– Si j'ai bien compris, la charrette devrait emporter soixante-quinze bons et loyaux salariés.

– On sait qui ? a demandé une autre dont les parents devaient être concernés.

– On s'en fout, de savoir qui est sur la liste ! Ils vont laisser soixante-quinze familles sur le carreau, c'est tout ce qui compte. Tu es fier de ton père, Quentin Jaouen ? Ça t'excite de savoir qu'il tient l'avenir de soixante-quinze familles entre ses mains ?

Sarah Le Guern, seize ans, en première scientifique avec un an d'avance. Je savais qu'elle n'avait pas la langue dans sa poche, mais je ne l'avais jamais vue à l'œuvre. Sur le moment, je me suis dit que ses parents étaient eux aussi concernés, mais pas du tout, elle était juste révoltée par l'injustice qui allait s'abattre sur ces gens. Comme je ressentais la même chose, elle m'a tout de suite paru sympathique.

– Mon père gère une entreprise, il prend des risques et investit dans l'avenir. Tu as entendu parler de la crise ? Et la concurrence, ça te dit quelque chose ?

Elle l'a regardé comme s'il débarquait de la Lune.

– Non mais je rêve ! Tu vas nous chanter la complainte du pauvre capitaine obligé de sacrifier ses matelots, là ? Et toi, qu'est-ce que tu y connais, à la concurrence ? En quoi ça te parle, la crise ? T'as vu comment t'es sapé ? T'as que de la marque sur toi ! On dirait un mannequin dans une vitrine !

– C'est sûr qu'on n'a pas les mêmes goûts vestimentaires, a-t-il répondu pour faire marrer ses copains.

– Non, on n'a pas les mêmes. On n'a surtout pas les mêmes moyens. Mais moi, mon p'tit gars, mes fringues, je les achète avec l'argent que je gagne.

Là, Quentin s'est vexé et lui a signifié qu'il n'était pas son « petit gars ». Il n'aurait pas dû, parce qu'elle a répondu du tac au tac qu'effectivement il ne serait jamais son « p'tit gars », mais juste un « pauv' gars ». Hubert et Jacques-Étienne ont sifflé comme si c'était l'insulte suprême, Quentin a alors sorti son portable et fait mine de passer un coup de fil.

– Allô, Pôle emploi ? Quentin Jaouen, à l'appareil... Je vous appelle pour vous prévenir que, d'ici quelques jours, soixante-quinze braves gens vont se présenter dans vos bureaux. Soixante-quinze, peut-être plus, ça dépend de la conjoncture. Certains risquent d'être agressifs, vous savez ce que c'est. Cela dit, moi aussi, quand j'ai faim, je suis de mauvaise humeur.

Les deux tordus qui lui servaient de copains étaient hilares. À partir de cet instant, j'ai compris qu'ils étaient irrécupérables. Je ne devais pas être le seul à avoir envie de froisser leur brushing à coups de beignes mais, comme disait mon père, ça n'aurait été qu'une bataille de gagnée, et non la guerre. Le gars de terminale et deux autres filles avaient les larmes aux yeux. Ils savaient ce que signifiait le chômage dans une ville comme Douarnenez. Pas de boulot, pas de qualifications pour rebondir dans un autre secteur, les mois à venir allaient se décliner en serrage de ceinture, insomnies, perte de l'estime de soi, puis dépression. En bons Bretons, ils savaient repérer les tempêtes, et celle-ci pouvait détruire leur famille.

– Vous savez ce qui me fait plaisir ? a dit Sarah pour ne pas leur laisser le dernier mot. C'est que les trous du cul comme vous finissent un jour ou l'autre par se planter. Et ce jour-là, j'assisterai au spectacle !

Ce n'était qu'une menace en l'air, on le savait tous, mais elle faisait du bien. Sarah l'avait brandie avec assez de conviction pour teinter de jaune le rire des trois abrutis. On s'est regardés, avec Antoine ; l'incident était clos, on est rentrés chez nous. J'avais le bac de français et les sciences à réviser, lui devait aller travailler chez son patron. Avant de le quitter, je lui ai raconté mon coup de fil aux d'Arincourt. Je m'attendais à ce qu'il me traite de débile, ç'a été tout le contraire :

– T'as tout compris aux femmes, mec ! Tu appâtes et tu gardes tes distances. Si tu les laisses prendre le pouvoir, soit elles jouent avec toi, soit elles se lassent avant même que ça ait commencé.

– J'ai envoyé promener sa mère.

– Tu veux te la taper aussi ?

Il a posé la question naturellement, comme s'il s'agissait d'une possibilité. J'en étais à peine à tenter ma chance avec la fille, alors la mère, l'idée ne risquait pas de m'effleurer !

– Te bile pas. Soit elle te déteste, soit elle t'adore. Dans les deux cas, tu es gagnant.

– Je suis gagnant si elle me déteste ?!

– Si t'as osé l'envoyer promener, c'est que tu es un rebelle. La petite, elle est en concurrence directe avec sa mère, ça veut dire que t'es un héros ! Et si la mère t'adore, justement parce que tu l'as envoyée promener, elle va convaincre la môme que tu es *The Guy !* T'as fait du bon boulot, mec !

J'adorais ce type ! Je ne comprenais pas tout, mais je lui faisais confiance. Il en savait mille fois plus que moi sur le sujet et, de toute façon, j'avais envie d'y croire. Du bon boulot sans même m'en rendre compte ! Si ça se trouve, j'avais la drague dans le sang. Je suis remonté chez moi avec le moral regonflé à bloc ; c'est là que j'ai trouvé mon père en train de mettre au point le plan Marshall du troisième millénaire avec trois copains de beuverie. Entre les pizzas tièdes et les bières qui n'avaient pas le temps de réchauffer, les idées les plus radicales fusaient de toutes parts. C'était la première fois qu'ils venaient à la maison, en tout cas un jour où j'étais là. Ils avaient l'air sympas, mais je ne pouvais m'empêcher de penser que mon père avait baissé de plusieurs crans le niveau de ses fréquentations. Le plus grand des trois, qui faisait davantage penser au capitaine Haddock qu'au dernier Prix Nobel d'économie, venait de lire un article dans le journal :

– Tu prends les deux mille plus grandes fortunes du monde, tu les taxes à un et demi pour cent à partir du premier million, c'est quoi, un et demi pour cent, c'est rien.

– Ça dépend sur combien. Sur ta paye à toi, c'est pas grand-chose, mais sur des millions !

– Ça fait toujours qu'un et demi pour cent ! Sur une baguette ou sur un porte-avions, un et demi pour cent, c'est un et demi pour cent ! Eh ben, avec ça, tu fous tous les gosses de la planète à l'école et tu refiles une protection sociale à tout le monde !

– Et tu crois qu'ils vont se laisser faire, les gars ?

– Et qui est-ce qui va les taxer de ton un et demi pour cent ? a demandé celui qui n'avait pas encore parlé.

– Pas les clowns qu'on a en ce moment, c'est sûr ! a concédé le capitaine Haddock.

– Ils n'ont pas les couilles, les gars.

– Sans compter que c'est aussi leurs potes !

– Ce que j'veux dire, c'est que de l'argent, il y en a pas moins qu'avant ! Seulement, avant qu'il soit mieux partagé, on peut en descendre encore quelques-unes !

– J'm'en occupe. Pedro, tu repars pour une tournée ?

Pedro, c'était mon père. Peter, prononcé à l'anglaise, ne devait pas sonner assez breton. Pourquoi en espagnol, je n'en avais aucune idée, mais ça n'avait pas l'air de le gêner. C'était aussi le signe qu'ils l'avaient adopté et ça me faisait plaisir pour lui. Je me demandais cependant s'il suivait bien la conversation ou si l'important, pour lui, n'était pas juste d'avoir des amis avec qui passer ses journées. Quoi qu'il en soit, je préférais le savoir entouré, même par des soiffards, plutôt que seul à ruminer ses échecs.

– Je sors une binouze pour le fiston ?

Comme je n'avais rien de plus urgent à faire et que les pizzas, même tièdes, me faisaient envie, j'ai accepté. Ils m'ont fait de la place autour de la table, c'est ensuite qu'on a fait les présentations. Le capitaine Haddock s'appelait Jean-Paul, mais les autres le surnommaient Baloo ; celui qui avait sorti les bières s'appelait Legallovitch, quant au troisième, qui avait du mal avec les pourcentages, je ne savais pas si Kibus était son vrai nom ou s'il s'agissait d'un surnom.

– Et toi, c'est comment ? m'a demandé Baloo.

– Sean.

Ils ont dû se le répéter mentalement, mais aucun n'a semblé lui trouver une résonance satisfaisante.

– Comme Sean Connery, ai-je précisé.

– James Bond ?

– C'est ça, James Bond !

– Alors on va t'appeler James, si ça te fait rien.

Ils avaient l'air tous d'accord, et je ne me voyais pas les contrarier.

– Et qu'est-ce que tu fais dans la vie, James ? Tu vas au lycée ?

Au début, ça m'a fait bizarre de discuter avec eux. Ils avaient l'âge de mon père, je les connaissais depuis cinq minutes, mais finalement, ç'a été facile. Je leur ai raconté ce que je faisais en classe, mon ambition de travailler un jour sur des projets pédagogiques, mais j'ai vite vu que ça ne les passionnait pas. J'ai alors changé de sujet et leur ai dit que la conserverie Jaouen s'apprêtait à licencier soixante-quinze personnes. Je m'attendais à ce qu'ils s'enflamment, traitent tous les patrons de vendus, mais non, ils ont à peine levé les yeux au ciel. J'ai voulu les bousculer, leur dire que c'était dégueulasse et que ça allait faire encore plus de misère dans les familles, ils m'ont dit que c'était comme ça, qu'on n'y pouvait rien, un peu comme l'érosion rogne le littoral.

– Attendez, je ne comprends pas, là ! Vous rêvez de taxer les grandes fortunes mondiales, ce qui, je suis désolé de vous le dire, est totalement utopiste, et quand il s'agit de défendre soixante-quinze emplois à deux pas de chez vous, il n'y a plus personne ?!

Ils ont visiblement été surpris par ma véhémence et ont fait un tour de table pour savoir qui allait me répondre.

– Et comment tu comptes les empêcher, ces licenciements ? m'a demandé Kibus.

J'avais envie de dire que ça ne se ferait sûrement pas en sifflant des bières, mais mon père n'aurait pas apprécié. J'ai opté pour la diplomatie :

– En faisant grève, en séquestrant le patron, je ne sais pas, moi. En alertant la presse !

– Une grève pour soixante-quinze personnes, qui est-ce que ça va intéresser ?

– C'est chacun pour soi, aujourd'hui, a ajouté Legallovitch, les gens ont de l'eau jusqu'au cou, ils n'ont pas le temps de s'occuper de ceux qui se noient.

– Alors, on laisse faire ?!

Ils se sont regardés, ont regardé mon père qui n'a pas su quoi leur dire ; j'ai cru qu'ils allaient s'en tirer en me disant que j'étais trop jeune pour comprendre, mais non, ils ont simplement changé de sujet, pas vraiment fiers, comme s'il n'y avait effectivement rien à faire. J'ai reposé ma pizza froide et prétexté une tonne de travail pour m'éclipser dans ma chambre. Ils ont fait ceux qui comprenaient, trop heureux que je ne remue pas davantage le couteau dans leurs plaies de naufragés sociaux.

Pour oublier Camille, Quentin Jaouen et ses potes, mon père et les siens, je me suis plongé dans mes révisions du bac de français. *Mort à crédit* n'était pas fait pour me redonner le sourire, mais au moins Céline avait du style.

4

J'ai encore réussi à jouer les fantômes toute la journée de jeudi mais, à la récréation du vendredi matin, une force suprême a décidé que ça suffisait et a organisé une rencontre fortuite. J'étais pourtant bien caché derrière un ordinateur du CDI à faire semblant de travailler, écouteurs enfoncés dans les oreilles, lorsqu'elle est venue se planter devant moi, armée de son plus beau sourire.

– Bonjour.

Je l'ai dit sans bafouiller. J'ai même réussi à sourire sans que ma lèvre supérieure tremble. Elle a mis du temps avant de décrocher un mot, suffisamment pour que je commence à me poser mille questions. Est-ce qu'elle allait m'engueuler parce que je la fuyais, me parler de sa mère qui ne décolérait pas depuis mon coup de fil, ou bien m'avouer que ses nuits étaient fiévreuses depuis qu'on s'était parlé ?

– Ça va mieux, depuis la dernière fois ?

Pas la peine que je fasse celui qui ne se rappelait pas ou que je cherche une explication plausible au naufrage de notre dernière conversation, on savait tous les deux que j'avais été au-dessous de tout. En plus, c'était dit sans moquerie ni méchanceté.

– Ça va, oui. Et toi ?

On pouvait continuer longtemps comme ça, mais à ce petit jeu, elle allait perdre patience ou me classer définitivement parmi les gros nuls.

– J'aurais dû te rappeler plus tôt, me suis-je excusé, mais c'est un peu compliqué, en ce moment… Le lycée, la maison… Et toi, ton mariage, c'est pour quand ?

– Dans quinze jours.

– Tu as trouvé ta robe ?

– Oui. En fait, je l'ai depuis longtemps, il fallait juste faire quelques retouches.

J'ai encore failli lâcher un « ah, d'accord » qui aurait trahi le manque abyssal d'intérêt que j'attribuais à notre discussion. Heureusement, elle a eu la bonne idée d'élever le débat :

– C'est vrai que tu es anglais ?

– À moitié. Ma mère est française.

– Tu vivais à Londres, avant ?

– À Camden Town, pas loin de Regent's Park. Tu connais ?

– Je connais Islington et Mayfair, c'est toujours là qu'on descend, avec ma mère.

Deux quartiers bourgeois et branchés où ma sœur allait rêver avec ses copines.

– Islington est juste à l'est de Camden Town. Peut-être qu'on s'est déjà croisés sans le savoir.

Ce n'était pas d'une grande profondeur, mais c'était parti, on savait quoi se dire. Elle m'a dit qu'elle y allait régulièrement pour des week-ends, qu'elle visitait au hasard pendant les rendez-vous professionnels de sa mère, s'y perdait souvent et n'osait pas demander son chemin de peur qu'on ne la comprenne pas.

– Tu ne parles pas bien anglais ?

– Je parle un anglais scolaire qui ne sert à rien quand on est perdu, a-t-elle avoué avec une moue sûrement répétée mille fois devant la glace, mais tellement craquante.

– Les Anglais ne font aucun effort, ai-je dit pour la rassurer. Limite s'ils ne reprennent pas ton accent ou tes tournures de phrases.

– La dernière fois, j'ai marché deux heures pour retrouver l'hôtel.

– Tu serais tombée sur moi, je te ramenais en cinq minutes !

C'était d'une puérilité sans bornes, mais elle n'a pas relevé. À ma décharge, cela faisait longtemps que je n'avais pas parlé de Londres. Ma ville natale me manquait et m'imaginer la raccompagnant à son hôtel me faisait le plus grand bien.

– Tu n'y es pas retourné depuis que tu es ici ?

– Ça va faire neuf mois.

Je n'avais pas envie de lui raconter les raisons qui m'avaient fait quitter Londres, les frasques de mon père, le pétage de plombs de ma mère, en tout cas pas lors de notre première conversation. Je voyais bien qu'elle avait envie d'en savoir plus, mais elle était trop bien élevée pour paraître indiscrète. La sonnerie a annoncé la reprise des cours, on est sortis ensemble du CDI et on s'est quittés sans se dire quand on allait se revoir. J'étais déçu. J'aurais voulu qu'on ait rendez-vous, qu'on déjeune ensemble, dans un grand restaurant ou à *La Dentelle*, cachés derrière les tonneaux de cidre, à la petite table du fond que prenaient d'assaut les amoureux. Ou bien qu'on rentre ensemble, qu'on parle à en oublier le temps qui passe, qu'on se raconte des secrets et qu'on en rie. Cela dit, cette rencontre, aussi impromptue qu'inespérée, s'était déroulée sans fausse note, il ne fallait pas non plus que j'en demande trop.

J'ai passé les heures qui ont suivi la tête dans les étoiles. Je n'ai rien dit à personne, même pas à Antoine, Kévin ou Rémy. Ils ont bien vu que je n'étais pas dans mon état normal, ils ont essayé de me faire parler, mais j'ai tenu bon. Non pas que j'aie voulu absolument garder secrète ma rencontre avec Camille, mais j'avais le sentiment qu'en la dévoilant elle aurait perdu son côté hallucinatoire. Avais-je bien vécu ces cinq minutes ? La partie raisonnable de mon cerveau avait semé le doute dans toute ma tête, comme quoi je commençais à être vraiment dingue de cette fille !

J'ai su que je n'avais pas fantasmé un peu après cinq heures, à la sortie du lycée. C'est aussi à cet instant que, malgré moi, j'ai allumé la mèche qui allait déclencher un feu d'artifice dans toute la ville. J'étais avec Rémy et Kévin, on devait retrouver Antoine à son foyer pour décider où on passerait la soirée. Il faisait beau, presque chaud, le week-end commençait à peine, il a fallu que les trois bourges gâchent tout. J'ai vu Quentin faire un signe aux deux autres quand il m'a aperçu. Une vingtaine de mètres nous séparaient, je savais qu'il allait se passer quelque chose, mais je n'avais pas peur. Vingt mètres, ça laisse dix secondes pour se préparer. Si c'était la bagarre qu'ils cherchaient, j'étais prêt, ça n'aurait pas été les premiers coups que j'échangeais. À Londres, mon copain Joshua avait réussi à me traîner dans une salle de boxe. J'avais accepté de participer à l'entraînement, histoire de faire un peu de sport, mais il était hors de question que je mette les gants. À la troisième séance, mes hormones mâles avaient eu raison de mes convictions pacifistes et il avait fallu que je monte sur le ring pour en découdre avec un autre poids plume, plus petit que moi, mais plus technique et surtout plus endurant. En trois rounds de deux minutes, moi qui étais asthmatique depuis l'âge de dix ans, j'avais eu l'impression de courir un marathon avec un sac de ciment sur le dos. Si j'étais fier d'avoir placé un joli swing au flanc gauche, puis un uppercut qui l'avait déstabilisé, j'avais aussi un très mauvais souvenir du direct que j'avais pris sur le nez dans les dix dernières secondes. Pas cassé, mais assez douloureux pour me faire regretter de m'être pris un instant pour Mike Tyson. Toujours est-il que je n'avais pas peur de me battre, sauf que, j'aurais dû m'y attendre, les coups qu'ils avaient décidé de me porter étaient bien plus vicieux.

Je n'ai rien vu venir quand ils m'ont demandé d'approcher. Ils avaient leur tête de faux-culs, et quand Hubert m'a dit qu'ils respectaient les gens comme moi, capables de se lancer des défis invraisemblables, j'ai accepté d'écouter la suite, ce qui équivalait à baisser la garde. Les coups ont plu aussitôt.

– On va t'aider, bigorneau, a commencé Quentin Jaouen, sinon tu n'as aucune chance.

– On va être tes sponsors parce que là, tu ne ressembles à rien, a enchaîné Jacques-Étienne. Camille, c'est du haut de gamme, il faut la faire rêver !

Ils étaient au courant que je l'avais vue au CDI. Qui le leur avait dit, alors que personne ne nous avait vus ? Je n'imaginais pas une seule seconde que Camille ait pu le faire. Je n'étais même pas sûr qu'elle les connaisse si bien que ça.

– Tiens, on a fait nos fonds de tiroirs et on a trouvé de quoi t'aider. Mais attention, ne va pas tout revendre sur Leboncoin !

– C'est pour que tu aies un peu de tenue, des fois qu'elle te donne ta chance.

Ils enchaînaient leurs répliques comme au théâtre et je me demandais s'ils n'avaient pas tout écrit et répété chez l'un ou chez l'autre. Hubert a sorti une veste Cerutti d'un sac qu'il cachait derrière son dos, puis deux chemises blanches et une paire de chaussures en cuir Versace. Il y avait d'autres vêtements, mais ils me laissaient la surprise. J'étais abasourdi et ne savais pas comment réagir, même si je sentais une colère froide grimper en moi. Kévin et Rémy ne disaient rien non plus, ils attendaient ma réaction. Autour de nous, un attroupement se formait peu à peu. Certains riaient, d'autres semblaient désolés pour moi, sans pour autant intervenir.

– Tiens, je suis sûr que tu n'as pas de montre digne de ce nom. Prends celle-là, je t'assure, ça me fait plaisir.

Quentin a retiré la montre de son poignet et me l'a tendue. Je n'ai pas reconnu la marque, mais je savais qu'elle valait au moins cinq cents euros.

– Et il va te falloir de quoi lui jouer le grand jeu, a-t-il continué en fouillant dans ses poches. Les gars, vous avez de la monnaie sur vous ?

À eux trois, ils ont sorti deux cents euros.

– Bon, on est bien conscients que ce qu'il va te manquer, c'est une classe naturelle, c'est normal, tu n'as pas l'habitude du grand monde, mais on tient à ce que tu tentes ta chance à fond : profite, bigorneau, c'est une expérience unique, après tu retourneras dans ta médiocrité de prolétaire.

Ils m'ont regardé avec ce sourire condescendant qui m'écœure encore aujourd'hui. Je ne sais pas s'ils attendaient que je les remercie ou s'ils savouraient le plaisir de m'avoir humilié, le temps s'est arrêté quelques secondes et certains ont dû se demander si je n'étais pas tout simplement pétrifié pour l'éternité. Quentin, Hubert et Jacques-Étienne étaient en train de ramasser leur sac de classe quand je suis enfin sorti de ma torpeur. Et, comme le silence régnait encore, je n'ai pas eu à forcer la voix. Par contre, je ne sais pas pourquoi j'ai dit ça :

– Écoutez-moi bien, bande de dégénérés…

J'ai attendu qu'ils se retournent, ce qu'ils ont fait d'un même élan, trop heureux de prolonger le plaisir.

– C'était très drôle, votre petite mise en scène, et je vais prendre tout ce que vous m'avez donné. Et vous savez quoi ? Vous avez raison, c'est un monde qui nous sépare. Vos parents sont bourrés de fric, vous avez sûrement voyagé dans le monde entier, votre avenir est tout tracé dans le commerce ou la finance, ce qui est loin d'être mon cas, à moi et à la plupart de ceux de Saint-Hilaire. Seulement vous vous trompez sur un point : vous n'avez aucune noblesse.

Hubert a fait une petite moue étonnée, seulement destinée à faire rire l'assistance.

– Mardi soir, vous vous en êtes pris à un terminale parce qu'il faisait du foot. Vous l'avez ridiculisé en public comme vous venez de le faire avec moi. Alors voilà ce qu'on va faire : mes copains et moi, on va vous prendre sur vos propres terrains de jeu.

– De quoi tu parles ? a demandé Hubert, amusé.

– De vos sports tellement supérieurs aux nôtres !

– Tu veux nous lancer un défi ?

J'ai senti comme un malaise autour de moi. Kévin le Gros et Rémy le Taiseux n'avaient rien demandé et ne devaient pas s'attendre à se retrouver mêlés à notre petit combat de coqs. De mon côté, je n'étais plus très sûr de ce que j'étais en train de proposer, mais il était trop tard pour faire machine arrière.

– Attends, que je comprenne bien, a dit Quentin, les yeux remplis d'un bonheur malsain. Tes copains et toi, vous voulez nous défier dans nos sports respectifs ?!

– C'est ça. Dans un mois à compter d'aujourd'hui, on organise trois épreuves : natation, équitation et aviron. L'équipe qui en gagne deux est déclarée vainqueur.

Ils se sont concertés pour comprendre où était le coup fourré tandis que, autour de nous, ça secouait la tête d'étonnement et d'incompréhension. J'ai cherché un regard amical, quelqu'un qui aurait voulu me dire : « C'est bien, Sean, tu as raison de ne pas te laisser faire, mettez-leur une tannée à ces demeurés », je n'ai croisé que des mines hébétées.

– D'accord, ça marche ! a dit Jacques-Étienne avant que l'envie de me rétracter me prenne. Dans un mois, ton équipe contre la nôtre ! Seulement, pour qu'il y ait match, il faut qu'il y ait récompense !

– Ou gage !

Je les détestais tous les trois, mais Hubert détenait la palme haut la main. L'image de son cheval s'asseyant sur sa tête pour lui chier dessus m'a traversé l'esprit de manière fugace, mais très claire. Non content de remporter une victoire presque acquise, il lui fallait en plus nous rabaisser. Cette fantaisie ajoutait du piquant à notre rivalité et je ne doutai pas un instant que le public qui avait grossi autour de nous attende que j'accepte le deal.

– Un gage si ça vous fait plaisir. Vous réfléchissez au vôtre, on vous dira le nôtre avant le début des épreuves.

– Marché conclu !

– Encore une chose...

– Tout ce que tu voudras !

– À partir de maintenant, si l'un de vous m'appelle encore « bigorneau », il prend ma main sur la tronche.

Ils se sont encore regardés et ont acquiescé, c'est comme ça que tout a commencé.

– Bon, ben, les gars, a dit Rémy une fois les trois bourges partis, vous ne m'en voudrez pas, mais moi, je change de lycée, de ville et peut-être même de pays ! Salut et bonne branlée !

Les petits groupes qui s'étaient formés autour de nous se sont dispersés, encore une fois, personne n'est venu me dire quoi que ce soit. Je ne m'attendais pas à ce qu'on me propose de l'aide, mais un petit mot d'encouragement ne m'aurait pas fait de mal. J'ai juste entendu un gars chanter *L'Internationale* en changeant les paroles : « C'est la *lose* finale... »

– T'en as d'autres, des bonnes idées comme ça ? m'a demandé Kévin.

Comme je n'étais pas dans un bon karma, je lui ai dit qu'il n'était pas obligé de me suivre sur ce coup-là, et que je pouvais me débrouiller seul. Il a dit d'accord, que ça l'arrangeait parce que le sport et lui, ça faisait deux. J'ai ramassé les affaires que m'avaient laissées Quentin, Hubert et Jacques-Étienne pour les fourrer dans mon sac et lui ai dit salut.

Sur le chemin de la maison, l'idée de retourner à Camden Town a refait surface. Mon oncle Harvey ou ma grand-mère m'y auraient accueilli sans poser de questions. J'ai aussi réalisé que Douarnenez n'était qu'une étape alors que Londres était ma ville. J'y avais des amis, une partie de ma famille et même une fille qui me faisait rêver, mais pas de souvenirs à raconter plus tard. En clair, qu'est-ce que je faisais là ? J'espérais vaguement que mon père soit en état de me fournir une réponse satisfaisante mais, en rentrant, j'ai trouvé un mot sur la table de la cuisine. On lui avait proposé de remplacer un pianiste grippé au *Soho Bar*, il n'avait pas pu refuser vu que le voyage était payé. C'est lui qui allait à Londres et moi qui restais à Douarnenez ! Mon moral a chuté d'un nouvel étage ; en même temps, je préférais ça plutôt que de le trouver en train de cuver dans sa chambre.

J'ai éteint mon téléphone et passé toute la soirée sur YouTube à regarder des vidéos du « Jimmy Fallon Show ». C'était ce que je connaissais de mieux pour tout oublier. Voir Jimmy breaker avec Brad Pitt, parodier Springsteen ou piquer des fous rires avec Alec Baldwin, et le monde extérieur s'évanouissait. Je n'ai pas vu l'heure tourner, et il était plus de deux heures du matin quand j'ai rallumé mon portable. J'avais plusieurs messages. Les deux premiers étaient d'Antoine, qui voulait savoir si on faisait quelque chose ce soir ou si les plans avaient changé. Le troisième était de mon père qui s'excusait d'être parti sans prévenir. J'en avais aussi un de Kévin, laissé vers vingt et une heures, qui aurait bien voulu que je décroche, mais qui comprenait que je fasse la gueule. Le dernier était de Sarah, qui trouvait mon idée de défi géniale. Enfin, disait-elle, quelqu'un pour relever la tête face aux bourgeois de Balzac. Quentin, Jacques-Étienne et Hubert méritaient une bonne leçon, elle serait derrière nous jusqu'à la victoire. Sauf qu'il n'y avait déjà plus de nous, mais juste moi, et que la victoire était en train de voguer paisiblement dans un autre système solaire. J'ai laissé un SMS à mon père pour lui dire que j'allais me coucher et que j'espérais que sa soirée s'était bien passée. J'ai recoupé mon portable et me suis endormi en trois minutes.

5

La dernière fois que j'ai pris mes baskets pour aller courir, c'était dans une vie antérieure. Entre deux sifflements, mes poumons me demandaient pourquoi je leur infligeais un tel supplice, tandis que mes jambes imploraient que je m'arrête. J'ai tenu huit cents mètres en direction du bord de mer, soit deux cents de moins que l'objectif que je m'étais fixé. Même handicapé par un asthme chronique, c'était minable. Et le bord de mer, ça a beau être très joli, il y a toujours du vent ! J'ai pris une rafale en pleine face, assez violente pour me stopper net. J'ai fait semblant de renouer mes lacets en voyant deux filles fluo arriver vers moi. Elles m'ont dit bonjour avec le sourire mais, quand j'ai voulu leur répondre, aucun son n'est sorti de ma bouche. J'ai dû attendre cinq bonnes minutes avant de retrouver une respiration normale.

Le grand air a cette qualité indéniable : il aère la tête. En redescendant vers la route, j'étais sûr d'une chose : ce n'était pas mon corps d'athlète qui allait me sauver sur ce coup ! C'est à ce moment qu'une voiture s'est arrêtée après m'avoir dépassé, non pas pour me prendre en stop, mais pour que Camille d'Arincourt en descende et me voie au pire de ma forme. La *lose* n'en avait visiblement pas terminé avec moi.

– Salut, m'a-t-elle lancé en faisant semblant de ne pas voir que je ne ressemblais à rien. Je ne savais pas que tu faisais du sport...

– Mes jambes et mes poumons non plus, si tu veux savoir. Tels que tu les vois, ils hésitent entre la grève et la dépression, ou peut-être bien les deux.

Elle a souri et je me suis dit que, à moins de rejouer la scène de la princesse et la grenouille, il y avait peu de chances pour que je l'embrasse un jour.

– C'est pour ton défi que tu t'entraînes ?

– Comment tu es au courant ?

– Facebook.

– Quelqu'un en a parlé sur Facebook ?!

– Sarah Le Guern. Je ne la connais pas, mais je crois qu'elle t'aime beaucoup. Elle dit que ce défi est la meilleure chose qui puisse arriver en ce moment.

J'ai acquiescé, mais je ne voyais pas en quoi ça pouvait être une bonne chose, à part focaliser sur moi toutes les humiliations du monde.

– Je connais Jacques-Étienne, Hubert et Quentin.

Elle s'est arrêtée et j'ai attendu avec un peu d'appréhension qu'elle poursuive. Ce petit monde privilégié vivait probablement en vase clos, d'où une certaine forme de pourrissement sur lequel pouvait parfois éclore une fleur comme Camille. En tout cas, c'est ce que j'espérais.

– Ça me ferait plaisir que tu gagnes.

Sur le moment, j'ai failli la planter là, faire un tour complet de la baie, couper à Crozon pour rentrer à la nage, soit vingt kilomètres en courant et quinze en brasse, juste ce qu'il faut pour une reprise.

– Même si je trouve cette histoire de défi stupide, a-t-elle ajouté.

– J'ai pensé leur proposer de baisser nos pantalons et de comparer nos virilités, mais ça aurait manqué de panache.

Elle n'a pas relevé, mais j'ai vu qu'elle n'avait pas apprécié. Je m'attendais à ce qu'elle tourne les talons et rejoigne la voiture avec chauffeur qui l'attendait quand elle a sorti une carte de visite de sa poche et griffonné quelque chose dessus. Elle me l'a tendue, mais je n'ai pas regardé tout de suite ce qu'elle avait écrit, j'ai juste vu qu'il s'agissait d'un hôtel à Londres.

– C'est là qu'on descend avec ma mère. Si un jour je me perds et que tu es là-bas, tu me raccompagneras.

Impossible qu'elle n'ait pas répété ce numéro devant sa glace. J'ai contenu mes émotions et hoché la tête en guise de promesse. Il y avait son numéro de portable au dos de la carte, ça voulait dire que je pouvais l'appeler sans risquer de tomber sur sa mère. Ça voulait surtout dire qu'elle voulait qu'on se parle, qu'on se voie, qu'on passe notre vie ensemble, qu'on fasse plein d'enfants – j'en voulais quatre, deux filles et deux garçons, blonds comme elle et sportifs comme moi.

– Il faut que j'y aille, on m'attend pour manger.

– Moi aussi, ai-je menti. Ça doit faire quatre ou cinq heures que je cours, mon MP3 n'a plus de batterie.

Elle ne m'a pas cru, mais a souri. En moins de cinq minutes, cette fille avait embelli ma journée et les semaines à venir. Je l'ai regardée partir, j'ai machinalement repris ma foulée, mes jambes ont hurlé « Stop ! », j'ai essayé la lévitation, ça n'a pas marché, je suis rentré en marchant.

À la maison, j'avais deux messages sur mon portable, le premier de mon père qui me demandait de le rappeler, le second de ma mère qui me proposait de venir déjeuner. J'avais faim et son copain excellait dans l'art de cuisiner poissons et crustacés. Le problème, c'est que, depuis le divorce, les relations avec ma mère et ma sœur étaient parfumées à l'acide, et il arrivait trop souvent qu'un mot maladroit s'échappe de l'une de nos bouches et transforme un gentil après-midi familial en un déferlement de cynisme et de mauvaise foi. J'ai quand même tenté le coup.

– Merci pour l'affiche ! Tu ne dis à personne qu'on est de la même famille !

Louise, quatorze ans, ma sœur. J'ai mis un peu de temps à comprendre ce qui me valait de tels débordements de tendresse, puis je me suis souvenu que Camille avait parlé d'un post laissé par Sarah Le Guern sur Facebook. Je ne doutai pas une seconde que ma mère fût également au courant et je commençais à penser que ce n'était pas un hasard si j'avais été invité à déjeuner. J'aurais dû me faire un doggy bag et aller manger où l'air était respirable. Ma sœur et ma mère ont réussi à rendre écœurantes les Saint-Jacques et la sole aux amandes que Jérôme avait préparées avec amour. Louise a attaqué bille en tête en se plaignant que j'allais encore lui foutre la honte. J'ai demandé des explications sur le « encore », elle a répondu que je savais très bien de quoi elle parlait, j'ai dit que non, elle a pris son petit air de fouine pour rappeler que j'avais choisi mon camp en allant vivre avec notre père, ce qui équivalait à une trahison et à une infamie qui rejaillirait sur nos descendants pendant plusieurs générations. Ma sœur a toujours eu le sens de la mesure. C'est lorsque je l'ai rassurée en lui disant que, faute de trouver un homme assez fêlé pour lui faire des enfants, elle n'aurait jamais de descendance, que ma mère est intervenue. Je ne m'attendais pas à des miracles, mais sûrement pas à ce qu'elle se mêle de ma vie et de la conséquence de mes actes. En substance, cette histoire de défi ne pouvait que me porter préjudice. Il ne fallait pas que je sois jaloux du niveau de vie de mes camarades, ce n'était pas comme ça qu'elle m'avait éduqué, et si j'avais envie de m'élever dans la société, je n'avais qu'à exceller à l'école et éviter de prendre exemple sur mon père qui avait trop longtemps rêvé d'être un artiste et qui, « à la finale », n'était qu'un saltimbanque.

– On dit « au final ». « À la finale », c'est pour les sportifs, ai-je claqué sèchement. Et pour que ce soit bien clair pour toutes les deux, nos chemins se sont séparés il y a neuf mois à Londres et je fais ce que je veux de ma vie. Je me contrefous de mon niveau social et ce n'est sûrement pas à vous, qui avez trouvé le pigeon idéal pour vous entretenir grassement, de me faire la morale. Pardon, Jérôme, il fallait que ça sorte. Maintenant, si vous avez peur que le nom de Kinsley salisse vos réputations, allez à la préfecture et changez-en !

Je me suis levé de table, plusieurs anges qui volaient autour de nous ont préféré s'immoler avec leurs cierges plutôt que d'essayer de rattraper le coup, j'ai fait un signe à Jérôme pour lui signifier que rien n'était dirigé contre lui et j'ai pris la direction de la porte.

– Et au fait, je suis gay ! ai-je ajouté pour terminer le travail.

Je n'ai ni vu ni entendu leur réaction, mais je suis sûr de leur avoir pourri le week-end comme elles m'avaient pourri le repas. En rentrant, je suis allé sur Facebook pour poster une photo de ma sœur et moi, sur mon mur et sur le sien, histoire que tous ses copains sachent que nous étions du même sang. J'ai ensuite tapé « Sarah Le Guern » et j'ai lu ce qu'elle avait écrit à propos du défi, accompagné d'une photo de Russell Crowe dans *Gladiator* : « Enfin, quelqu'un ose relever la tête dans cette ville qui marche vers l'abattoir sans broncher. Il s'appelle Sean Kinsley, il n'a que dix-sept ans et va montrer à tous qu'une lutte n'est jamais perdue d'avance. La compétition débute officiellement dans un mois, mais le combat, lui, commence aujourd'hui ! »

Au cas où il resterait des gens ignorant que j'allais me faire humilier publiquement, c'était sympa d'en faire la pub. La photo était en plus très mal choisie : si, à la fin du film, Russell Crowe mourait dans l'arène sous les yeux de milliers de spectateurs, c'était après avoir vaincu son pire ennemi dans un combat héroïque. Moi, j'allais me faire massacrer trois fois de suite sans aucune classe !

Vers quinze heures, mon père a appelé. Il s'est encore excusé d'être parti la veille comme un voleur, m'a raconté sa soirée au piano du *Soho Bar*, les célébrités locales qu'il y avait croisées, les pourboires qu'il s'était faits mais, au ton de sa voix, je sentais qu'il me cachait quelque chose. Et quand mon père cachait quelque chose, c'est que Martin était dans les parages. Partageaient-ils une chambre d'hôtel ou bien logeait-il chez lui ? Je n'ai pas osé lui poser la question. C'était sa vie, et je la respectais. De mon côté, je n'ai rien dit sur le déjeuner avec maman et Louise. Je m'étonnais d'ailleurs qu'il ne soit pas déjà au courant, ma mère étant du genre à l'appeler dans la seconde dès qu'elle avait un problème avec moi. Sans doute, cette fois, lui fallait-il un peu de temps pour trouver comment aborder le délicat sujet de mon homosexualité. Avant de raccrocher, il m'a dit qu'il ne savait pas encore quel train il allait prendre pour rentrer et que, si j'avais besoin d'argent, il y en avait dans la table de nuit de sa chambre.

À cet instant, comme cela m'arrivait de plus en plus souvent, j'étais incapable de savoir si j'étais heureux ou pas. Et encore moins ce que j'avais envie de faire. Je n'étais pas dans le bon karma et j'avais la sensation que tout ce que j'allais entreprendre se solderait par un échec. Du coup, je me suis allongé sur mon lit et me suis endormi.

Je me suis réveillé trois heures plus tard, un concert de klaxons interrompant le concours de pêche auquel j'assistais en rêve, concours unique où tous les participants, des hommes de sept à soixante-dix-sept ans, pêchaient non pas avec une canne, mais avec leur bite. En tant qu'ado, je savais que la sexualité me travaillait ; j'avais toutefois du mal à trouver une signification à cette scène surréaliste.

Le vacarme ne venait pas de la rue en bas de chez moi, mais de la rue Laennec, perpendiculaire à la mienne. J'ai ouvert la fenêtre pour tenter de comprendre de quoi il s'agissait, mais les sons qui me parvenaient étaient trop diffus. Je ne connaissais pas bien le programme des festivités de la ville, mais je doutais qu'il s'agisse d'une manifestation culturelle. C'est à ce moment que j'ai vu débouler Antoine, Kévin et Rémy, et je ne sais toujours pas pourquoi je me suis reculé à l'intérieur de ma chambre, ni pourquoi j'ai fait le mort quand ils ont sonné à l'interphone. Ça n'a servi à rien, parce qu'un voisin sortait au même moment. Ils sont montés, ont sonné plusieurs fois à ma porte, j'ai attendu un peu et je suis allé ouvrir, mon MP3 sur les oreilles pour faire croire que je n'avais rien entendu. J'ignore si la ruse a marché, de toute façon ils s'en foutaient, ils étaient là pour des choses plus sérieuses.

– Bon alors, qu'est-ce que tu glandes ? a demandé Kévin en entrant. T'entends pas le barouf, dehors ?

– La conserverie Jaouen vient d'annoncer son plan social, a dit Rémy sans me laisser le temps de poser de question. Quarante-trois personnes vont être foutues à la porte.

– La manif, c'est parce qu'ils se mettent en grève ?

– Rien n'est encore décidé. Pour l'instant, ils vont gueuler sous les fenêtres de Jaouen, mais j'en ai entendu plusieurs dire que ça ne changerait rien.

J'ai repensé à Quentin simulant un appel à Pôle emploi pour prévenir d'un arrivage de chômeurs. Leur misère ne le concernait pas, lui était né du bon côté.

Je me demandais toujours pourquoi ils étaient là et Antoine s'est proposé pour me l'expliquer :

– On a parlé du défi. On s'est mis d'accord sur un plan, et t'as intérêt à être d'accord.

Kévin et Rémy faisaient des têtes de constipés, mais n'ont pas flanché en me révélant ce qu'ils avaient décidé. C'est Rémy qui a commencé :

– D'abord, pardon de t'avoir planté hier. C'était con.

– Pareil, a dit Kévin.

– Comme a dit Antoine, on en a discuté hier soir et un peu ce matin, on t'a appelé, mais tu ne répondais pas.

– Sinon, tu serais déjà au courant.

– On s'est dit que, tous les quatre, on n'avait aucune chance de battre Quentin et ses potes, mais que, toi tout seul, tu avais encore moins de chances.

– Du coup, on a décidé que ce serait mieux de perdre tous ensemble.

– Si t'es d'accord.

Ça m'a fait chaud au cœur. Perdre tout seul trois fois de suite, c'était maso, alors que perdre en équipe, même en se faisant laminer, revêtait une certaine noblesse.

– On a aussi décidé, et à l'unanimité, que tu serais notre coach, a dit Antoine. De toute façon, il n'y a que trois épreuves, et on est quatre.

– Comment ça, votre « coach » ?

– On participe aux épreuves, tu nous coaches.

– Et pourquoi ce serait moi qui sauterais ?

Ils se sont regardés, encore plus gênés. Cette fois, aucun des trois ne trouvait le courage de m'expliquer.

– On tire le coach au sort, ai-je proposé.

Ils ont secoué la tête.

– Ma mère t'a vu courir, ce matin, a dit Kévin. Il paraît que tu avais une tête de daurade échouée sur la plage.

– Ah, oui ? Et qu'est-ce qu'elle y connaît, ta mère ?!

– En sport, rien, mais en poisson, elle est incollable. Elle n'a pas pu se tromper.

Je savais qu'ils avaient raison, mais j'ai quand même accusé le coup. J'ai tenté d'objecter que l'équipe adverse n'allait peut-être pas accepter que je ne participe à aucune épreuve, Antoine m'a rétorqué qu'ils étaient bien trop sûrs d'eux pour refuser quoi que ce soit et que, de toute façon, c'était à prendre ou à laisser.

– Bon, maintenant, on commande des pizzas ?

C'était comme ça, avec lui : la vie était simple et quand elle ne l'était pas, il la simplifiait. Ils ont commencé à racler leurs fonds de poches, je leur ai dit de laisser tomber parce que, ce soir, c'était mon père qui régalait avec l'argent laissé dans la table de nuit.

J'étais content d'avoir retrouvé mes copains et fier de la décision qu'ils avaient prise. Il y avait juste une chose avec laquelle je n'étais pas d'accord : tant que le match n'était pas joué, on n'avait pas perdu.

– T'as raison ! a dit Kévin en criant presque. Il n'y a aucune raison de partir perdants face à ces cons !

– Ouais ! ont répondu Antoine et Rémy sur le même ton, à m'en faire monter les larmes aux yeux.

– Même si on sait qu'on va paumer !

– Ouais !

Ils ont chanté à tue-tête : « On va paumer, les doigts dans l'nez ! On s'ra vaincus, les doigts dans l'cul ! » Je suis parti dans ma chambre pour commander les pizzas ; après tout, ils avaient sans doute raison, l'essentiel était qu'on soit de nouveau réunis.

6

– On ne pourrait pas s'arrêter ?

Ce n'était pas la première fois que Kévin réclamait une pause. Antoine galopait à des kilomètres devant, Rémy faisait le sourd pour ne pas céder à la tentation, quant à moi, voiture-balai sur mon VTT, je culpabilisais de les voir souffrir à ma place. La veille, après les pizzas et deux films d'action, j'étais revenu à la charge avec mon idée de ne pas rendre la tâche trop facile à nos adversaires. Je n'étais pas allé jusqu'à prétendre qu'on pouvait gagner mais, si au moins on arrivait à les faire douter, cela valait la peine de se battre. Et puis, ils m'avaient nommé coach, c'est parti les gars, les rangers aux pieds, le sac à dos bien sanglé, un cinquante kilomètres marche, le premier qui se plaint finit au gnouf ! On s'était finalement mis d'accord pour un petit décrassage en début d'après-midi, plus tard viendraient les entraînements spécifiques.

La répartition des épreuves s'était faite de la façon la plus simple qui soit. Rémy étant le seul à savoir monter à cheval, il avait naturellement hérité du concours équestre. Kévin avait alors mis son veto sur l'épreuve de natation, pas question pour lui de se mettre en maillot de bain devant tout le monde. Problème, Antoine n'avait jamais appris à nager.

– À la mer, je vais là où j'ai pied, avait-il expliqué, ça fait la blague. Mais à la piscine, pas question, sauf si vous voulez que je fasse la course en tenant le bord.

De mauvaise grâce, Kévin avait fini par accepter. Restait l'aviron pour Antoine. Il n'avait jamais pratiqué non plus, mais il préférait être au-dessus de l'eau que dedans. Personne ne mentionnant le fait que, tôt ou tard, il tomberait à la baille. On avait prêté serment, un pour tous, tous pour un, même moi qui finalement ne servais pas à grand-chose.

Il était un peu plus de seize heures quand on a décidé que la séance était terminée. Le centre équestre étant tout près, on a convaincu Rémy d'y passer malgré ses réticences.

– Les gars, je vous ai dit que ça faisait quatre ans que je n'étais pas monté sur un canasson, ne vous attendez pas à des miracles.

– On ne s'attend pas à ce que tu gagnes, mais à ce que tu fasses de ton mieux, ai-je dit pour le rassurer.

– Force et honneur, a ajouté Antoine. Je suis d'accord avec Sean, si on peut éviter de passer pour des brouettes, ça me va aussi !

– *Veni, vidi, ratatinum !* « Je suis venu, j'ai vu, je me suis fait ratatiner », a alors marmonné Kévin sans s'adresser à quelqu'un en particulier.

J'avais un mois pour motiver mes troupes.

– Je n'ai aucune envie de croiser des gens qui connaissent mon père, on passe par-derrière.

On a obéi et suivi Rémy jusqu'aux box les plus reculés du centre. J'ai posé mon VTT et me suis demandé si les chevaux n'allaient pas se marrer en nous voyant, sportifs du dimanche en shorts et tee-shirts bariolés.

– T'es sûr qu'il est encore là, ton cheval ?

– Ce n'est plus mon cheval, mon père l'a revendu.

– Il s'appelait comment ?

– Durandal. Il avait la tête aussi dure que la pierre.

On a cherché le nom sur les plaques et c'est Antoine qui l'a trouvé, un alezan brûlé en train de faire la gueule dans un coin. On l'a appelé pour qu'il tourne la tête, mais Rémy nous a dit qu'il était têtu comme une mule et qu'il n'y avait qu'une façon de faire avec lui, attendre qu'il se décide.

– Et en concours, il est pareil ? me suis-je inquiété.

– S'il est bien luné, il saute tout seul. En tout cas à l'entraînement, parce qu'en concours ça n'est jamais arrivé.

– Il n'a jamais gagné ?!

– Non. Il vaut plus cher en steak qu'en récompense.

Je ne sais pas si c'est le mot steak qui l'a fait réagir, mais Durandal a fini par se retourner pour voir à qui il avait affaire. Une liste blanche lui couvrait le chanfrein. Je n'y connaissais rien, mais ça lui donnait une allure de cheval apache. Il nous a sentis l'un après l'autre, puis s'est arrêté sur Rémy, quand un type d'une cinquantaine d'années est arrivé derrière nous.

– Tiens, Rémy ! Tu es venu voir ton vieux copain ?

Impossible de savoir s'il parlait de lui ou du cheval. Rémy n'a pas répondu tout de suite et nous a regardés l'un après l'autre pour qu'on comprenne bien à quel point cela lui coûtait. Puis il a expliqué qu'il souhaitait préparer le concours de la mi-juin.

– Génial ! Tu es dans quel club, maintenant ?

L'enthousiasme du type a rapidement chuté quand Rémy lui a exposé la situation.

– Tu n'as pas monté depuis quatre ans, mais tu veux faire le concours ?

– C'est ça.

– Et tu n'as pas de cheval.

– Pas la queue d'un.

Je m'attendais à ce que le bonhomme débite toute une liste d'arguments pour dissuader Rémy. Au lieu de ça, il a expliqué qu'il pouvait venir quand il voulait, choisir le cheval qu'il voulait dans le box où nous étions, mais que pour ça, il fallait qu'il s'acquitte d'une licence et paye les frais d'entretien. Pour moi, c'était inespéré. Il y en avait pour trois cents euros, ce qui ne me paraissait pas excessif. Cependant, quand on est ressortis, j'ai vite déchanté.

– Les chevaux de ce box n'ont pas de propriétaire, a expliqué Rémy. Le club s'en sert pour emmener les touristes en promenade. Ça veut dire qu'ils sont soit vieux, soit feignants, soit caractériels, en tout cas qu'ils n'ont aucune chance en concours. Les chevaux de propriétaires sont de l'autre côté. Ils sont bichonnés et entraînés comme des formules 1, seulement ce n'est pas le même tarif.

– Alors pourquoi Durandal est-il là-dedans ? me suis-je insurgé comme si on avait rangé un diamant parmi de vulgaires silex.

– Parce qu'il est feignant, caractériel et qu'il commence à se faire vieux.

Cela avait le mérite d'être clair et je comprenais mieux pourquoi le type n'avait pas perdu de temps à discuter. On laissait trois cents euros, c'était tout ce qui comptait. J'étais prêt à dire qu'on laissait tomber, quand Rémy a rappelé qu'un serment était un serment et promis de venir s'entraîner trois fois par semaine. J'ignorais si c'était la vraie raison ou si le fait d'avoir revu son vieux pote Durandal l'avait émoustillé, n'empêche qu'on a tous senti, à cet instant, que le défi prenait corps.

Tant qu'on y était, on est passés au club d'aviron pour recueillir des informations. La journée avait été belle et une dizaine d'avironneurs étaient en train de nettoyer leurs bateaux. On a cherché un responsable pour lui expliquer ce qu'on voulait, on est tombés sur un abruti à peine plus vieux que nous qui nous a regardés de haut en nous expliquant que l'aviron était un sport technique qui demandait des années de pratique avant de pouvoir faire de la compétition. Et d'abord, est-ce qu'il s'agissait d'une course en mer ou en rivière ? Parce que le matériel n'était pas le même, la technique non plus, on ne parlait plus de *yole*, mais de *skiff*, et, de toute façon, pour débuter, on montait sur un quatre de couple avec barreur, il y avait des stages tout l'été, on pouvait s'inscrire. Un con ! On n'a même pas cherché à en savoir plus, on a fait demi-tour direction la maison. Il restait des Magnum au congélateur et du Coca au frigo, peut-être pas ce qu'il y avait de mieux pour nos corps d'athlètes, mais pour se remonter le moral, c'était incomparable.

– Bon, on fait quoi, pour l'aviron ? a demandé Rémy affalé dans mon canapé.

– Déjà, il faudrait savoir si la course aura lieu en mer ou en rivière !

– En attendant, je peux m'entraîner sur un rameur.

On a trouvé l'idée bonne, tout en sachant qu'il faudrait lui fournir au plus tôt de quoi s'entraîner dans les conditions de la course. Il y avait plusieurs clubs d'aviron dans la région, et c'était mon boulot de coach de m'en occuper. Aucun de nous n'avait une idée de ce que cela pouvait coûter en licence, équipement et cours, mais une chose était certaine : j'avais bien fait de garder l'argent que m'avaient donné Quentin, Jacques-Étienne et Hubert. Je pouvais aussi revendre la montre, les chemises et tout ce qu'il y avait dans le sac. Heureusement, pour l'épreuve de natation, un maillot de bain et quelques heures de cours pour Kévin n'iraient pas chercher très loin.

Mon père est rentré à ce moment-là. J'ai tout de suite vu qu'il était contrarié, même s'il faisait tout pour ne rien laisser paraître. Mes copains lui ont dit bonjour, il a pris le dernier Magnum et est venu s'asseoir avec nous parce qu'il avait besoin de parler.

– C'est vrai que vous êtes musicien ? a demandé Antoine.

– Je fais le piano-bar, je donne des cours de piano et de guitare aussi, quand j'ai des élèves.

Il faisait des efforts pour articuler en français, ce qui signifiait qu'il n'avait pas bu d'alcool. Mes copains n'en revenaient pas qu'il ait fait un aller-retour à Londres juste pour jouer du piano.

– Vous jouez quel genre de musique ?

– Au piano, je préfère le classique et le jazz, c'est ce qui sonne le mieux, mais s'il faut faire la variété, je veux bien. Celui qui paye décide.

– Et à la guitare ?

– La guitare, c'est pour la pop et le rock. Sean joue aussi, on fait le bœuf, des fois.

Je n'en avais jamais parlé parce que je ne voulais pas qu'on me demande de jouer. D'abord, je ne jouais pas, je grattouillais. Mon père, lui, jouait, il était même excellent. J'ai eu peur que quelqu'un propose qu'on sorte les guitares, mais non, la conversation est retombée du côté de Londres.

– Vous n'avez jamais pensé y retourner ?

Mon père a souri pour empêcher toute la détresse du monde de jaillir comme une coulée de lave. Il était plus anglais que moi, plus londonien aussi, ses amis étaient là-bas, la plupart des membres de sa famille, son travail. Kévin avait posé la question innocemment, ignorant qu'il sacrifiait son équilibre de vie pour être près de moi, qui l'aimais sans le juger, et de ma sœur, les œillères vissées sur son adolescence égocentrique. Il avait fait le mauvais choix. La vie à Londres n'aurait pas été plus luxueuse, mais au moins il se serait senti utile. Depuis neuf mois, il déclinait, ses cheveux grisonnaient, l'alcool creusait des rides sur son visage, aucun projet ne naissait de son cerveau que j'avais connu bouillonnant, lui, l'artiste, le musicien, le peintre qui laissait ses toiles pourrir à la cave ou dans sa chambre alors que la galerie Saatchi, l'une des plus prestigieuses de Londres, lui avait proposé de l'exposer. J'en étais malade et ne pouvais rien faire.

– *Sometimes*, a-t-il menti poliment.

Il s'est levé, expliquant qu'il était fatigué et voulait se doucher. Avant de s'éclipser, il s'est tourné vers moi pour me dire en anglais qu'il avait vu Martin, qu'ils s'étaient parlé pour la dernière fois et que c'était sûrement mieux ainsi. Je l'avais deviné, mais c'était sympa de sa part de me mettre dans la confidence.

– Martine, c'est sa copine à Londres ? a demandé Rémy une fois entre nous.

C'était lui le meilleur des trois en anglais et il avait compris quelques mots malgré le fort accent du Nord de mon père. Seulement, il n'avait pas imaginé que Martine puisse être Martin, et j'ai préféré acquiescer plutôt que d'expliquer toute l'histoire. On a encore parlé du défi, des rendez-vous qui nous attendaient, puis ils sont rentrés chez eux.

C'est vers neuf heures, au moment où le film du dimanche soir allait commencer, que ma mère a appelé sur le portable de mon père. Je savais ce qu'elle allait lui dire et je n'avais pas envie de l'entendre. Je suis parti dans ma chambre et j'ai allumé mon ordi. Je suis allé sur Facebook, où j'avais un message de ma sœur qui me traitait de connard suite à la photo de nous deux que j'avais postée, et deux invitations : la première de Sarah Le Guern, la seconde de Camille. J'ai accepté les deux et commencé à visiter leur page quand un message est arrivé :

« Prêt pour ton *Hunger Games* breton ? »

Je n'avais vu aucun des trois films, mais je savais qu'ils racontaient l'histoire de combats futuristes menés par des ados. Camille n'avait pas perdu de temps pour m'envoyer un message, c'était bon signe.

« J'ai pris six kilos de muscles depuis hier, ça va être une boucherie, âmes sensibles s'abstenir. »

« Quoi de mieux qu'un peu de sang dans ce monde idyllique. Et quel est l'enjeu ? »

« Dix vierges et notre poids en fraises Tagada. »

Je n'avais rien trouvé de plus spirituel, mais elle m'a tout de même gratifié d'un smiley.

« Attention à l'addiction. »

« Aucun risque, j'en prenais dans mon biberon. »

« Je ne parlais pas des fraises. »

Un point pour elle, j'avais répondu trop vite. Cette fille était plus imprévisible qu'elle n'en avait l'air, rien à voir avec la jeune héritière élevée aux bonnes manières. J'étais sur le point de contre-attaquer quand mon père a frappé à ma porte. Il est entré en désignant le portable qu'il avait à l'oreille, ce qui signifiait qu'il était toujours en conversation avec ma mère. J'ai fait signe que je ne voulais pas parler, il lui a expliqué que je m'étais endormi tout habillé et qu'il n'avait pas envie de me réveiller. Au lieu de retourner dans le salon, il s'est assis sur mon lit et a mis le haut-parleur. C'était ce qu'on faisait généralement, sans que ma mère se doute jamais de rien.

– Tu me promets de lui parler ? Je ne suis pas son ennemie, je veux seulement lui éviter des problèmes. Cette histoire de défi, c'est un piège, pour lui et pour tout le monde.

– Tu le lui as déjà dit hier, non ?

– Oui, mais il s'est énervé et a quitté la maison en nous insultant, même Jérôme, qui n'y est pour rien. Dis-moi que tu lui parleras.

– Je lui parlerai. C'est tout ?

Elle a hésité avant de répondre.

– Non. Il a aussi dit qu'il était gay.

– Pour ça aussi, tu veux lui éviter des problèmes ?

– Ne joue pas à ça avec moi, Peter, tu sais très bien ce que je veux dire. Il est jeune et influençable...

Il a coupé le haut-parleur et posé le téléphone sur le lit sans raccrocher. Un simple regard a suffi pour confirmer ce que l'on savait depuis longtemps : elle était irrécupérable. Il a soupiré, repris le téléphone et abrégé la conversation en promettant tout ce qu'elle voulait, puis s'est tourné vers moi.

– Alors comme ça, tu es gay ?

– C'était pour les emmerder.

Il a réfléchi un moment, s'est levé pour me souhaiter bonne nuit, puis a dit que j'avais raison, être gay emmerdait le monde.

– Ce n'est pas ce que j'ai voulu dire.

– Je sais. N'empêche que c'est ce qui s'est passé.

Il avait raison et je ne pouvais rien y faire. La société, ma mère et ma sœur en tête, restait intolérante, par nature ou par ignorance. Avant de sortir, il m'a demandé de lui raconter cette histoire de défi. J'ai fait court, il était fier de nous, même si mes copains et moi formions une belle équipe de bras cassés. Cela faisait par ailleurs notre noblesse : unis dans la défaite, nous ne risquions rien. J'étais d'accord avec lui.

En retournant sur mon ordinateur, j'avais un nouveau message de Camille, un « Bonne nuit, guerrier ! ». Je l'avais oubliée, mais elle ne semblait pas m'en vouloir. Sans le faire exprès, j'avais suivi les conseils d'Antoine : appâter et garder mes distances. J'ai tout éteint pour prendre un livre, j'ai lu une heure sans rien comprendre.

7

À partir de lundi, tout est devenu différent, au lycée. D'abord le regard qu'on portait sur moi, puis les clans qui se sont formés. Il y avait ceux qui savaient qu'on allait se faire massacrer, ceux qui croyaient en nous, et le reste qui voulait simplement assister au spectacle. Je ne m'attendais pas à ce qu'autant de personnes soient au courant, mais Sarah Le Guern était passée à la vitesse supérieure en créant un blog la veille. C'est comme ça que j'ai su qu'elle voulait être journaliste. La première affaire qu'elle couvrait était notre défi, elle avait même trouvé un titre accrocheur : « Lucky losers contre le reste du monde ». Au début, je ne le trouvais pas à notre avantage, même s'il représentait bien ce qu'on était, mais j'ai fini par adhérer. Quentin et ses deux potes sont venus nous voir à la récréation de dix heures avec un sourire jusqu'aux oreilles.

– Ça va, les losers ? a demandé Jacques-Étienne.

Je n'avais aucune intention de rentrer dans son petit jeu et j'ai attaqué bille en tête sans répondre à sa question :

– On est quatre, il n'y a que trois épreuves. On a décidé que je ne participerai à aucune, mais je fais quand même partie de l'équipe.

– Ce n'est pas beau d'envoyer les autres à l'abattoir, a aussitôt raillé Hubert.

– C'est moche, a ajouté Quentin. Surtout de la part de quelqu'un de tellement attaché à la noblesse !

– Je ne participe pas aux épreuves, mais je fais partie de l'équipe. S'ils perdent, je perds avec eux.

Ils se sont concertés et ont voulu s'entendre préciser que, en cas de défaite, j'aurais moi aussi droit au gage. Je les ai rassurés, ils ont dit d'accord. Les trois quarts des élèves nous regardaient comme si on était en train de signer les accords de Munich. J'ai cherché Camille des yeux, mais je ne l'ai pas trouvée.

– Si ça vous va, a dit Hubert, les épreuves auront lieu les 5 et 6 juin prochains.

– Ça ne fait pas un mois, mais trois semaines !

– On sait, mais le concours d'obstacles vient d'être avancé d'une semaine, on n'y est pour rien.

On s'est regardés avec Kévin, Rémy et Antoine, j'ai lu dans les yeux du premier que, perdu pour perdu, autant en être vite débarrassé, et dans ceux des deux autres que ça ne les dérangeait pas plus que ça. J'ai accepté au nom de l'équipe.

– On commencera le vendredi par la natation, on fera l'aviron le samedi matin et l'équitation l'après-midi, a poursuivi Hubert.

– Pour des raisons pratiques, a expliqué Quentin dont c'était la partie, on fera la course d'aviron sur l'Odet, entre le Cap Horn et Corniguel, ça fera mille mètres.

Antoine n'a pas bronché. Ça ne lui aurait pas posé plus de problèmes si ça s'était couru sur le Mississippi.

– La natation aura lieu à la nouvelle piscine, a dit à son tour Jacques-Étienne. C'est un bassin de cinquante mètres et il y a des gradins, c'est mieux pour le public. On la fait sur cent mètres, je vous laisse choisir la nage.

On s'est tournés vers Kévin qui n'avait visiblement retenu qu'une chose : il y aurait du public.

– On ne peut pas faire ça à l'ancienne piscine ? a-t-il tenté mollement.

– On peut, mais en baskets parce qu'elle a été vidée il y a trois mois quand elle a fermé.

Kévin a fait sa grimace qui voulait dire « décidez à ma place, je m'en fous », on s'est mis d'accord sur le crawl. Le concours équestre était la dernière épreuve et se déroulerait à Douarnenez. Du coin de l'œil, j'ai vu Rémy se mettre déjà une pression de dingue.

– Bon, on a fait le tour. Vous avez réfléchi à votre gage ?

Définition de l'acte manqué : manifestation d'une volonté de l'inconscient. Aucun de nous n'y avait réfléchi parce qu'on savait tous, au fond de nous, qu'on n'avait aucune chance de l'emporter.

– On a plusieurs choix, on n'a pas encore tranché, ai-je répondu en espérant être crédible.

– Comme vous voudrez, nous, on a trouvé.

Le petit sourire qu'ils ont esquissé, au lieu de me faire frémir, m'a préparé à encaisser le coup. Cela dit, j'avais entendu tellement de saloperies sur mon père que celle-ci ne pouvait pas me faire plus de mal.

– Si vous perdez, vous passerez le samedi matin suivant place des Halles, de huit heures à midi, habillés en Roumains. Vous devrez récolter au moins trente euros en faisant la manche.

J'avais tort et mon blindage en a pris un coup. Comment imaginer plus abject ? Je me demandais d'ailleurs quel plaisir ils avaient pris à mettre au point un tel gage. Sur le moment, je m'en suis voulu d'avoir entraîné mes trois meilleurs copains dans une telle humiliation.

– Quand vous vous serez mis d'accord, vous nous ferez part du vôtre ! a ricané Hubert.

On n'a rien répondu. On les a défiés du regard, à moins que ce ne soit l'hébétude qui nous ait donné cet air-là. On les a regardés partir, souriants et fiers de leur trouvaille, unis comme les serres d'un prédateur préhistorique. Il nous a fallu une bonne minute pour parvenir à décrocher un mot. C'est Antoine qui a trouvé la sortie.

– Vous bilez pas, les gars, il y a pire que de passer quatre heures à faire le SDF.

– Il y a quoi ? a demandé Rémy.

– Être SDF.

Autour de nous, les regards se sont détournés, il n'y avait plus rien à voir pour le moment. Il était l'heure de remonter en classe, Kévin, Rémy et moi avions deux heures de français, Antoine deux heures de maths ; je me demandais lequel de nous allait réussir à se concentrer.

Pas moi, en tout cas. Impossible de m'extasier sur la tirade de *Lorenzaccio*, acte III, scène 3. Il y avait pourtant cette phrase de Lorenzo qui résonnait avec tellement de vérité : « J'attendais toujours que l'humanité me laissât voir sur sa face quelque chose d'honnête. » Mon cerveau restait branché sur cette image de nous quatre en train de faire la manche place des Halles. C'était un pari, et, quand on perd, on assume, mais comment se résoudre à accepter cette haine tapie derrière un simple jeu ? Leur gage aurait pu être drôle, créatif ; au lieu de ça, il fallait qu'ils se montrent vicieux, malveillants et même sadiques. Je n'étais ni nègre dans un champ de coton, ni juif dans le ghetto de Varsovie, mais je n'arrivais pas à m'ôter de la tête que ce n'était qu'une question de circonstances. Et je n'étais pas sûr non plus que ce gage suscite la moindre indignation dans tout le lycée. Le seul point positif, c'est que je n'avais plus qu'une idée en tête : les battre et leur faire ravaler leur mépris des losers du monde entier.

À midi et demi, on attendait Antoine pour mettre au point notre riposte à la cantine quand Sarah Le Guern s'est plantée devant moi pour me proposer d'aller déjeuner dans un endroit tranquille. Je lui ai dit que si c'était pour écrire un article sur son blog, c'était toute l'équipe ou rien. Elle a paru étonnée, a réfléchi un instant, puis a accepté.

Sarah avait tout compris au journalisme moderne : avec la tablette tactile qu'elle trimballait partout, elle interviewait, réalisait des sondages, rédigeait des articles et prenait des photos qu'elle postait aussitôt. Il suffisait de mettre en favori *Tiens bon, Sarah*, le nom de son blog, et chacun pouvait les consulter en direct sur son smartphone. On n'avait qu'une heure, on a filé à *La Dentelle*, commandé le menu habituel, elle a aussitôt dégainé ses questions.

– Qu'est-ce que ce défi représente pour vous ?

Première question pour se mettre en jambes que ça coinçait déjà. Kévin, Rémy et Antoine se sont tournés vers moi avec ce regard qui voulait dire : « À toi, coach. »

– Tu enregistres, là ? ai-je demandé en désignant la tablette allumée sur le coin de la table.

– Ça te dérange ?

– Non, ça ira comme ça.

J'ai croisé mes doigts pour les étirer comme j'avais toujours vu mon père le faire avant de commencer à jouer du piano, puis j'ai tout déballé, peut-être trop.

– Au départ, ce défi, je n'y avais pas réfléchi. C'était une réaction épidermique, une provocation en l'air pour montrer à trois débiles qu'on n'était pas des jouets avec lesquels ils pouvaient s'amuser impunément. Sur le moment, il aurait mieux valu une bagarre rangée, se mettre des gnons, déchirer nos vêtements, et peut-être qu'après on serait allés boire des bières. Mais c'est sorti comme ça, et je ne m'attendais pas à ce qu'ils me prennent au sérieux. Sauf que ces gars-là tournent en mode humiliation, c'est dans leur ADN. Ils croient aussi être nés pour diriger, et qui dit diriger dit se faire obéir, rabaisser la concurrence et remporter des victoires. Peu importe de se battre contre des losers, une seule chose compte : ils sont les maîtres, on est les esclaves. Si c'est comme ça qu'ils voient le monde, il est temps que le monde leur montre qu'ils se trompent. Pour répondre à ta question, au début, je m'en foutais, de ce défi, j'étais même prêt à les affronter tous les trois, prendre une raclée et on n'en parlait plus. Maintenant, même si sur le papier on est à des kilomètres, j'espère qu'on va gagner. Ça leur montrera qu'on n'est pas des veaux, ça montrera à tout le monde qu'il n'y a pas de raison de baisser la tête devant eux.

J'allais avaler un bout de crêpe quand j'ai réalisé que personne n'avait commencé à manger. Jusqu'ici, je n'avais pas quitté Sarah des yeux puisque c'était elle qui avait posé la question, mais en regardant mes copains, j'ai eu l'impression d'être Mr Bean à un dîner de la reine.

– Ben quoi ?

– Putain, mec, tu devrais faire de la politique ! a dit Antoine.

– On s'est gourés, a ajouté Rémy, t'es pas notre coach, t'es le Che !

Ils m'ont dit que c'était exactement ce qu'ils ressentaient, que j'avais mis des mots sur leurs frustrations.

– Est-ce que tout cela ne dépasse pas les limites du défi ? a alors demandé Sarah.

Et comment, que ça les dépassait ! Il y avait toutes les injustices du monde dans ce défi, en tout cas du mien, à commencer par mon père. Je n'avais toujours pas digéré de le voir tomber si bas. Un an auparavant, il était l'artiste, le musicien, le peintre, il y avait toujours du monde autour de lui pour l'admirer. Aujourd'hui, il était l'homosexuel qui vivait seul dans un appartement sans âme et picolait pour oublier sa déchéance. Il y avait aussi la grève de mes oncles mineurs que Thatcher avait écrasée, les traders de la City que j'avais trop vus dans le métro, costumes et attachés-cases hors de prix, sans un regard pour des clodos à peine plus vieux qu'eux, il y avait les enfants d'Asie qui travaillaient pour fabriquer nos vêtements à bas prix, ceux d'Afrique qui crevaient par milliers parce qu'ils n'étaient pas blancs, il y avait les femmes d'Inde, du Moyen-Orient et d'ailleurs, que les hommes traitaient comme des esclaves ; c'était toujours la même chose, les forts contre les faibles.

– Je ne sais pas, peut-être, ai-je répondu lâchement pour qu'on ne voie pas la rage m'envahir.

Sarah n'a pas été dupe, mais n'a pas insisté.

– On m'a aussi dit que si Quentin, Jacques-Étienne et Hubert t'avaient provoqué, c'est parce que tu sortais avec Camille d'Arincourt.

– Je ne sors pas avec elle.

J'avais voulu le dire avec détachement, c'était raté.

– C'est en tout cas ce qu'ils croient.

– C'est leur problème, et ça ne les regarde pas.

Elle a eu un petit sourire qui ne m'a pas plu, puis a marmonné que c'était, là aussi, un sujet épidermique. Je n'ai pas eu le temps de répliquer, parce qu'elle a aussitôt demandé ce qui s'était passé à la récréation du matin. Antoine lui a raconté le gage qui nous attendait en cas de défaite, elle a secoué la tête de dépit, puis a demandé quel était le nôtre.

– S'ils perdent, ils mangent à la cantine.

J'ai eu droit à quatre paires d'yeux fixés sur moi.

– C'est tout, ils mangent à la cantine ?! a répété Rémy. On ne peut pas trouver mieux ? Je ne sais pas moi, on les enterre dans le sable jusqu'au cou et on attend que la mer monte, on les fait écarteler en place publique, on construit une catapulte géante et on les satellise ? Qu'est-ce que vous en dites, vous ?

– Moi, je laisse faire le Che, a répondu Kévin.

– Pareil, mec, c'est un cerveau, ce gars-là. Les faire manger à la cantine, ça ne nous saute pas aux yeux, mais c'est sûrement la méga idée !

Sarah a éclaté d'un rire qui a sonné la fin de l'interview. Elle avait ce qu'il fallait pour écrire son article, on a fini nos crêpes et on est retournés en cours. En chemin, Sarah m'a dit qu'elle ne parlerait pas de Camille, en tout cas pas avant d'en savoir plus. Elle m'a aussi avoué qu'elle ne voyait pas en quoi les faire manger à la cantine était un gage, mais elle me faisait confiance parce que j'étais le Che. On s'est souri et ça m'a détendu pour la première fois de la journée.

Moi non plus, je ne voyais pas bien en quoi mon idée était démente. Cela dit, il ne fallait pas s'emballer, il n'y aurait gage qu'en cas de victoire, et là, on en était loin.

8

Mercredi, on avait rendez-vous à deux heures à la piscine. Antoine et Rémy étaient là, mais pas Kévin. On se doutait qu'il était en train de se faire violence pour venir et Antoine a proposé qu'on aille chez lui pour le motiver. On n'avait pas fait cinquante mètres qu'on l'a vu déboucher au coin de la rue. On aurait dit qu'un juge venait de lui coller trente ans de prison. Il ne s'est pas arrêté, on s'est retournés et on l'a suivi jusqu'au guichet. Il a demandé s'il y avait un moniteur de libre et combien ça coûtait, la caissière a regardé sa fiche et nous a dit que le tarif était dégressif. Pour une heure, il fallait compter vingt euros, pour dix, cent soixante. Kévin a jugé que c'était de l'argent gaspillé vu qu'il n'avait pas la moindre chance de gagner. On était d'accord, mais on a quand même décidé qu'il prendrait dix cours. C'était la première pierre qu'on posait à l'édifice de notre lutte, psychologiquement, ça comptait. Et c'était son jour de chance, le prof était libre.

– Tu veux qu'on t'accompagne ?

– J'aime autant pas.

– Tu es sûr ? Avoir du public, ça te mettrait dans les conditions de la course.

– Bien essayé, mais non ! Vous vous barrez d'ici et vous me laissez tranquille.

On n'a pas insisté. J'ai pris cent soixante euros sur les deux cents que m'avaient donnés Quentin, Hubert et Jacques-Étienne et je les ai posés sur le comptoir. La caissière a appelé Kévin « mon grand » et lui a demandé de se dépêcher parce que le cours commençait à la demie. On aurait pu profiter de cette heure pour aller inscrire Antoine à la musculation, mais on a préféré faire le tour de la piscine pour voir si on ne pouvait pas assister au cours de loin. C'est Rémy qui a trouvé l'escalier qui montait à la baie vitrée du haut. On s'est trouvé un coin discret et on a attendu. Kévin est arrivé cinq minutes plus tard, maillot de bain moulant et bonnet sur la tête, on a tous pris conscience de l'effort qu'il avait fourni pour venir jusque-là. Il n'était pas Kévin le Gros pour rien. Ça se voyait moins lorsqu'il était habillé mais, en maillot de bain, il était vraiment obèse. Personne n'a ri, en tout cas jusqu'à ce qu'il mette ses lunettes et se jette à l'eau pour montrer au prof où il en était question nage. Il n'y a pas eu de période d'échauffement, il s'est donné à fond tout de suite. On s'est retenus un moment parce que c'était notre copain, mais ç'a été plus fort que nous.

– Oh, putain ! On dirait un éléphant de mer sous ecstasy ! a éclaté Antoine.

C'était le signal pour nous libérer de toute la nervosité qu'on avait accumulée depuis plusieurs jours.

– Il n'avance pas d'un mètre ! a pleuré Rémy. Le prof est trempé, il est toujours à la même place !

C'est lorsque j'ai vu le moniteur lui fourrer la perche dans les bras pour l'empêcher de couler que j'ai explosé à mon tour. Kévin l'a attrapée et a sorti la tête de l'eau. Ses lunettes étaient de travers et, de là où on était, on devinait à son visage écarlate qu'il n'avait pas respiré depuis qu'il avait sauté dans l'eau. On a mis un quart d'heure à s'en remettre. C'était cruel, mais ça faisait du bien. On avait aussi besoin de se voir tels qu'on était, nuls, mais prêts à se battre. Kévin montrait la voie, il se dépouillait pour l'équipe, au propre comme au figuré, ça voulait dire que nous n'aurions pas le droit d'en faire moins quand notre tour viendrait. Ça ne me mettait d'ailleurs pas très à l'aise vis-à-vis de mes copains. Eux allaient mouiller le maillot, pas moi. Ils allaient perdre leur match, probablement se ridiculiser. Qu'avais-je réellement à donner à l'équipe ? J'ai ravalé mes réflexions parce qu'elles auraient gâché l'ambiance, mais j'allais devoir trouver rapidement à quoi je servais hormis compter les points.

On est redescendus et on a attendu Kévin sur un coin d'herbe. J'ai cherché sur mon portable un club d'aviron pour Antoine, je suis tombé sur Gwendal, un gars sympa qui m'a donné tous les détails que je cherchais. Pour une course en rivière, effectivement, on ne parlait plus de *yole*, mais de *skiff*, et on ne montait pas dessus comme ça, c'était étroit et il fallait de la technique. Je lui ai dit que notre course était dans un mois, il a répondu qu'il n'avait jamais vu quelqu'un maîtriser un bateau en aussi peu de temps. Cela dit, il aimait ce genre de challenge. C'est quand on a parlé prix que mon moral a fait une chute abyssale. Un skiff de compétition, Empacher ou Filippi, pouvait coûter dix mille euros. Pour un premier prix, il fallait compter dans les mille cinq cents ! J'ai aussitôt repensé à ce qu'avait dit Kévin à propos de l'argent des cours de natation. On a pris rendez-vous pour le samedi, il nous donnerait son prix après avoir vu Antoine. S'il jugeait que c'était mission impossible, il nous le dirait parce qu'il n'avait pas de temps à perdre. En attendant, l'entraînement dans une salle était une bonne chose, mais n'avait rien à voir avec les sensations qu'on pouvait avoir sur l'eau.

En raccrochant, j'ai vu que j'avais un SMS. Il était de Camille, qui me demandait si je pouvais l'inviter à boire un verre chez moi. Sur le moment, j'ai tout oublié : l'aviron, Kévin en train de vider la piscine à coups de crawl psychédélique, et même mes copains assis devant moi. J'étais déjà avec elle, dans ma chambre, elle avait envie de faire l'amour, moi aussi, on était maladroits mais on le faisait, on gémissait, on était brûlants, et c'était génial.

– Bon, alors, il a dit quoi, ton gars ?

– Quel gars ?

– Le gars de l'aviron !

– Il veut passer à la maison.

– Qu'est-ce que c'est que ce taré ?! Il donne des cours à domicile, le mec ? T'as intérêt à avoir une grande baignoire !

Je suis redescendu sur terre et j'ai fait un petit looping pour me rattraper sans que ça se voie trop. C'était le genre de choses que je savais faire : je monopolisais la parole, noyais le poisson, puis je posais une question. En général, ça marchait.

– Tu fais une heure d'essai et le gars nous dit s'il t'entraîne ou pas. Quatorze heures, samedi, au club d'aviron de l'Odet, à Quimper, ça vous va ?

– Et la braise ?

– Il nous dira après combien il prend.

Rémy a dit qu'il ne pourrait pas être là parce qu'il avait prévu d'aller monter, mais Antoine était partant. Je n'ai pas parlé du prix d'un skiff parce que j'espérais que Gwendal nous en prête un pour la course. Pour ça, il fallait qu'Antoine démontre de vraies qualités d'avironneur.

– Bon, et le SMS, c'est qui ? Une fille, au moins ?

Rémy avait posé la question, mais ils étaient tous

les deux à essayer de m'hypnotiser du regard pour que je crache le morceau.

– C'est Camille. Elle veut qu'on se voie.

– Ben mon quéchon !

L'expression favorite de Rémy.

– T'as tapé dans le mille, Che ! a dit Antoine. Et t'as plus de chances que ça finisse sur le tagada avec elle qu'avec Sarah !

J'ai souri comme si j'en étais sûr aussi, mais je doute de les avoir convaincus. Cela dit, la seule chose qui comptait, c'était que Camille vienne chez moi.

Kévin est sorti peu après de la piscine, les yeux rougis par le chlore et l'air aussi abattu que lorsqu'il y était entré.

– Alors, ç'a été ? ai-je demandé.

– Avec ce que j'ai bu, les mômes ont pied dans le grand bain, maintenant.

– Et le prof ?

– Il s'appelle Erwan. Pour lui, je suis nul mais, bonne nouvelle, je ne peux que progresser.

– Tu lui as parlé de la course ?

– Il pense que je ferai les cent mètres, mais il faudra pas être pressé.

Je lui ai fait un topo sur l'aviron, il a dit qu'il ne serait pas là non plus, parce qu'il avait un nouveau cours à treize heures. J'allais donc me retrouver seul avec Antoine, ce qui allait nous coûter moins cher en bus puisque c'était le seul moyen de transport que nous avions. On pouvait aussi y aller à vélo, mais je préférais qu'il soit au maximum de sa forme pour épater Gwendal. On était loin d'être compétitifs, mais, au moins, la Team Losers s'organisait.

J'avais peur qu'ils m'en veuillent de les laisser aller seuls à la salle de musculation, mais pas du tout. Ils m'ont juste chambré comme il faut, tout en comptant sur moi pour qu'on entende les cris de plaisir de Camille dans toute la ville. Des mecs, quoi ! Je leur ai donné l'argent qu'il me restait pour l'inscription d'Antoine et je suis rentré. Entre le moment où j'ai envoyé mon adresse à Camille et celui où elle a sonné à ma porte, il ne s'est pas passé plus d'une heure. Ça a suffi pour que je me mette à stresser comme un dingue ! Mon père était sorti et j'ignorais quand il allait rentrer, ce qui fait que je ne savais pas combien de temps j'allais pouvoir être seul avec elle. À Londres, mon copain Gareth demandait à ses parents de lui laisser l'appartement quand il était avec une fille mais, chez les Kinsley, la pudeur familiale m'empêchait d'avoir cette liberté.

J'ai ouvert la porte sur une fille sublime, en robe de lin blanc et ballerines assorties, on aurait dit un ange. Elle était passée chez le pâtissier pour ne pas arriver les mains vides, je lui ai cédé le passage et le soleil a transpercé sa robe pour que je la voie presque nue. L'avait-elle fait exprès ? Qu'avais-je fait pour mériter ça ? Allais-je me réveiller au moment où elle ferait glisser au sol ses dix-huit grammes de lin pour me dire qu'elle voulait faire l'amour là, tout de suite, et tant pis pour les gâteaux ? J'ai essayé de penser à autre chose, au bac, à Manchester qui s'était fait éliminer de la Coupe d'Europe, et même à ma grand-mère, mais tout me ramenait à cette princesse que les dieux avaient poussée chez moi. Elle s'est retournée et, d'un sourire, m'a donné le coup de grâce.

– Tu aimes le chocolat ? a-t-elle demandé en montrant la boîte de gâteaux.

– Si je réponds que ce n'est pas ce que je préfère, tu t'en vas ?

– Non, je vais les manger avec un de tes voisins et je reviens.

– À cette heure, tu as le choix entre un vieux au-dessus, un beau gosse au premier et une femme au deuxième.

– Je vais commencer par le beau gosse.

J'ai rouvert la porte en disant qu'on n'était pas sûrs de se revoir parce qu'il était soupçonné d'avoir assassiné ses trois dernières copines.

– Dans ce cas, je vais aller voir la femme du second.

– Meilleur choix. Elle est persuadée d'avoir été chanteuse grunge sous Louis XV.

– Et le vieux au-dessus ?

– Inoffensif depuis qu'il a perdu sa dernière dent.

– Il mordait ?

– Il a mangé sa femme et ses enfants.

Elle a éclaté de rire et on est allés dans la cuisine. J'ai déballé les gâteaux pour les servir dans la plus belle vaisselle qu'on avait, deux assiettes à dessert avec de jolies montgolfières multicolores. Elle a vu que je ne savais pas lequel choisir et a proposé qu'on les partage. J'ai goûté à l'opéra, chocolat-café, et au megève, chocolat-meringue : je vivais le plus bel après-midi depuis des mois. Je ne sais pas si d'autres auraient réagi comme moi mais, à cet instant, je n'ai pourtant vu qu'une chose : Camille, sa robe légère, ses pâtisseries fines, et moi, de l'autre côté du gouffre qui nous séparait, mon appartement miteux et ma vaisselle de brocante.

– Qu'est-ce qu'ils font, tes parents ?

– Mon père est prof de musique et anime des soirées au piano, ma mère travaillait dans les assurances quand on vivait à Londres. Elle est passée à la vitesse supérieure en assurant son avenir auprès d'un riche oisif pas loin d'ici.

– Ils sont séparés ?

Je n'ai pas donné de détails, seulement dit que c'était mieux comme ça. De son côté, elle m'a appris qu'elle connaissait à peine son père, un photographe qui n'avait jamais su rester six mois au même endroit. D'Arincourt était le nom de sa mère, c'était elle l'héritière de l'empire d'Arincourt. Depuis une dizaine d'années, elle avait confié la direction générale à un brillant diplômé d'HEC dont elle avait fini par tomber amoureuse.

On a encore un peu parlé de nos familles, de sa sœur aînée, promise à une grande carrière de danseuse, de la mienne, prête à repousser à des contrées cosmiques les limites de l'égoïsme, quand je me suis enfin décidé, sous un prétexte bidon, à l'attirer dans ma chambre. Les dieux étaient apparemment avec moi, elle n'a pas tiqué et m'a suivi. Apparemment seulement parce que, en passant devant la chambre de mon père, elle est restée plantée. J'allais excuser ses notions toutes relatives en matière de rangement quand elle m'a demandé, la tête penchée sur le côté, si c'était lui qui avait fait ça.

– Ça quoi ?

– Je peux ? a-t-elle demandé sans attendre que je l'autorise à entrer.

C'était une toile de mon père qui avait attiré son regard, derrière son lit, même pas dans le bon sens. Pour la séance baisers fougueux et caresses fiévreuses, j'allais pouvoir repasser. Elle a redressé la toile, s'est reculée et m'a redemandé si c'était mon père qui l'avait peinte.

– Je ne sais pas, je crois. Ça m'étonnerait qu'il ait des toiles de quelqu'un d'autre ici.

– Il n'a jamais exposé ?

– Une galerie le lui a proposé, mais il a refusé.

– Il en a d'autres, j'imagine ?

– Trois ou quatre traînent ici, quelques-unes sont à la cave, le reste à Londres dans un garde-meubles.

Mon père est rentré à ce moment-là. J'ai prié pour qu'il soit sobre et ne sente pas l'alcool, mais ça allait, il était juste allé faire des courses. Il a salué Camille en français et s'est tourné vers moi pour que je fasse les présentations.

– Camille, une amie du lycée, mon père.

– Enchanté. Vous êtes dans le même classe ?

– Non, moi, je viens du lycée qui a brûlé. Je suis ravie de vous rencontrer. Sean était en train de me montrer vos toiles : j'adore.

– Laquelle ? *This one* ? Je vous le donne !

Mon père dans toute sa splendeur. Ma mère aurait été là, elle aurait levé les yeux au ciel et serait partie faire la gueule toute la soirée.

– Non. C'est gentil, mais je ne peux pas…

– Alors, vous n'adorez pas absolument.

– Si, je vous assure, c'est un tableau magnifique.

– *So*, il est à vous.

Je savais qu'il était sincère. Pour lui, l'art ne se marchandait pas. Seule la matière première coûtait, le reste n'était qu'émotion et n'avait donc pas de prix.

Elle m'a regardé, un peu perdue, je me suis contenté de lever les mains pour signifier que c'était entre elle et lui. En trois phrases, il avait coincé la plus belle fille du monde dans les cordes. S'il avait eu vingt ans de moins, elle en tombait amoureuse pour toujours.

– D'accord, je la prends, a-t-elle fini par dire.

Il est allé dénicher un rouleau de papier kraft dans un placard et a emballé la toile proprement.

– *I let you find a frame of your choice.*

Elle n'a pas compris et s'est tournée vers moi.

– Il te laisse choisir un cadre à ton goût.

Elle l'a remercié comme s'il venait de changer le cours de sa vie, puis s'est tournée vers moi pour me dire qu'il fallait qu'elle parte parce qu'elle avait des tas de choses à faire. Je n'en croyais pas mes oreilles ! En moins d'une minute, dans l'univers de la belle, Kinsley senior venait de désintégrer Kinsley junior ! L'œdipe remontant à la surface au pas de charge, j'ai refermé la porte sur Camille, pour aller me planter devant mon père. J'avais besoin de savoir ce qui lui avait pris de me casser mon coup, il m'a désarmé d'une seule réplique :

– Elle a du goût, cette petite, elle va t'adorer !

Que pouvais-je répondre à ça ?

9

Deux heures plus tard, Sarah m'a appelé. Elle était surexcitée et voulait me voir tout de suite. Je l'ai retrouvée au *Bar à Tribord*, sur le Port-Rhu, où elle buvait une bière face aux bateaux, téléphonait et griffonnait en même temps sur un calepin. Quand elle m'a vu, elle a désigné une chaise pour que je m'assoie. J'ai trouvé qu'elle faisait un peu trop dans la *working girl*, j'ai pris la chaise, mais je l'ai tournée face aux bateaux pour profiter de la vue et du soleil.

– Je vais faire un article sur toi, m'a-t-elle annoncé après avoir raccroché.

– Salut !

– Oui, salut ! Sur toi et sur le défi.

– Tu me l'as déjà dit. Pour ton blog.

– Oui et non. Les choses ont changé.

Elle m'a demandé si je voulais une bière, j'ai dit oui. Elle s'est retournée et a fait signe au serveur. Au clin d'œil qu'il lui a lancé, j'ai compris qu'elle venait ici souvent.

– Qu'est-ce qui a changé, depuis lundi ?

– Deux nouveaux plans sociaux viennent de tomber. Ça fait trois en moins d'une semaine, comme si les patrons avaient senti que c'était le bon moment.

Je ne voyais pas trop le rapport avec moi ou le défi, mais elle avait l'air sûre d'elle.

– J'ai vu les délégués syndicaux des deux boîtes, ils disent que les salariés sont résignés. Pareil à la conserverie Jaouen. Depuis la manifestation de samedi, il ne s'est rien passé, ils attendent de savoir qui va se faire licencier.

J'ai commencé à faire le lien avec le défi, mais je voulais l'entendre de sa bouche. Elle a attendu que le serveur m'apporte ma bière pour exposer son plan.

– La seule révolte locale à laquelle on peut se référer ces derniers mois, c'est la tienne. Tu es celui qui a dit non et je vais faire en sorte que ça se sache.

J'ai continué à regarder les bateaux en imaginant vingt mille personnes défiler dans Douarnenez, scander mon nom, porter des banderoles et d'immenses photos de moi, vingt mille furieux réclamant plus de justice et des élections anticipées aux cris de « Kinsley, président ! ». J'ai reposé ma bière et regretté de n'avoir pas commandé un jus d'orange.

– Tu crois vraiment que les salariés vont se révolter parce qu'un lycéen a lancé un défi sportif à trois crétins ?

– Je compte sur la symbolique. Le lycéen, c'est chacune de ces personnes qui vont se retrouver au chômage. Sur le papier, il n'a qu'une infime chance de gagner, mais il va se battre. Pas pour l'argent ou pour la gloire, mais pour sa dignité.

Je n'ai pas osé lui dire que, dans l'après-midi, la chance était passée d'infime à inexistante. Par ailleurs, quelque chose me faisait douter du résultat.

– Tu ne crois pas qu'un article puisse avoir assez d'écho pour faire bouger les choses ? a-t-elle demandé sèchement.

Je n'ai pas répondu assez vite et une seconde d'hésitation a suffi à la faire dégoupiller.

– Tu penses que c'est moi qui ne suis pas à la hauteur ? C'est possible, je ne suis qu'une petite lycéenne de première, je n'ai jamais fait mes preuves. Mais tu veux que je te dise ? Je vais quand même essayer. Si ça ne marche pas au premier article, j'en ferai un deuxième, un troisième, dix ou cent autres. Et si tu as peur que je sois trop nulle pour raconter tes exploits, tu peux aller voir de vrais journalistes. La seule chose qui m'importe, c'est qu'il se passe quelque chose dans cette ville, que les gens relèvent la tête et arrêtent de se faire prendre pour des cons.

– Des veaux.

– Comment ?

– À la dernière interview que j'ai donnée, j'ai dit « des veaux ».

– Parce que tu as déjà donné une interview ?!

Je n'ai pas répondu pour lui laisser le temps de remettre de l'ordre dans ses pensées. Elle a terminé sa bière, s'est levée et a jeté rageusement ses affaires dans son sac. Je lui ai alors ressorti la phrase que j'avais prononcée à *La Dentelle* :

– Ça leur montrera qu'on n'est pas des veaux, ça montrera aussi à tous les autres qu'il n'y a aucune raison de baisser la tête devant eux.

Elle a reposé son sac sur la table, regardé le bras de mer quelques secondes, sans se rasseoir.

– O.K., l'interview, c'était avec moi. N'empêche que tu ne me crois pas à la hauteur.

– Faux.

– Alors, qu'est-ce qui coince ?

– Je ne crois pas qu'on puisse transposer un défi sportif de lycéens à une lutte des classes. Les gens qui vont lire ton article sont sur le point de se faire virer de leur boîte. On est des mômes, pour eux, ils ont des choses plus sérieuses auxquelles penser.

Elle a ressorti son calepin pour y griffonner je ne sais quoi, a regardé l'heure sur son portable, puis m'a planté là pour aller à son rendez-vous. J'ai fait celui que ça ne dérangeait pas, mais je la trouvais gonflée de m'avoir fait déplacer pour si peu. En la regardant disparaître derrière la médiathèque, j'ai repensé à ce qu'elle m'avait dit à propos de son article. Elle avait laissé entendre que ce n'était pas seulement pour son blog, et je me demandais quel support elle avait trouvé. Elle avait aussi parlé de deux nouveaux plans sociaux, sans préciser de quelles boîtes il s'agissait. J'ignorais comment elle l'avait appris, mais il fallait reconnaître qu'elle faisait un vrai travail de journaliste.

Il était presque huit heures du soir et je n'avais pas envie de rentrer à la maison. Le Magic Fitness Form, la salle où Antoine était normalement inscrit depuis l'après-midi, était à deux pas ; j'ai décidé d'aller y faire un tour. Je ne m'attendais pas à le voir tirer sur un rameur à cette heure-là, mais encore moins à le trouver au bar en train de siroter un cocktail bio hyper-énergétique en compagnie d'une femme qui aurait pu être ma mère ! Pantalon trois quarts moulant et brassière orange fluo, peau rôtie juste ce qu'il faut et cette façon de se tenir fesses en arrière sur le tabouret de bar qui voulait dire : « Toi, mon petit gars, quand tu auras fini ton verre, tu vas passer à la casserole. » Est-ce que cela me dégoûtait ou est-ce que je l'enviais ? Probablement les deux à la fois. La seule chose qui me rassurait, c'est que son maillot était encore humide de transpiration, signe qu'il avait dû tirer comme une bête sur la machine. La cougar espérait sans doute qu'il soit aussi tonique au lit, sur la table de son salon ou là où ses fantasmes la guideraient. Tant qu'elle ne me l'épuisait pas pour l'entraînement de samedi, ça ne me regardait pas. Je suis resté dehors pour qu'il ne me voie pas, tout en songeant à Camille que j'avais laissée filer sans même lui voler un baiser. Le romantisme avait ses limites, il allait falloir que je muscle un peu ma séduction si je voulais m'extirper de la mare aux puceaux, comme disait mon oncle Colin avec beaucoup de poésie. J'allais repartir quand mon portable a sonné. Sans l'avoir enregistré dans mon répertoire, j'ai reconnu le numéro de Sarah.

– J'ai une faveur à te demander !

– À propos de quoi ?

– J'aimerais que tu m'accordes l'exclusivité de tout ce qui pourra être dit ou écrit sur le défi.

En écoutant attentivement, j'ai cru discerner un bruit de fond, comme si elle avait mis son téléphone sur haut-parleur. J'ai de nouveau tardé à répondre, il ne lui en a pas fallu davantage pour se lancer dans un nouveau monologue : elle était la mieux placée pour en parler, au cœur de l'action, on se connaissait… Si je ne l'avais pas arrêtée, elle m'aurait fait une dissertation de quatre pages.

– Je ne parlerai qu'à toi, à n'importe quelle heure de la journée ou de la nuit.

– O.K., merci !

Puis elle a raccroché, me laissant bêtement avec mon téléphone à la main. J'ai senti la morosité m'envahir. Toujours pas envie de rentrer, pas non plus envie de traîner dans la rue, le burn-out de l'ado dans toute sa splendeur. C'est dans ces moments-là que Londres me manquait. Avec un peu de courage, j'aurais fait mes valises, expliqué à mon père que ma vie était là-bas, pris un aller simple pour retrouver mes copains d'enfance, le collège, les après-midi sur les bords du Regent's Canal, les plats indiens dans Camden Market et les soirées à l'*Elephant's Head*.

J'ai fini par rentrer mollement, je suis allé dans ma chambre et me suis allongé sur mon lit. Je savais que je n'allais pas dormir, mais c'était encore l'endroit où j'étais le mieux. Mon père était dans la salle de bains et ne m'a pas vu. Quand il en est sorti, il est lui aussi allé se coucher. Nos chambres n'étant séparées que par une cloison de Placo, il n'était pas nécessaire d'élever la voix pour s'entendre.

– J'ai peut-être trouvé du boulot, a-t-il dit.

J'avais les yeux rivés au plafond et je ne les ai pas déplacés d'un millimètre.

– Dans la musique ?

– À des kilomètres de la musique.

Ç'aurait dû être une bonne nouvelle, mais aucune joie ne perçait dans sa voix.

– C'est quoi, comme boulot ?

– Juste un job pour ramener de l'argent.

– Tu ne veux pas me dire ?

– Plus tard, quand je serai sûr de commencer.

En dehors de la musique, mon père n'avait aucun diplôme, ça pouvait donc être tout et n'importe quoi. Je me doutais cependant que ça n'avait rien de très excitant.

– C'est bien payé, au moins ?

– Non.

– Il y a des avantages en nature ?

– Deux places VIP pour un concert des Stones.

– C'est vrai ?!

– Non.

Je détestais quand il faisait ça. On ne plaisantait pas avec un concert des Stones. Lui les avait déjà vus dix fois, moi, jamais. La dernière, c'était le 6 juillet 2013 à Hyde Park. J'avais un billet que je tripotais dix fois par jour pour être sûr qu'il était bien réel. Il l'était, mais ce qui l'était aussi, c'est la pire gastro de ma vie. Trois jours à vomir toutes les deux heures. Une copine de ma sœur y est allée à ma place, elle n'a même pas aimé.

– Tu as mangé ?

– J'ai bu un verre avec une copine.

– Celle qui est venue tout à l'heure ?

– Une autre.

– Tu as deux filles en même temps ?

– Aucune. C'est juste des copines.

Je m'attendais à ce qu'il me dise que ça allait venir, que j'allais forcément sortir avec l'une ou l'autre, mais non, rien.

– Je peux nous faire deux *welsh rarebits*, si tu veux.

Cheddar fondu sur du pain, sauce bière, moutarde et paprika, œuf toasté par-dessus. Le *welsh rarebit* était surtout le cri de ralliement des Kinsley, un signal pour resserrer des liens, et je ne voulais pas être le premier à m'y soustraire.

On n'a pas reparlé du boulot qu'il avait peut-être

trouvé. Il m'a demandé où j'en étais de mes révisions pour le bac, si j'avais besoin d'aide, ce que j'envisageais comme études supérieures et même si j'avais une idée de ce que je voulais faire plus tard. C'était bon signe, que mon père parle d'avenir. En faisant un rapide calcul, cela faisait plus d'une semaine que je n'avais pas senti sur lui des relents d'alcool. Son week-end à Londres lui avait fait du bien. Jouer au *Soho Bar* lui avait redonné confiance, il en avait même profité pour rompre avec Martin. S'il était dans une bonne passe, je savais cependant que la rechute n'était pas loin. Un doute, une contrariété, une faiblesse avec les copains, il n'en fallait pas beaucoup plus pour qu'il replonge.

On a englouti nos assiettes en trois minutes. Il restait deux Magnum au chocolat dans le frigo, on n'était plus à ça près question calories.

– On parle de toi, en ville. De ton équipe qui va prendre une raclée en sport.

– On n'a pas encore perdu.

– Vous avez toutes les chances de perdre.

– On va se battre.

Il m'a regardé pour savoir si je croyais à ce que je disais. J'ai tenu bon.

– Que vous gagniez ou que vous perdiez, je serai fier de toi.

Ça faisait du bien à entendre. Je lui ai demandé où il en avait entendu parler, il n'a pas su me dire. C'était comme une rumeur qui se propageait.

10

« De la lutte d'une classe à la lutte des classes ». C'était en deuxième page de *Ouest-France*, un article sur deux colonnes. Tout le monde en prenait pour son grade : les patrons qui licenciaient et les salariés à la révolte mollassonne. Les deux entreprises qui préparaient des plans sociaux étaient Jexol, fabricant de peintures industrielles, et les Ateliers d'Arincourt. C'est dans la deuxième partie de l'article que j'entrais en scène :

« Faut-il attendre qu'un lycéen montre la voie de la rébellion pour que les patrons comprennent qu'ils n'ont pas le droit de vie et de mort sur leurs salariés ? Parce que c'est bien de cela qu'il s'agit. Tout le monde connaît l'avenir de ces futurs chômeurs de plus de quarante ans : les plus chanceux seront reclassés dans des emplois qui ne leur correspondent pas, les autres recevront cent lettres de refus pour autant de candidatures spontanées envoyées, à chaque fois un coup de poignard pour leur signifier qu'ils ne sont plus bons à rien. Sean Kinsley est en première littéraire au lycée Saint-Hilaire de Douarnenez. Il y a quelques jours, il a lancé un défi sportif à trois élèves de l'institut Balzac, trois lycéens issus de bonnes familles, fiers de leurs sports qu'ils brandissent comme les étendards de leur classe sociale. Sean Kinsley et ses camarades vont les affronter sur leur propre terrain. Ils n'ont quasiment aucune chance de gagner, mais ils vont se battre. Qu'on ne se méprenne pas, leur combat dépasse de loin le cadre de la cour de récréation, il est fait de la même sueur et du même courage que celui de tous les faibles qui se sont un jour opposés aux puissants. Qui sait si, demain, la lutte d'une classe ne déclenchera pas la lutte des classes ? »

Signé « Sarah Le Guern ». Comment s'y était-elle prise pour obtenir trente lignes en seconde page d'un quotidien aussi important ?

– Elle va se planter, a dit Rémy en refermant le journal qu'on venait de lire à deux.

– Comment ça, « se planter » ?

– Les patrons, je veux bien qu'elle leur tire dessus, mais les salariés, en gros, elle les traite de couilles molles.

J'ai réfléchi, pesé le pour et le contre sans pouvoir les départager, et fini par dire qu'elle avait raison.

– Putain, t'es vraiment le Che, toi !

Dans la cour, des dizaines d'élèves lisaient l'article de Sarah sur leur smartphone, d'autres en version papier. Beaucoup étaient en train d'apprendre que leurs parents allaient se faire virer et la colère était palpable. J'ai pensé à Kévin qui n'était pas encore arrivé et dont les deux parents travaillaient chez d'Arincourt. Ils ne roulaient déjà pas sur l'or et pouvaient perdre tous les deux leur emploi. J'ai aussi pensé à Camille. Son chauffeur n'allait pas tarder à la déposer devant le lycée, et elle allait devoir traverser la cour sous le feu des regards hostiles. Personne n'allait planter sa tête sur une pique, mais je m'attendais à ce que fusent des insultes. Elle était la fille de la méchante, même si sa mère ne dirigeait pas directement les Ateliers d'Arincourt, et je pouvais comprendre qu'elle essuie les premières haines. Seulement, je détestais les louveteaux qui se prenaient pour des bêtes féroces dès qu'ils étaient en bande.

J'étais en train de me demander quelle attitude adopter en cas de problème quand la Chrysler à la calandre démesurée s'est garée devant le lycée. Camille en est sortie sans la moindre hésitation, a rajusté sur ses épaules sa veste en cuir bleu roi et a entamé la traversée de la cour avec une telle majesté que personne n'a rien osé dire. Quelques-uns ont juste secoué la tête de dépit, traduction douloureuse de dégoût et d'impuissance. Comme tout le monde, je l'ai regardée passer sans même penser à lui faire un signe.

– Soit elle n'est pas au courant, soit elle se fout vraiment de notre gueule ! a parfaitement résumé Rémy.

J'aurais bien voulu croire à la première proposition, mais je la savais trop intelligente pour ignorer ce genre de choses. Du coup, une cascade de questions s'est déversée au fond de mon crâne : pourquoi était-elle venue chez moi la veille ? Avait-elle essayé de me manipuler ? Dans quel but ? Allait-on poursuivre notre relation ? Et la plus importante de toutes : avais-je encore une chance de coucher avec elle ?

La sonnerie a retenti et chacun s'est dirigé vers sa classe. Kévin est alors arrivé en courant, suant comme une bête. J'ai tout de suite vu à sa tête d'obèse bienheureux qu'il n'était pas au courant. J'étais en train de me demander si c'était à moi de lui pourrir la journée en lui apprenant la nouvelle, quand trois gars et deux filles à qui je n'avais jamais parlé sont venus vers nous. Ils étaient en terminale à Saint-Hilaire ; c'est à ce moment qu'on a senti que la lutte commençait vraiment.

– On est avec vous, les gars. On ne sait pas de quoi vous avez besoin, mais si on peut aider, on est là.

– S'il vous faut de l'argent, on peut se cotiser.

Le premier s'appelait Théo, la deuxième Romane, une rousse aux yeux verts que j'avais déjà repérée. Les autres n'ont rien dit, mais ils étaient solidaires. On s'est regardés avec Kévin et Rémy, un peu pris au dépourvu, surtout Kévin, qui venait d'arriver et ne comprenait rien à ce soudain élan de générosité. On n'a pas eu le temps de se sentir pousser les ailes de la victoire, Théo nous a flingués en plein envol.

– Désolé pour tes parents, Kévin. Ils peuvent passer voir les miens, s'ils ont besoin.

On a regardé Kévin comme s'il venait de prendre quinze ans de taule. Il a fait sa tête de débile qui croit qu'on lui fait une blague, puis Rémy lui a tendu le journal. Le temps de la lecture, on a vu la misère envahir son visage. Ses lèvres se sont mises à trembler, ses yeux à cligner nerveusement et son teint est passé du rose guilleret au gris cancéreux. On était les derniers dans la cour. Les profs pouvaient nous engueuler, on avait des priorités.

– Ils ne seront peut-être pas dans la liste, a tenté de le rassurer Romane.

Kévin a répondu qu'ils avaient toutes les chances d'y figurer parce qu'ils étaient les derniers arrivés. Il m'avait déjà raconté leur parcours chaotique. Marion et Hervé Le Cornec n'avaient rien d'un cas isolé, mais la galère, ils connaissaient mieux que personne. Chacun son CAP en poche, ils avaient cru travailler toute leur vie dans la même boîte, elle couturière, lui chauffagiste. Seulement la crise ne datait pas d'aujourd'hui. Ils avaient à peine eu le temps de s'endetter pour vingt ans dans l'achat d'une maison plus que modeste et de fabriquer leur gros gaillard de Kévin que le chômage avait tambouriné à leur porte. La suite s'était déclinée en mode petits boulots, chômage, CDD reconduits jusqu'à des limites pas toujours légales, de nouveau chômage, jusqu'à l'aubaine, quatre ans plus tôt : l'embauche en CDI dans les Ateliers d'Arincourt.

– Quelqu'un a un portable, pour que je prévienne mon père ? Il ne travaille pas, ce matin, je ne crois pas qu'il soit au courant.

Il était le seul à ne pas en avoir, et on a tous proposé le nôtre parce que c'était le minimum qu'on pouvait faire. Il a pris le mien et s'est éloigné de quelques mètres. On a détourné la tête par pudeur, et parce qu'il nous faisait mal au cœur, à se retenir de chialer.

– Vous allez leur mettre une trempe, à ces pourris, ça fera du bien à tout le monde, a dit un de ceux qui n'avaient pas parlé.

Avant de rentrer en classe, on s'est dit qu'il y en avait marre que ce soit toujours les mêmes qui trinquent, qu'un jour ça allait péter. D'autres l'avaient dit avant nous, et il ne s'était rien passé.

Kévin, Rémy et moi avons rejoint le cours de géo, où l'on était censés parler des espaces de production agricole en lien avec les marchés européens et mondiaux. Autant dire qu'on n'en avait rien à cirer. On avait cinq minutes de retard, et personne n'avait encore sorti ses affaires. Romino, grande asperge maniérée qui nous faisait gratter des cours magistraux ne souffrant aucune discussion, était en train de faire le coup du « ce n'est pas en classe de géo qu'on va régler les problèmes de l'extérieur ». Il n'a fait qu'ajouter à la frustration et à l'énervement.

– Monsieur, les problèmes n'ont rien d'extérieur, ce sont nos parents qui vont se faire virer, a dit Adèle, une fille que j'aimais bien.

– C'est partout qu'on doit se battre pour changer les choses, en classe aussi, a dit un autre.

– Et il y en a marre de se faire tondre comme des moutons, aujourd'hui, c'est nos parents, demain, ce sera nous, a dit un troisième.

Romino a attendu qu'une accalmie toute relative se présente pour expliquer qu'un plan social n'entraînait pas forcément des licenciements, qu'il y aurait des discussions, des négociations et des reclassements, en gros, qu'il ne fallait pas s'inquiéter. Comme personne ne disait rien, il a dû croire qu'on gobait son baratin et a commencé à parler de la crise, de la difficulté des entreprises à être compétitives, et des restructurations qui étaient parfois nécessaires.

– C'est facile, pour vous, vous êtes fonctionnaire ! s'est alors énervée Léna dont les deux parents travaillaient chez d'Arincourt. Il date de quand le dernier plan social chez les profs ?

– Vous êtes comme les autres, vous nous prenez pour des brouettes !

– Ouais ! Vos cours, c'est de la merde en boîte, ils sont écrits par Bruxelles et par le Medef !

Personne n'a ri, le cœur n'y était pas. Romino s'est figé dans son petit costume en lin et a regardé du côté de la porte, soit pour fuir à Varennes, soit parce qu'il espérait que quelqu'un vienne le sortir de là.

– Vous avez lu l'article de Sarah Le Guern ? C'est elle qui a raison, les patrons n'ont pas le droit de vie et de mort sur nos parents.

Adèle a été la première à se lever, deux autres ont suivi, puis dix, puis toute la classe. Romino a tenté de nous faire rasseoir, mais c'était trop tard. Quelqu'un a lancé que la vraie vie ne s'écrivait pas en classe et que, s'il y avait quelque chose à faire, c'était dans la rue et tous ensemble. C'est ce jour-là que les mots *grève générale* ont été prononcés pour la première fois.

Je me suis retrouvé dans la cour avec l'impression que tout était allé trop vite. Plusieurs fenêtres se sont ouvertes, des élèves ont demandé pourquoi on était là et, d'un seul coup, tout le lycée s'est embrasé. Des portes ont claqué, des cavalcades ont résonné dans les escaliers, puis tout Saint-Hilaire a déboulé autour de nous. On n'était plus trente insurgés, mais cinq cents, il se passait enfin quelque chose à Douarnenez. J'ai aussitôt pensé à Sarah, je l'ai cherchée du regard, mais ne l'ai pas trouvée. L'ambiance était bizarre, tout le monde se regardait sans comprendre comment il en était arrivé là, comme si un hypnotiseur venait de claquer des doigts pour nous réveiller au milieu de la cour. Des surveillants sont venus aux nouvelles, puis Nédélec, le proviseur, est sorti de son bureau.

La quarantaine sportive, une tête à jouer un chirurgien dans une série américaine, il avait la réputation d'être à l'écoute des élèves, surtout s'ils allaient dans son sens. Le brouhaha a baissé d'un ton quand il a commencé à fendre la foule ; à aucun moment je n'ai imaginé que c'était devant moi qu'il allait se planter.

– Venez dans mon bureau, monsieur Kinsley, j'aimerais autant qu'on parle au calme.

D'où est-ce qu'il connaissait ma tête et mon nom, et pourquoi moi ? J'avais suivi le mouvement comme les autres, il aurait pu s'arrêter devant n'importe qui. En plus, je détestais qu'on m'appelle « monsieur ». Je n'ai pas bougé.

– Vous préférez qu'on parle ici ? Très bien, mais dans ce cas, les autres, faites un peu de silence, a-t-il ordonné avec suffisamment d'autorité pour que la consigne se répande rapidement.

Personnellement, je ne préférais rien du tout. J'étais comme Romino dix minutes plus tôt : un lapin pris dans les phares d'un coupé sport. J'ai cherché du regard qui allait pouvoir me sortir de là et j'ai prié pour que Sarah surgisse et endosse la responsabilité de ce foutoir. Par-dessus l'épaule de Nédélec, sans discerner personne en particulier, j'ai vu les élèves de Balzac agglutinés à leurs fenêtres.

– Bien, Sean ! Expliquez-moi ce qui se passe ici et combien de temps cela va prendre pour que vous retourniez en classe.

Mille images se sont télescopées dans ma tête, mille conversations se sont chevauchées, comme si je vivais mes derniers instants. J'ai vu Londres, mes copains d'enfance, mes vacances à Scarborough, ma sœur dans son berceau, j'ai senti l'odeur du malt à la fête de la bière de Camden Market, j'ai entendu les Beatles en vinyle, mes oncles vomir la politique de Thatcher, j'ai vu Camille et sa robe blanche, Kévin à la piscine, Antoine et sa cougar, jusqu'à un dernier visage, celui de mon père, ivre sur un banc du bord de mer, en train de sourire à la vie qui fuyait entre ses doigts. Je ne sais pas combien de temps il s'est passé avant que je réponde, je me souviens juste des mots qui sont sortis de ma bouche :

– Ce n'est pas moi qui ai fait sortir les élèves dans la cour, c'est l'injustice qui a frappé une fois de trop. Vous voulez savoir quand on rentrera en classe ? Quand le monde sera redevenu juste.

Je l'ai dit en le regardant droit dans les yeux. On m'a dit après que j'avais l'air très calme. En réalité, j'étais au bord de l'explosion. S'il avait cherché à discuter, je lui aurais sauté au visage, je l'aurais mordu, griffé, toute la rage que j'avais accumulée depuis des mois se serait concentrée sur lui, il aurait fini en charpie, et moi en camisole de force. Il a simplement hoché la tête avant de se frayer un chemin dans la foule. Le silence a duré quelques secondes, jusqu'à ce que quelqu'un dise que je l'avais mis K.-O.

– C’est le Che ! a gueulé Rémy en levant mon bras.

Ce jeudi 21 mai au matin, malgré moi, je suis devenu populaire dans tout le lycée.

11

À cause de ma formule « les élèves retourneront en classe quand le monde sera redevenu juste », pas mal sentie sur le moment mais, avec le recul, un brin théâtrale, certains ont cru que j'étais vraiment le Che et m'ont poussé à monter sur un banc pour que je guide mes ouailles. Pour ne pas passer pour un dégonflé, j'ai proposé qu'on aille manifester devant les trois entreprises qui s'apprêtaient à licencier, Jexol, la conserverie Jaouen et les Ateliers d'Arincourt. C'était une façon d'initier le mouvement social, mais aussi de refiler le bébé aux salariés. La clameur a été telle que je me suis demandé si, finalement, je n'étais pas le Che. J'ai eu ma réponse en voyant les trois quarts des élèves se ruer dehors sans m'attendre, au cri de : « P-DG, dégagez, le chômage on n'en veut plus, Saint-Hilaire est dans la rue ! » Je suis descendu de mon piédestal et j'ai rejoint Kévin et Rémy qui m'attendaient devant la grille.

C'était ma première manif, je n'ai pas regretté. Il faisait beau, on séchait les cours et les slogans fusaient de toutes parts, avec plus ou moins de saveur. À cinq cents, on occupait toute la rue. La circulation étant bloquée, on aurait pu s'attendre à ce que les gens s'énervent, mais pas du tout, on a même eu droit à des messages de soutien. Jexol et la conserverie Jaouen se trouvaient dans la zone artisanale de Bréhuel. On est allés y brailler : « Patrons, faux jetons, rendez les subventions », « Jexol, fais pas le mariole, tu vas prendre une torgnole », ou encore « Jaouen, nous fais pas l'coup d'la crise, viens nous claquer la bise ». Personne n'est venu à notre rencontre. Pire, les portes se sont fermées comme si on était une horde de pillards prêts à tout saccager. On a alors gueulé tout ce qu'on a pu et quatre ou cinq élèves ont montré leur cul. C'est à ce moment que la police est arrivée, un homme et une femme en voiture. Ils nous ont dit qu'ils n'étaient pas là pour nous empêcher de manifester, mais pour éviter qu'il y ait de la casse.

– Et la casse de l'emploi, vous faites ce qu'il faut pour l'éviter ? a alors demandé un type de terminale.

La flic a voulu répondre, mais c'était trop tard, cinq cents voix se sont élevées pour les conspuer. Quand ils ont compris qu'on ne leur laisserait plus la parole, ils sont remontés en voiture et ont pu, à leur tour, admirer quelques culs nus dans leur rétroviseur.

Les Ateliers d'Arincourt étaient situés à moins de deux kilomètres, sur la route d'Audierne. Je n'avais jamais remarqué qu'il y avait une entreprise là-bas. En arrivant, j'ai compris pourquoi on disait « les ateliers » et non pas « l'usine » d'Arincourt. Ni béton ni grillage, deux bâtiments se faisaient face, jumeaux de bois et de verre, une classe et un raffinement qui m'ont aussitôt fait penser à Camille. On a envahi le parking, prêts à s'époumoner avec nos slogans mis au point durant le trajet, quand on a aperçu des banderoles derrière les baies vitrées. L'enthousiasme est retombé d'un coup. Des centaines de salariés étaient en train d'écouter un type debout sur une table. La vaillante armée que nous avions levée s'était fait couper l'herbe sous le pied. On allait partir quand l'homme sur la table nous a désignés du doigt. On n'entendait pas ce qu'il disait, mais quand on a vu les salariés se retourner et commencer à nous applaudir, on s'est retrouvés comme les mômes qu'on était, émus et un peu cons à ne pas savoir quoi faire. Les portes se sont ouvertes, des parents ont reconnu leurs gosses, on se serait cru après un tsunami quand chacun retrouve un proche sain et sauf.

– Si j'en vois un qui chiale, je me barre, a dit Rémy.

Personne n'a pleuré. Il était presque onze heures, la grève était lancée, on n'avait théoriquement plus rien à faire là. On est quand même restés pour partager l'euphorie générale, chacun promettant que la lutte ne cesserait qu'avec l'abandon du plan social. C'est peu après que la grosse Chrysler noire des d'Arincourt est arrivée. Les vitres étaient trop teintées pour qu'on puisse voir qui était à l'intérieur. Le chauffeur s'est arrêté devant l'entrée des deux bâtiments sous les huées de la foule, et, pendant plusieurs minutes, les portières sont restées closes. Je commençais à me demander si c'était de la provocation ou la trouille d'affronter une meute en colère, quand deux hommes en costume parfaitement coupé en sont finalement sortis. Le premier s'appelait Bayard et dirigeait l'entreprise, le second, Delaunay, directeur des ressources humaines. Sourire navré et gestes d'apaisement ; Bayard a attendu le silence pour se lancer dans un exercice de contrition à peine croyable. Mais qu'est-ce qui lui avait pris de songer à licencier autant de valeureux salariés, des gens qu'il connaissait depuis des années, des amis pour certains ? Depuis combien de temps n'en dormait-il plus à force de chercher une solution pour éviter ce crève-cœur ? Maudite crise, maudit marché ! Le seul soulagement, c'était cette promesse que lui avait faite Delaunay : trouver un reclassement digne pour chaque salarié. On s'est regardés avec Théo, Léna et quelques autres, consternés de n'entendre qu'un murmure de mécontentement parmi les salariés. Qui sait combien de temps la complainte du pauvre roi obligé de couper des têtes aurait continué si Erwan, slameur de terminale ES, ne l'avait pas interrompue ?

– Bayard, lâche le crachoir, t'es un tocard dans ton costard, un gros ringard d'politicard, t'es mon cauchemar de snobinard, et ton traquenard c'est de la couille...

– En barre ! a repris tout Saint-Hilaire en cœur.

Impossible de dire qui a été le plus surpris de Bayard, Delaunay ou des salariés. Le silence qui a suivi témoignant du malaise des uns et des autres, Bayard a souri pour minimiser l'incident, comme s'il s'agissait d'une blague de potache. Avant qu'il ne reprenne son discours, un copain d'Erwan que je ne connaissais pas a remis ça.

– Bayard, t'es un vicelard, un pleurnichard, faut qu'tu décarres, ton enfumoir, déclamatoire, masturbatoire, c'est de la couille...

Cette fois, une partie des salariés s'est jointe à nous pour gueuler « en barre », et Bayard s'est raidi. Delaunay lui a glissé un mot à l'oreille et désigné la voiture qui attendait tout près. Sans attendre, un troisième slameur a enchaîné :

– Bayard, t'es un ringard, un pétochard, lâche le cigare, prends une guitare, on t'file rencard chez les smicards, ton plan dollar, suppositoire, c'est de la couille...

Delaunay s'est engouffré dans la Chrysler, Bayard l'a suivi, ils n'ont dû entendre qu'une clameur étouffée. Dommage, parce que cette fois, tout le monde s'y était mis !

Finalement, on n'était pas venus pour rien. On avait un peu radicalisé le mouvement mais, à part quelques sceptiques, personne ne nous en a voulu. Des petits groupes étaient en train de se reformer, par affinités ou par lien familial; c'est à ce moment-là que j'ai vu Sarah. Elle était accompagnée du type qui avait parlé debout sur la table aux salariés, la trentaine élégante. Tous les deux affichaient un large sourire.

– Bertrand, je te présente Sean.

– Le Che ! a dit Bertrand en me tendant la main. J'ai lu les articles que Sarah a écrits sur toi. Félicitations et merci pour le coup de main, ça nous a bien aidés.

– Salut ! ai-je répondu mollement.

– On ne l'entend pas, mais il déplace tout un lycée en claquant des doigts !

Ce n'était pas exactement comme ça que ça s'était passé, mais j'ai laissé Sarah enjoliver mon rôle.

– Vous avez voté la grève générale ? a demandé Rémy.

– Pas encore, mais maintenant, ça ne va plus poser de problème.

– Pourquoi, ça en posait ?

– C'est toujours plus difficile de démarrer une grève que de la reconduire. C'est comme une guerre, on y réfléchit à deux fois avant de la déclencher, mais, une fois qu'on y est, on se bat jusqu'à la victoire.

– Ou la défaite, n'ai-je pu m'empêcher d'ajouter.

Bertrand m'a regardé comme si je l'avais traité de saltimbanque, puis a eu ce petit sourire suffisant qui ne m'a pas plu du tout.

– On va faire en sorte de gagner. Ce n'est pas un simple match pour la gloire, des emplois sont en jeu, et la vie de centaines de familles avec. On gagnera parce qu'on ne cédera pas un mètre de terrain.

– Vous n'en savez rien.

– Comment ?

– Vous ne savez pas jusqu'où les gens sont prêts à vous suivre. C'est quand ils feront le compte de ce qu'ils auront perdu que vous le saurez.

– C'est ça, ton Che ? a-t-il alors demandé à Sarah. Heureusement que le vrai y croyait un peu plus, parce que ça fait longtemps que Cuba serait capitaliste !

Sarah n'a rien répondu, trop surprise par la tournure de la conversation.

– Cinquante ans de misère sociale, c'est sûr que c'est une belle victoire !

– Ce n'est peut-être pas une victoire mais, au moins, il y a un idéal.

Le ton était d'un coup plus sec, mais ça ne m'a pas impressionné.

– Ça ne nourrit pas, un idéal, ça ne soigne pas, ça n'éduque pas les enfants. Et je ne crois pas que les Cubains aient eu beaucoup le choix.

Il m'a considéré un instant pour savoir si j'allais laisser tomber ou si j'étais prêt à discuter tout l'après-midi, puis s'est excusé. Il avait des choses plus importantes à faire que de polémiquer avec quelqu'un qui n'avait jamais mis les pieds dans le monde du travail.

– Vous êtes tout excusé. Allez préparer votre guerre, ai-je encore dit pour ne pas lui laisser le dernier mot.

Il a secoué la tête, s'est fendu d'un sourire navré, puis est allé rameuter ses troupes.

– Tu t'es fait un pote, a dit Kévin.

– Il m'a gonflé avec son histoire de guerre. Il se prend pour qui, un général ?

– Il est délégué syndical, c'est son rôle d'organiser la lutte quand l'emploi est menacé, a défendu Sarah.

Je les ai regardés tous les trois, deux de mes meilleurs copains et une fille qui m'encensait presque tous les jours dans son blog. J'avais pourtant envie d'être ailleurs, tout me paraissant compliqué à expliquer. En plus, je n'étais pas sûr d'avoir raison et j'avais faim.

– On plie les gaules, les gars !

Je n'avais pas fait dix mètres. Moi qui avais besoin de calme pour mettre un peu d'ordre dans mes idées, j'ai senti tout Saint-Hilaire m'emboîter le pas, puis me dépasser joyeusement, avec parfois un petit mot, un geste amical ou un sourire qui me surprenaient chaque fois. J'étais en train de me dire qu'ils s'étaient mis d'accord pour se foutre de moi quand Kévin est arrivé, essoufflé, à ma hauteur.

– Qu'est-ce qu'on fait, maintenant, Che ?

– Arrête de m'appeler « Che », bordel ! Je ne suis pas un meneur, je suis un mec comme toi et tous les autres !

Il s'est arrêté, puis m'a de nouveau rattrapé.

– T'es pas un meneur, mais quand tu t'en vas sans dire un mot, cinq cents mecs te suivent. T'appelles ça comment, toi ?

– Un hasard.

– Et monter sur un banc dans la cour pour dire à ces mêmes cinq cents mecs d'aller manifester ?

– Un concours de circonstances.

– Et Nédélec qui sort de son bureau pour parler rien qu'à toi ?

– La conséquence d'une circonstance.

Il s'est de nouveau arrêté et je pensais pouvoir rentrer tranquillement quand j'ai entendu la voix de Rémy quelques mètres en arrière. Il ne s'adressait pas à moi, mais c'était tout comme.

– Tu vois, Kévin, avec les Anglais, c'est toujours le même problème : ils ne peuvent rien faire comme tout le monde. On ne comprend rien à leurs *pounds*, leurs *feet*, leurs *miles*, aux règles du polo ou du cricket, ils font de la bouffe que personne ne peut avaler et ne veulent pas entendre parler de l'euro, mais ils restent persuadés d'avoir raison. C'est comme leur humour *british* ! Nous autres, bouseux de Bretagne, on parle d'absurde ou de dérision ; erreur, il y a des nuances qu'on est trop cons pour comprendre. Tu veux que je te dise ? Tout ça, ça date de Jeanne d'Arc. Ils n'ont pas supporté de prendre une trempe et, depuis, que ce soit en sport, en politique ou en ce que tu voudras, sous couvert de fair-play, ils font tout pour nous la mettre à l'envers. Tu veux un conseil? Te fatigue pas avec un Anglais, même une moitié d'Anglais. T'attends qu'il ait fini de déconner et, surtout, tu ne cherches pas la petite bête, c'est un coup à finir dingo!

J'ai fait celui qui n'avait rien entendu, et ils se sont mis à délirer sur la couronne, le *tea time*, le rugby anglais, David Beckham... C'est quand ils se sont mis à chanter faux *Paint it Black*, des Stones, que je me suis arrêté sur le côté de la route pour les attendre.

– Vous êtes vraiment cons, les mecs!

– Tiens, t'es là, Che? m'a fait Kévin avec un large sourire.

Ils m'ont dépassé et ont continué à massacrer ma chanson préférée. Je ne leur en voulais pas, eux non plus, comme quoi on était vraiment amis. Sarah marchait derrière et ne m'a rien dit avant qu'on arrive en ville.

– On peut discuter ou tu vas m'envoyer bouler?

– Si tu m'appelles Che, je te noie.

J'ai ralenti pour qu'elle arrive à ma hauteur.

– Vous allez être prêts pour le défi?

En une fraction de seconde, j'ai revu Kévin à la piscine au bord de l'asphyxie, Antoine et sa cougar, Rémy et son canasson caractériel, mais j'ai dit oui. On a marché encore un peu, elle a alors changé de sujet.

– Pourquoi tu as agressé Bertrand, tout à l'heure ?

– Je ne l'ai pas agressé, je n'étais pas d'accord avec lui, c'est tout.

– À propos de la grève ?

– À propos de sa guerre. Il va la vendre en faisant miroiter la victoire alors qu'il n'en sait rien.

– Tu ne peux pas lui reprocher d'être optimiste ! Si la grève est générale, Bayard sera obligé de reculer.

– Qu'est-ce que tu en sais ?

Elle n'a rien répondu, puis m'a dit que je n'étais pas facile à suivre. Elle a ajouté que c'était peut-être justement ce qui me rendait intéressant, avant de bifurquer vers le Rhu alors que le lycée était tout droit.

12

J'ai été étonné de ne pas être convoqué par Nédélec, mais je ne m'en suis pas plaint. À la cantine, on a reparlé de la grève chez d'Arincourt, puis les discussions ont repris leurs habitudes : le foot, le dernier épisode de *Hunger Games*, le bac qui allait commencer, les garçons, les filles... C'était le printemps, il faisait beau, les hormones fonctionnaient à plein régime. Comme tous ceux de Balzac, Camille était rentrée manger chez elle. Sa mère, ou Bayard directement, allait la mettre au courant de notre petite virée aux ateliers. J'estimais à une chance sur un million la possibilité de lui reparler un jour en tête à tête.

C'est juste avant la reprise des cours qu'ils nous ont provoqués. Saint-Hilaire prenait ses aises sur les pelouses, certains buvant un café, d'autres bronzant en écoutant de la musique, quand Hubert, Quentin et Jacques-Étienne et quelques fidèles lèche-culs sont venus nous faire de l'ombre, au propre comme au figuré. Je m'attendais à ce que Quentin, visage tordu de rage, lance les hostilités, mais c'est Hubert qui s'en est chargé :

– Ça va, les bolcheviks ? Tout se passe bien au XXe siècle ?

Personne n'a trouvé de réplique assez cinglante pour le renvoyer de là où il venait. Du coup, il a enchaîné :

– C'est bien, cette promenade, ça a aéré vos petits cerveaux. C'est quoi, le programme, maintenant, Sean ? On s'organise en kolkhozes, on chante *L'Internationale* ? Il y a quand même un truc qu'on a du mal à saisir. Tu me diras, on est peut-être trop cons pour comprendre. D'un côté, tu appelles à la grève parce que tu refuses que les entreprises restructurent pour être plus compétitives, d'un autre, tu nous lances un défi sportif. Tu le vois, le paradoxe ? J'avoue qu'on s'y perd un peu : il faut se battre dans la vie, ou il faut se laisser écraser par la concurrence ?

Il avait préparé son speech, et probablement une liste d'arguments longue comme le bras. Je n'avais, pour ma part, aucune envie de me lancer dans un débat stérile avec lui. C'était comme de discuter de la torture ou de la peine de mort. Pour ou contre, ça n'avançait jamais, chacun campait sur ses positions.

– Peut-être que tu n'en sais rien toi-même, après tout ? a-t-il encore dit.

– Je n'ai pas envie de discuter avec toi, parce que je pense que tu as raison.

J'espérais le déstabiliser en lui faisant croire que j'allais dans son sens, il a foncé droit dans le petit piège que je lui tendais :

– J'ai raison sur quoi ? Sur le fait que tu ne saches pas s'il faut se battre ou pas ?

– Sur le fait que vous êtes trop cons pour comprendre.

C'était facile, mais ça a fait rire les miens. Le visage de Quentin est passé du rose poupon au cramoisi, il n'allait pas en falloir beaucoup plus pour qu'il explose.

– On est peut-être trop cons mais, dans quelques années, on sera du côté de ceux qui font avancer le pays, pas de ceux qui le freinent.

– Vous ferez avancer le pays en licenciant ?!

– Fais exprès de ne pas comprendre. Tu sais ce qui est triste ? On a le même âge, seulement, toi, tu appartiens déjà au passé.

– Qui sait si mon passé n'a pas plus de classe que votre avenir ? Elles vont ressembler à quoi, vos journées, les gars ? Vous allez vous presser le citron pour trouver comment être encore plus compétitifs, vous rendre malades parce que la concurrence aura gagné plus que vous ? Je vous le laisse, votre paradis, il ne me fait pas rêver.

– Toi, tu préfères bouffer aux Restos du Cœur, bigorneau.

J'avais prévenu que je ne le tolérerais plus. Je n'ai pas réfléchi une seconde, je me suis levé et j'ai parcouru les quelques mètres qui me séparaient de Quentin avec une idée claire en tête, lui mettre mon poing sur la gueule.

– Oh, les p'tits coqs, on se calme, s'est interposé Jacques-Étienne. On est entre gens civilisés, là !

– On est entre gens civilisés, mais il s'excuse ou je lui défonce la tronche.

C'était comme dans un western, deux cow-boys venaient de s'insulter au saloon et s'apprêtaient à vérifier à coups de pistolet qui avait raison. Quentin tardant à s'excuser, Jacques-Étienne lui a glissé à l'oreille que nos comptes allaient bientôt se régler sur les terrains de sport et que ça ne valait pas la peine de gaspiller son énergie pour un mot de trop. J'ai eu droit à un « je m'excuse » qui n'a convaincu personne. Décidément, je haïssais ces mecs. Et j'enrageais d'autant plus de leur avoir servi sur un plateau l'occasion de nous humilier. Je n'ai pas eu le temps d'aller me rasseoir dans l'herbe, la sonnerie a retenti.

Il ne s'est plus rien passé d'important, du moins au lycée. J'ai aperçu Camille, elle ne m'a pas vu ; je me suis ennuyé pendant le cours d'anglais, j'ai pensé lui envoyer un SMS, mais j'ai renoncé faute de savoir quoi lui écrire.

Après les cours, j'ai demandé à Rémy si je pouvais l'accompagner au centre équestre. Il n'a pas sauté au plafond, mais il a accepté, précisant qu'il en était encore à la prise de contact avec Durandal et qu'il ne fallait pas s'attendre à le voir sauter le moindre obstacle. Ça ne m'a pas dérangé. J'avais juste besoin de le voir sur son cheval pour rêver un peu, me dire qu'on avait au moins une chance dans l'une des épreuves.

Rémy avait un peu trop vu *L'homme qui murmurait à l'oreille des chevaux*, l'histoire de ce psychothérapeute pour canassons qu'incarnait Robert Redford. Ou bien c'est son cheval qui l'avait trop vu. Toujours est-il qu'au centre du manège baigné de soleil se jouait une étrange partition, faite de mots marmonnés dans la barbe de Rémy, de souffles et de couinements dans celle de Durandal. Étaient-ils en train d'évoquer leur passé commun, chacun reprochant à l'autre ses erreurs comme deux vieux amants, ou bien établissaient-ils un contrat pour la nouvelle relation qu'ils entamaient ? Rémy marchait à côté de son cheval, Durandal n'avait pas de selle sur le dos et le temps n'était pas arrêté comme dans le film de Redford. Un peu plus loin, une gamine d'à peine dix ans alternait pas, trot et galop avec une élégance de ballerine russe, un vieux bonhomme barbu passait de la marche avant à la marche arrière comme sur un 4x4, tandis qu'une grande rousse à natte tressée assortie à son alezan était en pleine séance de dressage, pas espagnol et piaffer, deux allures aussi majestueuses que compliquées à exécuter. Deux questions m'ont alors percuté l'esprit : où allait-on, à part droit dans le mur ? Qui, de Kévin se noyant à moitié dans sa piscine, ou de Rémy et son cheval se psychanalysant mutuellement, remportait la palme du ridicule ? Pour peu que, samedi, Antoine coule avec son skiff au fond de l'Odet, j'étais prêt à tout envisager, même un exil définitif dans la forêt amazonienne.

– Je ne sais pas si c'est le beau temps qui lui fait du bien, mais je trouve qu'on a bien avancé, s'est réjoui Rémy en sortant Durandal du manège.

– Parce que vous avez terminé, là ?!

– Il est crevé. Si je le pousse, je ne vais rien en tirer et, la prochaine fois, il me le fera payer.

– Tu veux dire qu'en plus d'être caractériel il est rancunier ?

– Ça peut lui arriver. On n'a pas beaucoup de temps pour se préparer, je préfère ne pas risquer le coup.

Je les ai laissés passer devant moi, affligé par ce que je venais d'entendre. Rémy n'était plus le gars que je connaissais, mais une sorte de doux dingue qui venait de passer plusieurs années dans une secte bio, champignons hallucinogènes au petit déjeuner et communion avec des chênes centenaires avant la sieste. Il n'était même pas monté sur son cheval ! Dans le box où je les ai retrouvés, il m'a expliqué qu'il ne voulait pas reproduire avec Durandal ce que son père avait fait avec lui, à savoir le transformer en bête de concours. On ne pouvait gagner qu'en prenant plaisir à concourir, c'était essentiel, surtout en équitation. Je lui ai demandé quand il comptait sauter son premier obstacle, il m'a répondu que ça, il fallait le demander à Durandal. Je n'ai pas su dire s'il se foutait de moi ou s'il était sérieux. On est rentrés ensemble, on a parlé d'autres choses, de la manif du matin, de Sarah, de la bagarre évitée de justesse avec

Quentin, mais aussi d'Antoine qu'on n'avait pas vu de la journée et qui, à cette heure, devait être à la salle de sport. Je me suis retenu de lui parler de sa cougar de la veille, après tout, ça ne nous regardait pas.

En rentrant à la maison, je pensais pouvoir m'isoler dans ma chambre et réviser un peu pour le bac de français, sauf que Baloo, Kibus et Legallovitch, les copains de beuverie de mon père, avaient investi le salon pour une nouvelle séance de refonte du monde.

– James ! m'a sauté dessus Kibus à peine avais-je ouvert la porte. Qu'est-ce que t'en dis, toi ?

– Il s'en fout, a répondu Legallovitch avant même que je sache de quoi il retournait.

– Et pourquoi il s'en foutrait ? Il est pas au lycée, peut-être ?

– Si, mais il s'en fout !

– Eh ben, moi, je dis qu'il s'en fout pas !

– Et pourquoi ça l'intéresserait, d'abord ?

– Pourquoi ?! Il demande pourquoi ! Parce qu'il est le premier concerné, pomme à l'huile !

J'ai mis quelques secondes à me rappeler que James était le surnom dont ils m'avaient affublé, et consacré le reste du temps à me demander en quoi je pouvais bien leur être utile. Avant qu'ils aient fini de s'étriper pour savoir si le sujet m'intéressait ou pas, j'ai eu le temps d'aller claquer une bise à mon père et de me servir un Coca dans la cuisine.

– Demande-lui, mais moi je te dis qu'il s'en fout, a encore bougonné Legallovitch.

Je me suis assis sur le bras du fauteuil dans lequel mon père attrapait au vol les quelques mots de français qu'il repérait et j'ai attendu, aussi concentré que si j'allais devoir trouver une solution au conflit israélo-palestinien.

– Je ne te dis pas qui pense quoi pour ne pas t'influencer, s'est lancé Kibus dans un silence de cathédrale, mais, dans la société actuelle, il vaut mieux exceller dans un domaine ou être moyen dans plusieurs ?

Comment aurais-je pu imaginer que des poivrots connus dans tous les bars de Douarnenez s'interrogeaient sur des questions existentielles ? Du coup, je me suis creusé pour ne pas sortir la première niaiserie venue.

– Tu vois, il s'en fout !

– Il s'en fout pas, il réfléchit. Et tu ferais mieux d'en faire autant avant d'ouvrir ta gueule !

Si je prenais mon exemple personnel, je faisais partie de la seconde catégorie. Je savais des choses sur mille sujets, ce qui ne me donnait aucune qualification, tout juste un vernis assez utile pour ne pas passer pour un illettré. À l'inverse, mon père connaissait la musique mieux que personne, jouait de plusieurs instruments et, pourtant, il était au chômage. Lequel de nous deux était le plus épanoui ou avait le plus de chances de s'en sortir ? Ni l'un ni l'autre. J'ai répondu que c'était une question de choix personnel, choix qui n'était peut-être même pas conscient.

– Exactement ! s'est empressé de dire Legallovitch. C'est inconscient, on ne peut pas choisir ! Qui reveut une bière ? Ça, on a le choix !

– Ma question portait sur la société, a rappelé Kibus en tendant la main pour saisir une bouteille. Il vaut mieux être spécialiste ou généraliste ?

À la surprise générale, c'est mon père qui s'est chargé de répondre.

– C'est la société qui choisit. S'il faut des spécialistes, elle fabrique, s'il faut des généralistes, elle fabrique aussi. « *The choice is an illusion* », *Brave New World, nineteen thirty one*.

J'ai traduit pour nos amis bretons : « Le choix est une illusion, *Le Meilleur des mondes*, 1931. » Ils se sont regardés comme s'il débarquait d'une autre planète, puis ont réfléchi à ce qu'il venait de dire. J'en avais déjà parlé avec lui, les cases préfabriquées de la société qu'il n'y avait plus qu'à remplir, ici un ouvrier, un ingénieur, un patron, là une majorité d'indigents qu'une minorité exploitait avec mépris. J'avais toujours refusé ce pessimisme qu'il partageait avec Huxley, mais était-ce la fatigue ou une partie de mes illusions qui s'étaient évaporées dans la journée, je n'étais plus très sûr de moi.

– Il cause pas beaucoup, le Pedro, mais quand il cause, c'est pour nous la mettre sur le billot et clac, il nous la coupe ! a dit Kibus.

– C'est tes questions qui foutent le bourdon ! lui a renvoyé Legallovitch.

– Mes questions, c'est des questions de société. Elle t'intéresse pas, la société ?

– Si, mais ta question, elle prend le problème à l'oblique. Qu'est-ce que ça peut faire d'être spécialiste ou généraliste quand t'es riche et en bonne santé ?

Kibus s'est gratté la barbe et n'a rien trouvé à répliquer. Mon portable a alors vibré dans ma poche, me fournissant l'occasion de m'éclipser dans ma chambre. J'avais le vague espoir que ce soit Camille, espoir vite brisé lorsque j'ai lu sur l'écran qu'il s'agissait de Kévin. Il avait bien été à son cours de natation, il avait avalé ses dix litres d'eau et cru entendre qu'une gamine de huit ans l'avait baptisé Moby Dick, mais la nouvelle importante, c'était que le prof lui avait rendu notre chèque, non pas parce qu'il arrêtait de l'entraîner, mais parce qu'il lui faisait les cours gratuits. Sa femme travaillait chez d'Arincourt et l'article de Sarah l'avait remué, il voulait apporter sa pierre à l'édifice. Kévin m'a également appris que la grève générale avait été votée chez d'Arincourt et que les salariés occupaient les ateliers jour et nuit jusqu'à nouvel ordre.

– Tes parents dorment là-bas ?

– Mon père voudrait bien, mais ma mère pense que tant qu'on ne sait pas qui va se faire virer, il vaut mieux se faire discret.

Ça n'était pas très courageux, mais comment blâmer quelqu'un qui avait déjà tant souffert du chômage ?

– Et toi, tu en penses quoi ?

– J'en pense qu'un jour il faudra que mon père arrête de s'écraser devant elle.

C'était un sujet qui l'attristait et je n'ai pas insisté. Il a voulu savoir si l'entraînement de Rémy s'était bien passé, j'ai dit qu'il y avait une vraie communion entre l'homme et la bête, et que s'ils ne faisaient pas des miracles au concours, ils pouvaient toujours écrire un livre à deux mains et quatre sabots ou même emménager ensemble. Il a dit qu'il ne comprenait rien à l'humour anglais, mais que, tant que Rémy s'entraînait, ça lui allait.

– Et Antoine, des nouvelles ?

– Je l'ai vu hier soir à la salle de sport, il soulève tout ce qu'il veut, ai-je dit en pensant à sa blonde fluo.

– Tu penses qu'ils ont une chance de gagner ?

– *On* a une chance. Personne ne gagne ou ne perd individuellement, on est une équipe.

– O.K., je reformule : est-ce que tu penses que l'équipe a une chance de gagner en sachant qu'un de ses membres va se faire laminer à la piscine ?

Je n'en croyais pas un mot, mais j'ai dit oui, on ne partait pas battus d'avance. Ça aurait fait trop plaisir à nos adversaires et des gens comptaient sur nous, à commencer par son prof de natation. Question popularité, il était probable qu'on mène aux points, Sarah était d'ailleurs persuadée que ça pouvait peser dans la balance. J'ai raccroché sans avoir convaincu Kévin.

Quand je suis retourné dans le salon, mon père était en train de raccompagner ses copains. En refermant la porte derrière eux, il a lu l'étonnement sur mon visage et a devancé mes questions :

– Ils vont passer la soirée dans un café littéraire, débattre de l'influence des auteurs du XVIIe sur le cinéma danois... Je n'ai pas le courage, ce soir.

J'ai souri en mesurant les efforts qu'il faisait pour ne pas céder à la tentation d'une énième tournée des bars. Je ne savais pas si Kibus, Baloo ou Legallovitch avaient des enfants, en tout cas, mon père n'allait pas finir la nuit à vomir ses bières sur le trottoir. Selon ma mère et ma sœur, il avait des tas de défauts, pour moi, c'était le meilleur père au monde.

13

J'aurais dû sécher la matinée du vendredi. Pas à cause des cours, mais parce que j'ai passé mon temps à me justifier et que, le plus souvent, ça s'est terminé en engueulade. Sarah avait publié un article qui me mettait en première ligne. Selon elle, j'avais « activé le dernier levier pour que la grève générale chez d'Arincourt soit déclarée ». C'était largement exagéré, mais certains ont fait des raccourcis et m'ont désigné comme le responsable. Les mêmes qui m'avaient vu en retrait de la manifestation de la veille ou m'embrouiller avec Bertrand, le syndicaliste. Quand j'ai appelé Sarah pour lui demander de s'en tenir aux faits et d'être moins partiale, elle m'a rétorqué qu'il était important que les gens s'identifient à une icône forte. C'était comme ça que naissaient les mythes. J'ai répondu que les mythes, c'était Elvis, James Dean ou les Stones, elle a dit que le Che aussi était un mythe, j'ai raccroché. Elle aussi commençait à me gonfler sérieusement !

À la récréation de dix heures et demie, une poignée d'élèves de Saint-Hilaire me sont tombés dessus pour me débiter le bla-bla habituel : déclencher des grèves n'allait pas régler la crise, les finances étaient à sec, ce n'était pas le moment de saboter nos entreprises... Tous avaient participé à la manif la veille, tous avaient gueulé en chœur « Bayard, t'es un tocard », il y en avait même un dont les parents travaillaient chez d'Arincourt. Hallucinant !

– En plus, t'es à moitié anglais, qu'est-ce que ça peut te faire ? m'a même zozoté un type avec un pull en laine alors qu'il faisait déjà plus de vingt degrés.

J'ai pensé les planter là, leur dire de se démerder ou bien d'aller se faire foutre, mais ç'a été plus fort que moi, il a fallu que j'argumente. J'ai contesté la série de débilités qu'ils entendaient en boucle dans les médias : non, le pays n'était pas à sec, il suffisait de faire le compte des industriels, banquiers, sportifs et de tout un tas de privilégiés qui n'avaient jamais eu le portefeuille aussi bien rempli. On n'avait même jamais vu autant de millionnaires depuis le début de la crise, pas seulement en France, mais aussi en Espagne et en Grèce. Il était également faux de penser que les entreprises étaient la vraie richesse d'un pays. La vraie richesse, c'était les salariés, et il était temps de leur redonner une dimension humaine au lieu de les considérer comme du bétail. Puisque j'étais lancé, j'ai aussi dit que la crise n'était qu'un épouvantail créé de toutes pièces par les puissants d'Europe et du monde pour mettre au pas les plus faibles. J'aurais pu continuer encore longtemps quand une fille de seconde m'a scié en deux :

– En fait, t'es juste chiant, quoi !

Je n'ai pas su quoi répondre. Ils se sont regardés, j'ai lu de la pitié dans leurs yeux. Je suis remonté en classe en croisant les doigts pour que personne ne me parle, ni de grève, ni de défi, ni de rien. Les dieux m'ont entendu dans un premier temps, mais deux heures de composition chimique des aliments ont dû les anesthésier. Dès la sortie de la classe, deux filles que je ne connaissais pas m'ont dit que je ne pensais qu'à moi, en aucun cas à leurs parents que j'avais poussés à faire grève. J'ai bien tenté de dire que le plan social chez d'Arincourt ne datait pas d'hier, elles n'ont rien voulu savoir. Je n'étais qu'un petit arriviste en mal de notoriété, et si un jour je me retrouvais au chômage avec des gosses et des crédits sur le dos, elles n'allaient pas pleurer. J'ai essayé de les désintégrer du regard, ça n'a pas marché.

C'est en entrant dans le réfectoire que j'ai senti mon portable vibrer dans ma poche. J'ai hésité à décrocher, mais je me suis dit que, pourrie pour pourrie, autant se débarrasser de toutes les galères dans la même matinée.

– C'est Camille, tu as mangé ?

Impossible d'articuler la moindre réponse.

– Sean ?

– Je suis dans l'escalier, ai-je menti en me reprenant, ça passe mal.

Je ne sais pas si elle m'a cru, mais elle a poursuivi comme si de rien n'était.

– Je te demandais si tu avais mangé.

– Pas encore.

– Tu connais *La Scène* ? Un restaurant qui vient d'ouvrir près du port. Je t'invite.

Elle m'a donné l'adresse et dit qu'elle m'attendait sur la terrasse. J'ai rangé mon portable dans ma poche en me demandant si je n'avais pas rêvé.

– Tu avances, mon grand ?

– Comment ?

– Tu avances ou tu restes planté là ?

J'avais horreur qu'on m'appelle « mon grand », surtout quand ça venait d'un type à peine plus âgé que moi. Je n'ai rien dit parce qu'il avait raison, j'avais laissé trois mètres d'écart avec l'élève qui me précédait dans la file. En me voyant faire demi-tour, Kévin et Rémy m'ont demandé ce que je faisais, j'ai répondu que je devais partir. Je m'en voulais un peu, mais j'en avais marre de me justifier à propos de tout. J'avais aussi besoin de disparaître, de retrouver une vie normale, une vie de lycéen qui va passer son bac et qui est amoureux de la plus belle fille du monde. J'avais rendez-vous avec elle au restaurant, je portais une belle chemise et j'avais mis du parfum, ce qui n'arrivait pas tous les jours. Rien d'autre n'existait à cet instant.

« Près du port », j'avais d'abord pensé qu'il s'agissait du port de pêche, mais le quai d'Yser serpentait devant le port maritime, côté Tréboul, pas du tout le même standing. En arrivant devant, j'ai hésité. Une fois dans ma vie, j'avais déjeuné dans un restaurant de cette classe ; c'était à Londres, un repas pour quatre que ma mère avait gagné dans une foire commerciale. Un comptoir traversait le hall d'entrée de part en part, je n'ai pas osé jeter un coup d'œil aux menus.

– Vous êtes attendu à la terrasse, jeune homme, m'a alors dit une femme en costume blanc.

J'ai cru qu'elle se trompait, mais non, c'était bien à moi qu'elle s'adressait. Avec un sourire auquel je ne trouvais rien à redire, elle m'a guidé vers un escalier en marbre assez large pour faire passer un tracteur. Au premier se trouvaient les cuisines, au second la terrasse, abritée du soleil par d'immenses parasols. La vue sur la mer était magnifique, une légère brise rafraîchissait l'air, les femmes portaient des robes, les hommes des chemises avec cravate, un serveur est passé à côté de moi avec deux assiettes de poisson tout droit sorties de chez un designer. D'un geste discret, la maîtresse d'hôtel qui me sentait perdu m'a indiqué une petite table ronde sur la droite. J'ai reconnu la natte blond doré de Camille. Encore une fois, je me demandais ce que j'avais fait pour mériter ça.

– Ah, Sean ! Tu as trouvé facilement ? Tu es peut-être déjà venu ?

Elle savait pertinemment que je n'avais jamais mis les pieds dans un endroit pareil, mais c'était dit sans volonté de me rabaisser.

La table était assez grande pour six. La nappe, les serviettes et les verres ne venaient pas d'Ikea, les couverts étaient en argent ; dans ce décor féerique, Camille semblait chez elle. Je me suis assis en face d'elle, j'ai coupé mon téléphone, comme chez le médecin, pour ne pas déranger et pris le menu qu'elle me tendait. Le prix de l'entrée la moins chère dépassait largement celui d'un repas complet dans tous les restaurants où j'avais l'habitude d'aller. Pour ne pas la faire attendre et parce que l'énoncé ne m'évoquait rien de connu, j'ai choisi « le crémeux de butternut à la truffe noire ». Elle a souri, j'ai cru avoir dit une stupidité, mais non, il s'agissait juste de son entrée préférée. Comme quoi, j'étais sur la défensive. Ça me mettait d'ailleurs mal à l'aise. Non pas d'ignorer les conventions du grand monde, mais de m'infliger ce complexe d'infériorité.

– Et comme plat ?

– La langouste façon Richard.

C'était le plus cher. Je n'avais jamais mangé de langouste et je me demandais si Richard était le chef du restaurant ou s'il s'agissait d'une référence à Richard III, Richard Gere ou Keith Richards, même si ça m'aurait étonné un peu. Camille a refermé son menu sans sourciller, un serveur est venu à notre table pour prendre la commande. Tout était donc possible sur cette terrasse. En tendant mon poing vers le ciel, peut-être pouvais-je m'envoler comme Superman.

– J'ai montré le tableau de ton père à ma mère, elle adore. Elle aimerait en voir d'autres, si c'est possible.

Je n'ai pas pu m'empêcher de penser que ça y était, le talent de mon père allait enfin être reconnu, il était un immense artiste et allait vendre ses œuvres dans le monde entier à des prix indécents. En tant que fils préféré, je bénéficiais de son aura, ce qui expliquait que, dorénavant, je déjeunais dans les plus grands restaurants.

– Il en a quelques-uns à la cave, le reste est à Londres. Je peux lui demander, si ça l'intéresse.

– Il n'a pas un book, sur papier ou en ligne ?

– Mon père sait tout juste envoyer un e-mail. Il écrit encore des lettres et consulte les Pages jaunes.

Elle a ri, croisé les mains sagement sur le rebord de la table et m'a regardé comme si elle s'apprêtait à me dire quelque chose de personnel. En tout cas, c'est ce que j'espérais. J'étais tout ouïe quand je l'ai vu débouler sur la terrasse, costume impeccable, lunettes de soleil, l'air de connaître tout le monde, mais pas le temps d'aller saluer chacun personnellement, un petit signe de la main, un sourire, et oui, ma belle-fille est là, avec un ami de son âge, la table est assez grande pour trois, apportez-moi comme d'habitude, ce sera très bien.

– Ça va, ma belle ? Vous n'avez pas commencé ?

Aucune déception sur le visage de Camille, elle a même eu l'air ravie de le voir. Lui, pas gêné le moins du monde de nous interrompre, faisant de la place sur la table, allant lui-même chercher une chaise pour s'installer, orientant le parasol pour avoir un peu d'ombre, l'importun dans toute sa splendeur. Si j'avais été Superman, il traversait la baie de Douarnenez en vol plané.

– Sean, tu connais Jérôme, mon beau-père ? Jérôme, voici Sean, surnommé le Che au lycée.

– Salut, Sean, m'a-t-il fait en me tendant la main. On s'est vus hier aux ateliers, n'est-ce pas ?

Je ne pouvais pas faire autrement que de lui serrer la main, je me suis même écarté pour lui faire de la place.

– J'ai lu les articles dans le journal. C'est donc à toi que je dois la petite fête d'hier midi ? C'était très réussi, j'ai beaucoup apprécié l'humour de tes camarades.

Impossible de savoir s'il se foutait de ma gueule, s'il avait l'ironie amère ou si ça ne lui avait finalement fait ni chaud ni froid. J'ai décidé de la jouer sur le même ton, ce n'était pas ce con qui allait gâcher mon initiation à la truffe et à la langouste.

– On remet ça quand vous voulez, ai-je proposé.

– Garde tes forces pour le bac, personne ne changera rien à ce qui doit être fait.

– Alors ça, c'est la phrase qu'il ne faut surtout pas dire à quelqu'un comme moi ! Le simple fait d'affirmer que personne ne changera le cours des choses, ça m'excite, ça me donne envie de déployer toute mon énergie pour vous prouver le contraire.

Il a eu ce sourire suffisant qui m'a encore plus énervé. Je n'étais qu'un microbe pour lui.

– Il est parfait, a-t-il fait à Camille comme si je n'entendais pas. C'est bien d'avoir des illusions. J'étais comme toi, à ton âge.

– Vous viviez dans soixante mètres carrés avec votre père au chômage et mille deux cents euros par mois ? Vous avez drôlement bien réussi, dites donc !

– J'avais de l'ambition, l'envie de changer le monde et de le rendre meilleur.

– Meilleur pour qui ?

– Pour tout le monde.

– Vraiment ? Vous êtes sûr que ce n'était pas plutôt pour les gentils notables qui déjeunent autour de nous ? Je suis sûr qu'ils vous adorent. Vous leur avez raconté notre petite virée aux ateliers ? Je me demandais d'ailleurs quel passage vous aviez préféré. « Bayard, t'es un ringard, un pétochard, ton plan dollar, suppositoire, c'est de la couille en barre » ou bien...

Il ne m'a pas laissé poursuivre. Dommage, parce que ce petit jeu commençait à me plaire. J'avais parlé assez fort pour que les convives des tables les plus proches entendent sans avoir à tendre l'oreille.

– Tu as raison, m'a-t-il coupé sans se départir de son sourire, nous sommes différents. À ton âge, mon insolence se limitait à refuser les voyages au bout du monde que me payaient mes parents. Et encore, je finissais toujours par capituler.

Camille n'est intervenue à aucun moment dans notre petite joute verbale, sans que je sache si elle était mal à l'aise ou amusée. Tout comme son beau-père, elle savait ne rien laisser paraître. Le serveur a sonné la trêve en apportant nos entrées, Bayard avait choisi une *nage de Saint-Jacques à la citronnelle* et commandé une bouteille de vin blanc plus vieille que moi. On ne se refusait rien, dans le grand monde.

J'aurais voulu que mon crémeux à la truffe soit quelconque, pouvoir me dire que tout ce luxe, ce raffinement n'étaient que de la frime. Sauf que c'était divin, du Mozart en bouche, du Renoir à papilles. Bayard m'a servi un verre de vin, je n'y connaissais pas grand-chose, mais là aussi, c'était à tomber.

– Chambolle-Musigny. Grand cru. Tu connais ?

J'ai fait non de la tête, timidement, j'avais perdu de ma morgue. Camille mangeait et buvait avec classe, le dos bien droit, toute la noblesse de sa particule s'exprimant dans son maintien. J'ai lutté pour ne pas me laisser écraser par le sentiment de puissance qu'ils dégageaient, pas seulement Camille et Bayard, mais tous ceux présents sur cette terrasse, coterie bretonne n'ayant que faire de la crise, des plans sociaux et des salariés au sommeil haché par le cauchemar du chômage. Ceux-là dormaient bien, mangeaient bien. Pourquoi Camille m'avait-elle invité là ? Une pizzeria, une crêperie aurait suffi pour parler des toiles de mon père. Avait-elle voulu me tendre un piège, me mettre face à mes contradictions en m'obligeant à fréquenter la classe sociale que j'avais prise en grippe ? Je ne la connaissais pas bien, juste assez pour savoir qu'elle cultivait l'art de l'ambiguïté.

La langouste est arrivée, braisée, servie avec des ravioles à l'ail et à la tomate, on a poursuivi avec le même vin, la maîtresse d'hôtel est venue nous demander si ça allait, oui, ça allait, il aurait fallu être vicieux pour prétendre le contraire. Sur la lame de mon couteau, j'ai alors remarqué l'inscription finement gravée : *d'Arincourt*, avec le *A* travaillé qu'on retrouvait sur tous les couverts, la nappe et les serviettes. Bayard m'a vu et n'a pas manqué l'occasion :

– Toute la vaisselle provient des ateliers, le linge de table aussi. C'est du haut de gamme, on est huit sur le marché, on subit tous la concurrence de la Chine, de l'Inde, et du Brésil. Si on n'est pas vigilants, si on ne sait pas s'adapter, on disparaît. Plus de couteaux, plus de nappes, plus d'ateliers et, au final, plus d'employés. On aimerait tous continuer comme avant, mais le rouleau compresseur est en marche. Toi, tu vois le plan social comme une punition, moi comme une bouée de sauvetage.

Je me suis dépêché de terminer ma langouste pour que le discours de ce salopard n'en rancisse pas le goût. Je me suis demandé un instant s'il ne valait pas mieux l'ignorer ou reprendre la conversation avec Camille à propos des toiles de mon père, pour qu'il comprenne qu'il était de trop. Mais Bayard, par jeu ou par provocation malsaine, me fixait et attendait une réponse. J'ai pensé à Kévin et à ses parents, à Sarah, à mes oncles et même au Che, et alors que je m'étais parfaitement tenu à table, je me suis mis à saucer le jus de ma langouste avec mon index, je l'ai passé dans ma bouche et j'ai fait claquer ma langue, comme le paysan qu'il voyait en moi.

– Vous savez, Bayard, vous gagneriez à écouter ce qu'on vous dit et à ne pas sous-estimer vos adversaires. Tout à l'heure, vous étiez persuadé que rien ne changerait le cours des choses et là, vous remettez ça avec votre discours de pauvre petit P-DG obligé de sacrifier une partie de ses employés. Malgré les apparences, je ne me sentais pas plus impliqué que ça dans la grève, mais vous avez su réveiller la nausée que m'inspirent les gens comme vous. À partir de maintenant, je vais tout faire pour vous emmerder.

– Parfait ! On se revoit sur le front, mais là, j'ai du travail. Camille, tu mets tout sur ma note, ça me fait plaisir.

Il s'est levé, a tapoté l'épaule du clown insignifiant que j'étais pour lui et a embrassé Camille sur le front avant de disparaître comme il était arrivé, business-man pressé lançant des sourires et des signes de main en guise de salutations.

– Dessert ? a tinté la voix ingénue de Camille.

Je me suis vu attraper sa natte blonde et lui plonger la tête dans ses restes de ris de veau. Quatre serveurs auraient accouru pour me ceinturer, des protestations outrées auraient jailli de toutes parts, qu'on jette ce rustre dehors, non, plutôt par-dessus bord, vous avez vu, on l'accueille, on l'éduque, on lui sert les meilleurs plats dans la plus belle vaisselle, aucune reconnaissance, un sauvageon reste un sauvageon, qu'on ferme les portes de notre tour de marbre ! Cela dit, jusqu'à preuve du contraire, Camille n'était pour rien dans cette petite comédie. J'avais tout de même besoin de le vérifier :

– Tu savais qu'il viendrait ?

– Bien sûr, c'est même moi qui lui ai dit de passer. J'adore mettre les gens mal à l'aise. J'ai aussi invité ta copine Sarah, pour être sûre d'avoir un beau clash, mais elle avait un nouvel article à écrire sur toi. C'est ballot, une prochaine fois, peut-être !

Je ne savais plus quoi penser. Mon cœur voulait lui faire confiance, tandis que ma tête hurlait que la blanche colombe n'avait rien d'innocent. Le mille-feuille de fraises et de pistaches est arrivé, divin, comme le reste. Je n'avais pourtant qu'une envie, quitter cet endroit qui tenait plus de l'enfer que du paradis.

– Jérôme est le mec de ma mère, pas le mien, je ne suis pas au courant de son emploi du temps. Si tu penses que je t'ai attiré dans un traquenard, très bien, restons-en là, je n'ai aucune envie de te prouver le contraire. Et s'il t'a gâché le repas, j'en suis désolée. Il a aussi gâché le mien. Pour que tu ne vomisses pas une fois sorti d'ici, sache que c'est moi qui t'invite, pas lui. Et maintenant, qu'est-ce qu'on fait ?

Je me suis levé, j'ai approché ma chaise de la sienne, me suis rassis et l'ai embrassée comme j'aurais dû le faire depuis longtemps. Elle n'a pas résisté et, quand je me suis écarté, elle a dit qu'elle en parlerait au chef pour mettre ça au menu parce qu'effectivement ça terminait bien un repas.

– Et maintenant ? ai-je demandé à mon tour.

– Je dois rejoindre ma mère. Je sais, ça fait vieille fille, mais impossible d'y échapper.

Elle s'est levée et m'a redit qu'il fallait absolument que je parle à mon père de ses tableaux. J'ai acquiescé dans le vague et je l'ai laissée partir. Comme un con.

14

J'ai passé l'après-midi comme un zombie. D'abord en cours de français, où la prof a fait passer un oral blanc à quatre élèves tirés au sort, puis en rentrant à la maison avec Kévin et Rémy. Quand ils m'ont demandé ce que j'avais fait à midi, j'ai répondu que mon père avait eu besoin de moi pour rédiger une lettre de motivation. Ça leur a paru crédible, parce qu'ils n'ont pas cherché plus loin. J'étais incapable de leur parler de Camille, c'était trop frais dans ma tête, trop compliqué aussi : je n'arrêtais pas de me demander si elle m'avait menti à propos de Bayard.

Autre chose commençait à nous inquiéter : aucun de nous n'avait de nouvelles d'Antoine. Le dernier à l'avoir vu, c'était moi, deux jours plus tôt, à la salle de sport. On avait un peu de temps devant nous et on a décidé d'aller se renseigner à son foyer. On n'a pas eu à monter jusqu'au quatrième où se trouvait sa chambre, une gamine nous a reconnus et dit qu'il était passé la veille prendre des affaires. Il ne dormait plus ici depuis le début de la semaine.

– Il n'a pas laissé de message ? ai-je demandé.

– J'ai une tête de concierge ?

– Vu que tu nous donnes des infos sans qu'on ait rien demandé, ce n'est pas impossible.

– Allez vous faire foutre !

J'avais un don pour me faire des amis.

On s'est finalement quittés plus tôt que prévu. En rentrant, j'ai croisé mon père qui partait faire des courses. J'ai voulu lui parler d'Éléonore d'Arincourt, il m'a dit qu'il n'avait pas le temps, que le frigo était vide et qu'on n'aurait rien à manger s'il ne s'activait pas. Je suis rentré, la chaleur avait envahi l'appartement, j'ai pris un bain tiède avec mon MP3 et m'y suis endormi.

Ce n'est pas l'eau froide qui m'a réveillé, mais une sensation mille fois plus désagréable. Deux dindes gloussant dans l'entrebâillement de la porte, ma sœur et une copine que je n'avais jamais vue. Sur le moment, je me suis dit que je rêvais, mais non, elles étaient bien là. J'ai retiré mes écouteurs pour les engueuler, ma sœur m'a devancé :

– Lucie, je te présente le Che ! Bon, là, l'eau froide ne le met pas forcément en valeur, mais c'est bien lui.

Elles ont éclaté de rire, je leur ai envoyé une gerbe d'eau qui n'a fait que les exciter davantage. Pour ne rien arranger, je n'avais pas pris de vêtements de rechange et j'ai dû rejoindre ma chambre la serviette autour de la taille. Elles attendaient ma sortie assises sagement sur le canapé, j'ai eu droit à deux *« ¡ Viva la revolución ! »* hilares. J'étais en train de mettre au point un double homicide quand mon père est rentré.

– C'est toi qui lui as dit de passer ? ai-je demandé, furieux, après avoir enfilé un jean et un tee-shirt.

Ma sœur a fait comme si je n'étais pas là et est allée l'embrasser pour le remercier. Avant d'entraîner sa copine dans l'escalier, elle m'a fait un doigt qu'il n'a pas vu. Fin de l'intermède Louise. En cinq minutes, j'avais eu ma dose.

– Les parents de sa copine l'emmènent en croisière sur leur voilier, elle avait besoin d'une autorisation, m'a-t-il expliqué avant que je ne pose la question.

Ça n'avait pas l'air de le choquer plus que ça. On surnageait péniblement au-dessus du seuil de pauvreté, ma sœur, elle, se faisait inviter sur un voilier. J'ai laissé tomber. Après tout, j'avais d'autres problèmes. J'ai juste parlé de la mère de Camille, mon père m'a dit que je n'avais qu'à lui donner son numéro de portable.

On avait rendez-vous à une heure et quart, il est arrivé à une heure et quart. Comme quoi, avec Antoine, il ne fallait pas s'inquiéter. Le bus était à l'heure, on est montés à l'arrière.

– Tu es en forme ?

– Je ne sais pas, j'ai niqué toute la nuit. Et la nuit d'avant pareil, et encore la nuit d'avant. Tu veux que je te raconte ?

C'était Antoine tel que je le connaissais depuis toujours. Il ne se vantait pas, il disait les choses comme elles étaient. La cougar fluo avait trente-deux ans, s'appelait Léa et était huissier de justice à Quimper. Elle habitait Douarnenez depuis un mois, une maison face à la mer sur la plage des Sables blancs, et faisait du sport pour évacuer la pression du boulot. Je n'avais pas l'intention de la juger, mais ça faisait quand même quatorze ans d'écart ! Je l'ai laissé raconter le nombre de fois qu'ils avaient fait l'amour, les endroits, dans la maison ou le jardin, j'ai dit stop quand il a commencé à donner trop de détails.

Je ne me faisais pas beaucoup d'illusions quant à ses performances sur l'eau, mais j'espérais encore qu'il montre un minimum de compétences. Gwendal, le prof d'aviron que j'avais eu au téléphone, avait été clair : s'il ne décelait aucun talent, il n'irait pas plus loin que cette heure d'essai.

L'Aviron Sport Club de Quimper avait récemment déménagé sur l'autre berge de l'Odet pour des raisons pratiques. Il n'en était pas davantage accessible en voiture, mais le chemin de halage qui longeait le fleuve sur plusieurs kilomètres permettait aux moniteurs de brailler des conseils à leurs élèves tout en les suivant à vélo. Sauf que, durant la première demi-heure, Gwendal a laissé son vélo au club-house. Antoine, à force de tomber à l'eau, commençait à se lier d'amitié avec une truite et deux carpes, mais ne laissait paraître aucun signe de découragement. À sa décharge, l'assise du skiff d'entraînement qui lui avait été prêté faisait quarante centimètres. C'était un exploit de s'y tenir assis, c'en était un autre d'attraper les avirons et de ramer. De son côté, Gwendal avait l'air de trouver normal de le voir verser tantôt à droite, tantôt à gauche, il gardait juste ses distances pour ne pas être éclaboussé. Devant le désastre, probablement me serais-je laissé gagner par le fou rire si Kévin ou Rémy avaient été là. Seul, c'était différent. Je ne voyais que le score de trois-zéro par lequel allait se solder notre défi et visualisais la matinée à faire la manche place des Halles. Je me suis alors approché de Gwendal pour demander si Antoine n'aurait pas plus de chances avec une yole de mer, beaucoup moins rapide, mais plus stable, proposition écartée sèchement pour la simple et bonne raison qu'on était là pour gagner une course et pas pour faire du pédalo. Au moins gardait-il sa motivation intacte. Je me demandais juste si on n'était pas tombés sur un psychopathe de la compétition qui nous massacrerait tous si on ne vomissait pas tripes et boyaux pour arracher la victoire. J'ai fait signe à Antoine que j'allais marcher le long du fleuve, il a acquiescé d'un sourire ravi ; c'était toujours ça de pris, s'il s'amusait.

Je n'avais pas souvent mis les pieds à Quimper et m'étais encore moins promené le long de l'Odet. Rien à voir avec Douarnenez, on était là dans une ville beaucoup plus bourgeoise, en témoignaient le Domaine de l'Orangerie de Lanniron et ses jardins à la française du XVIIe. On pouvait y séjourner, se détendre sur un parcours de golf ou déjeuner dans un restaurant à l'ambiance cosy. Il allait falloir en parler aux salariés de d'Arincourt pour qu'ils viennent s'y ressourcer dès qu'ils auraient reçu leur lettre de licenciement.

C'est à cet instant que j'ai vu quatre skiffs remonter l'Odet à toute vitesse, semblant voler au-dessus de l'eau, aussi beaux à voir qu'un banc de dauphins accompagnant un voilier en pleine mer. Le seul problème, c'est que, sur le skiff de tête, Quentin Jaouen luisait de sueur, tirant sur ses avirons à s'en décrocher les bras. Trop concentré sur sa course, il ne voyait personne. Il lui restait à peine trois cents mètres avant d'arriver au ponton de l'Aviron Sport Club et il allait forcément croiser Antoine, à l'eau ou en passe d'y tomber. J'étais en train de lister les sarcasmes auxquels on allait avoir droit au lycée quand j'ai vu Gwendal pédaler tranquillement vers moi, et mon Antoine, le dos bien droit, tirer sur ses avirons avec la délicatesse d'un buffle. Pour la première fois depuis que j'avais lancé ce défi, une lumière céleste éclairait notre tunnel.

– Tu vois qu'il faut lui faire confiance, à ton copain !

De peur de chavirer une énième fois, Antoine s'est contenté d'un regard en biais dans lequel j'ai lu toute la détermination, mais aussi le plaisir qu'il avait à dominer son skiff. Je l'admirais, j'étais fier de lui, fier qu'il soit mon pote. Et Gwendal avait mille fois raison, je devais avoir confiance en lui, en Rémy et son cheval caractériel, et en Kévin et ses lunettes trop serrées. Je m'en voulais d'avoir douté d'eux avant même la première épreuve, c'était contraire au discours que je leur tenais depuis le début. Je me suis promis, à cet instant, de ne plus croire qu'à une chose : leur courage de se battre. Voir Antoine lâcher un aviron, tenter de le rattraper et finir à la baille n'a même pas entamé mon euphorie. Ils étaient tous les trois des guerriers, j'étais leur coach, on était la Team Losers.

L'entraînement a duré deux heures et on n'a pas croisé Quentin. Antoine a appris à nager, dénager, garder les pelles au carré, termes techniques auxquels je ne comprenais pas tout, et même à amorcer un virage lancé, ce dont il allait avoir besoin vu que l'Odet n'était pas rectiligne. Gwendal était fier de lui, même s'il y avait encore du travail avant d'être compétitif.

– Contre qui doit-il courir ? m'a-t-il demandé tandis qu'Antoine sortait son skiff de l'eau.

– Quentin Jaouen, il s'entraînait il y a une heure.

J'avais répondu sans imaginer un instant qu'il le connaissait, ce qui était stupide de ma part vu qu'il n'y avait pas cinquante endroits où l'on pouvait faire du skiff. Il a froncé les sourcils et secoué la tête, j'ai eu peur un instant qu'il jette l'éponge.

– C'est aussi bien comme ça, a-t-il fini par dire.

Je n'ai pas su interpréter sa réponse, mais l'essentiel était qu'il ne nous abandonne pas. Il a proposé quatre entraînements par semaine, à raison de deux heures par séance. Il nous le faisait pour deux cents euros, cours et prêt du matériel compris. Pour le reste, Antoine devait continuer à ramer en salle au moins une heure par jour jusqu'à la course. J'ai tout payé d'avance et on s'est serré la main. Cinq minutes plus tard, on était dans le bus qui nous ramenait à Douarnenez, Antoine puait le chien mouillé et ronflait comme un tracteur. J'ai regardé la route défiler avec une pensée pour sa Léa qui allait zapper les chaînes du câble une bonne partie de la nuit.

J'ai passé le début de la soirée avec Kévin et Rémy, d'abord au cinéma devant un film en 3D complètement débile, puis place de l'Enfer à écouter un concert de reggae bigouden, mélange cocasse qui avait le mérite de rassembler une jolie foule et d'en faire danser la moitié. La crêperie et le bar qui faisaient l'angle bénissaient la bonne ambiance et faisaient couler à flots sodas, bières et cocktails.

Je leur avais raconté dix fois ma journée avec Antoine, ses difficultés à tenir sur le skiff, la patience de Gwendal, Quentin qui traçait comme un hors-bord, mais il y avait une chose sur laquelle Kévin bloquait :

– Il t'a dit qu'il avait niqué toute la nuit, la nuit d'avant et encore la nuit d'avant ?!

À cause de la musique, il parlait fort, mais ça n'avait pas l'air de le déranger. On sentait qu'il avait pris un coup au moral, comme si la performance pouvait l'inhiber un peu plus. J'ai tenté de le rassurer en lui disant qu'il était inutile de se comparer à Antoine, qu'il était une force de la nature et que c'était tant mieux pour nous parce qu'il pouvait nous ramener un point.

– Et la nana, tu dis qu'elle a trente-deux ans ?!

J'ai pensé lui dire qu'elles étaient deux, jumelles, mannequins en lingerie, qu'ils faisaient des trucs à trois et qu'il leur arrivait de poster des vidéos sur Internet, mais il en aurait fait une syncope. J'ai regardé du côté de la scène et j'ai croisé le regard de Sarah qui est aussitôt venue vers nous. Elle avait attaché ses cheveux et mis une robe et ni Rémy ni Kévin ne l'ont reconnue avant qu'elle s'asseye à notre table. Je m'attendais à ce qu'elle dise quelque chose, à propos de nous, de la musique ou de ce qu'elle voulait, elle s'est juste assise là et a écouté la musique. Quand je lui ai demandé si elle voulait boire quelque chose, elle a fait non de la tête. Quand je lui ai dit que je trouvais le guitariste plutôt bon, elle a acquiescé pour ne pas me contrarier. C'est seulement quand je lui ai proposé d'aller marcher le long du Rhu que son visage s'est éclairé. Elle s'est levée, j'ai laissé ma bière à peine entamée et je l'ai suivie. Kévin et Rémy m'ont fait un clin d'œil comme si c'était dans la poche, alors que j'étais en train de me demander pourquoi j'avais fait ça.

On est descendus vers l'île Tristan et on a attendu que le bruit de la fête s'estompe avant de parler. Il faisait encore chaud, mais une légère brise s'était mise à souffler. C'était les conditions idéales pour s'avouer qu'on s'aimait depuis toujours, s'embrasser comme des dingues et trouver un coin tranquille pour passer de l'adolescence à l'âge adulte. Sauf que ce n'était pas ce que je ressentais. Quelque chose me retenait, peut-être Camille que j'aurais eu l'impression de tromper même s'il ne s'était encore rien passé, et ça m'énervait. Malgré moi, j'incarnais un de ces héros romantiques que je trouvais ridicules chez Stendhal ou Balzac, le cœur balançant d'une femme à une autre à s'en rendre malade. J'aurais tout donné pour être Bel-Ami, Casanova ou simplement Antoine, opportuniste, libertin, séducteur infatigable. Je n'étais que Sean, coincé, cérébral, puceau devant l'Éternel.

Pour éviter le moment où tout bascule dans un baiser fougueux, j'ai utilisé la technique habituelle, je l'ai saoulée de paroles. Tout y est passé, les entraînements de Kévin, Rémy et Antoine, le bac, mon père qui avait peut-être trouvé un boulot, et même Kibus et ses questions existentielles. C'en était pathétique. Si j'avais vu la scène au cinéma, j'en aurais été gêné pour elle. Sarah, ses seize ans, sa jolie robe et ses cheveux qui sentaient bon... Depuis combien de temps avait-elle cessé de m'écouter ? On est arrivés devant le *Bigorneau amoureux*, ça ne s'invente pas, une paillote de bois bleu où les touristes venaient manger des calamars et des Saint-Jacques face à la baie. On est descendus sur la plage des Dames, on a foulé le sable tiède, elle m'a arrêté, s'est hissée sur la pointe des pieds et m'a embrassé en fermant les yeux. Je le sais parce que j'ai gardé les miens ouverts. Je ne l'ai pas repoussée, peut-être me disais-je qu'au bout de ce baiser jaillirait la révélation de notre amour. La seule chose qui a jailli, c'est sa colère.

– Qu'est-ce qu'il y a ? C'était pas bien, je ne te plais pas ? Dommage, parce que je suis à mon max, là, je ne peux pas faire mieux. C'est le cadre qui ne convient pas ? Tu m'étonnes, la plage, la mer, les étoiles ! Ou alors quoi ? C'est parce que je ne couche pas ? Ben non, j'ai seize ans, c'est comme ça, c'est pas pour tout de suite. Tu dis quelque chose ou je fais la liste de tout ce qui pourrait clocher ?

Les mots sont partis avant que j'aie pu les retenir, les pires mots à dire dans ces moments-là.

– Je ne crois pas que ce soit le bon moment.

Pas facile de la faire taire, mais là, ça l'a scotchée, au moins le temps de remettre de l'ordre dans ses pensées. Je pensais en prendre plein la gueule, elle a juste dit qu'elle était déçue, parce qu'elle y avait cru. Elle a fait demi-tour, est remontée sur le boulevard Richepin et a disparu derrière la paillote. Toutes les étoiles se sont éteintes dans le ciel. C'était la deuxième fois en deux jours que je laissais partir une fille sans rien dire. Comme un con.

15

Les deux dernières semaines, tout s'est emballé. Sur tous les fronts en même temps. C'est à l'heure du cours de natation de Kévin que ça a commencé. Je savais bien que le prof n'allait pas en faire une torpille mais, en tant que coach, je m'intéressais à ses progrès. Sauf que, ce soir-là, Kévin n'a fait aucun progrès, pour la simple et bonne raison qu'il ne s'est pas présenté à l'entraînement. C'était bizarre, parce qu'on en avait parlé au lycée, il savait même que j'allais passer. Au bord du bassin, le prof regardait sa montre et ne comprenait pas plus que moi. Il m'a vu par la baie vitrée et s'est approché pour m'ouvrir.

– Il est malade, Nemo ? m'a-t-il demandé.

Sur le moment, je me suis dit qu'il se trompait d'élève, mais ça n'avait pas de sens.

– Non, il était au lycée aujourd'hui. Il a peut-être du retard, je peux l'appeler, si vous voulez !

Je n'ai pas attendu sa réponse, parce que ça ne ressemblait pas à Kévin de poser un lapin. Il aurait appelé pour prévenir, même pour un retard de quelques minutes. En tombant directement sur sa messagerie, je me suis inquiété. J'ai dit au prof que j'allais passer chez lui et que je le tenais au courant. Avant de partir, je lui ai demandé pourquoi Nemo.

– Ce sont les gosses du cours à côté qui lui ont trouvé le surnom, ça l'a fait rire et ça lui est resté.

Nemo, le poisson-clown. Pouvait-il faire autrement que d'en rire ?

Sur le chemin, j'ai appelé Rémy pour lui demander s'il avait des nouvelles. Il m'a dit que non, qu'il était au centre équestre et s'apprêtait à couper son portable pour ne pas perturber son cheval. J'ai raccroché en imaginant Durandal préoccupé par un coup de fil qui ne venait pas, un copain canasson avec qui il avait eu des mots et qui faisait le mort ; ça n'était pas la solution, le mieux était encore de se voir et de s'expliquer autour d'une botte de foin. Quant à Antoine, à cette heure-là, il ramait, soit à la salle, soit sur l'Odet, soit sur Léa. Dans tous les cas, il était injoignable.

Je suis arrivé devant chez Kévin et j'ai aperçu sa silhouette à la fenêtre de sa chambre. J'ai sonné en me demandant ce que j'allais faire s'il ne m'ouvrait pas, mais ses pas ont aussitôt résonné dans l'escalier. Il m'a ouvert avec sa tête des mauvais jours.

– Tu ne vas pas à la piscine ?

– Non. Terminé, l'entraînement.

C'était dit comme une sentence, pas la peine de discuter. Il s'est reculé en laissant ouvert, je l'ai suivi à l'intérieur et j'ai refermé derrière moi. Au silence qui régnait dans la maison, j'ai deviné qu'il était seul.

– C'est toi qui ne veux plus ou il s'est passé quelque chose ?

– Les deux.

Il ne m'aidait pas et, en d'autres circonstances, je l'aurais planté là. Mais écouter et aider mon équipe donnait un peu de consistance à mon titre de coach qui, jusque-là, n'avait de valeur qu'honorifique.

– On commence par ce qui s'est passé ?

Il a commencé à ranger les chaises sous les tables, empiler les magazines pour les glisser sous la télé, et même à aligner les bibelots en bougie sculptée censés décorer le buffet. Je l'ai relancé avant qu'il ne sorte l'aspirateur. Il ne m'a pas regardé quand il a lâché le morceau :

– Soit j'arrête le défi, soit mes parents sont virés.

Il m'a fallu un moment pour faire le rapprochement entre les deux. Puis j'ai trouvé. Ça m'est monté comme une envie de vomir.

– Qui leur a dit ça ? ai-je demandé.

– Delaunay, dans son bureau.

Delaunay, le DRH de Bayard. Qui du grand patron ou de son fidèle lèche-cul avait eu une idée aussi démente ? Il fallait avoir le cerveau plus que vrillé pour en arriver là. S'attaquer à Kévin, par le biais de ses parents, comme s'il représentait une menace pour leur chiffre d'affaires ! C'était de Nemo que l'on parlait, le poisson-clown obèse qui finirait son cent mètres au moment où Jacques-Étienne sortirait de la piscine douché, habillé et prêt à aller fêter la victoire avec les siens.

– Je suis désolé qu'ils s'en soient pris à tes parents, mais ça ne doit rien changer pour nous.

– Tu veux qu'ils se fassent virer ?

Je n'ai pas aimé la façon dont il me l'a dit.

– Rien n'empêchera Bayard de les licencier, et sûrement pas notre défi.

– T'as déjà eu tes deux parents au chômage, le Che ?

– Ne m'appelle pas le Che !

– Tu ne sais pas ce que c'est.

– Je n'ai pas envie de comparer nos niveaux de vie.

– Ils ne sont pas comparables !

– T'es sérieux, là ?

– Ma mère ne m'a jamais payé de portable, mon père n'a jamais gagné sa vie en jouant du piano et, personnellement, j'ai assez peu de chances de sortir un jour avec une bourgeoise comme Camille. Tu peux le tourner dans le sens que tu voudras, on n'est pas pareils !

C'était injuste, méchant, et ça venait d'un de mes meilleurs copains. Ça m'a fait l'effet d'une gifle. Ce n'est pas la colère qui m'a envahi, mais le dégoût. J'ai vu son salon de beauf, le canapé en velours, les dés à coudre en porcelaine, et même lui, l'obèse résigné à suivre les traces de ses parents. Tous les mots qui se présentaient dans ma bouche empestaient l'amertume, ils voulaient blesser, frapper là où ça fait mal. Il avait tout mélangé et j'avais envie de le massacrer.

J'ai fait demi-tour et je suis sorti. J'ai pris une rue au hasard, puis une autre, j'ai croisé des gens sans les voir, j'en ai bousculé certains sans m'excuser, j'ai fini sur les marches qui menaient au pont Neuf, de l'autre côté du Rhu. Plus d'énergie, plus envie d'avancer. Qu'est-ce qui lui avait pris de s'en prendre à moi comme ça ? Je pouvais comprendre qu'il soit jaloux du portable que me payait ma mère, mais mon père pianiste, l'intérêt que je portais à Camille, qu'est-ce que ça avait à voir ? Il avait vomi toutes ses rancœurs d'un même jet.

Pendant une bonne demi-heure, j'ai vu aussi rouge que le *Scarweather* amarré au milieu du Rhu. Le bateau-phare fabriqué en Angleterre était là depuis des années. Il faisait partie du patrimoine de la ville, avec, qui sait, au fond de ses cales, l'envie de tout larguer pour aller voguer là où personne ne le montrerait du doigt. Est-ce que tout cela en valait la peine ? Est-ce que le défi que j'avais lancé sur un coup de sang valait que je me brouille avec les seuls copains que j'avais ici ? Le côté hippie de mon cerveau m'exhortait à laisser tomber, *peace and love*, mon frère, ouvre tes chakras, seul compte l'amour de ton prochain. L'autre, le révolté, l'insoumis, prônait la lutte.

Une seule personne pouvait trancher le dilemme. Il y avait toutes les chances qu'elle m'envoie promener, mais je l'ai quand même appelée.

– Sean ! Ça fait deux jours que tu ne dors pas, tu ne peux plus vivre une seconde de plus sans m'embrasser, c'est ça ?

C'était dit de façon enjouée. Sarah ne m'en voulait pas de n'avoir pas répondu à son baiser, tout en me faisant comprendre qu'elle n'était pas prête à oublier.

– On peut se voir maintenant ?

– Si tu veux ! Je mets une culotte et j'arrive !

– Tu es chez toi ?

– Non, avec l'équipe de rugby, je fais une interview dans les vestiaires !

Elle était en pleine forme, ce qui allait me faire le plus grand bien. On s'est donné rendez-vous au *Bar à Tribord*, que je voyais d'où j'étais.

Elle a pratiquement rédigé son article devant moi. Je m'attendais à ce qu'elle soit survoltée, incapable de tenir en place, c'était tout le contraire. Sa colère était froide, ses doigts pianotaient à toute vitesse sur sa tablette, elle levait parfois les yeux vers moi sans me voir, puis replongeait sur son écran. Je lui avais raconté la discussion que j'avais eue avec Kévin, ce que j'avais ressenti. Elle m'avait écouté sans m'interrompre, secouant parfois la tête d'indignation. Avant de commencer à rédiger, elle avait juste dit qu'il fallait s'y attendre, que c'était peut-être même une bonne nouvelle. Je ne voulais pas l'interrompre en lui demandant en quoi ça pouvait l'être, du coup, j'y ai réfléchi par moi-même.

Quelque chose m'inquiétait. Je m'étais bien gardé d'évoquer le déjeuner de vendredi midi avec Camille et Bayard, mais je me demandais s'il y avait un rapport avec le chantage fait à Kévin. Si c'était le cas, Delaunay, le DRH, avait très bien pu pousser le vice jusqu'à leur dire qu'il avait appris l'existence du défi à l'occasion de ce déjeuner et insinuer que le traître, c'était moi, meneur de révolte d'un côté, servile opportuniste de l'autre. De plus en plus, je m'en voulais d'avoir accepté cette invitation. Je n'en étais pas encore à penser que Camille avait été complice, mais impossible toutefois d'en exclure la possibilité. Cela pouvait d'ailleurs expliquer l'agressivité de Kévin qui en savait peut-être plus qu'il ne l'avait dit. Si c'était le cas, j'allais en prendre plein la figure à un moment ou à un autre.

Le seul point positif que je voyais à ce chantage résidait dans sa grossièreté. S'attaquer à nous, la Team Losers, et à Kévin en particulier, révélait un étonnant manque de confiance. Comme si notre victoire improbable pouvait avoir une influence sur leur plan social. En même temps, cela me plaisait d'être ce grain de sable dans leur machine à broyer du salarié.

– Ils ont peur de toi, a dit Sarah sans relever la tête.

– De nous… On est quatre.

– De vous, si tu veux.

Elle a continué à écrire, relire, corriger, jusqu'au moment où elle a eu l'air satisfaite. Elle a bu sa première gorgée de bière, alors que j'avais terminé la mienne depuis longtemps, et m'a tendu la tablette sans même me demander si j'avais envie de lire.

« Minable, stupide, pathétique, risible, la palme de l'écœurement vient d'être décrochée haut la main par la direction des Ateliers d'Arincourt de Douarnenez. Ce lundi 25 mai, deux employés se sont vu convoquer par le DRH. Motif : leur fils participe à un défi sportif et aurait tout intérêt à déclarer forfait s'il veut leur éviter de figurer en tête de liste des prochains licenciés. Le rapport entre les deux ? Le défi, qui, au départ, n'avait d'autre intérêt que sportif. Il est en train de devenir un symbole de la lutte des classes. Lancé par Sean Kinsley, élève de première au lycée Saint-Hilaire, il cristallise chaque jour un peu plus les tensions entre aisés et défavorisés. D'un côté, trois enfants de notables, de l'autre, trois fils d'ouvriers. Crime de lèse-majesté, qu'adviendrait-il de ce pays si les fils d'ouvriers l'emportaient ? La "chienlit" du bon vieux Général, le spectre de Mai 68, et pourquoi pas celui de la Révolution française ? Pour l'éviter, tous les coups sont permis, même les plus tordus. Aujourd'hui, cela fait un-zéro pour les fils de notables, mais les Ateliers d'Arincourt viennent sans doute d'allumer la mèche de la révolte qui gronde depuis des mois chez tous ceux qui se reconnaîtront comme victimes de la crise. Défi sportif et grèves anti-plans sociaux ne vont plus demain faire qu'un, emblèmes d'une lutte sociale trop longtemps différée. Si l'avenir est incertain, il l'est cette fois pour tout le monde, et c'est peut-être le début d'une certaine justice. »

Cette fille avait un don. Elle dénonçait la bassesse, certes, mais, l'air de rien, appelait ceux qui n'étaient pas directement concernés à être solidaires. C'était bien tourné. Sans en faire trop, elle l'avait écrit sur un coin de table en moins d'un quart d'heure. C'était elle, la vraie meneuse, elle avait la lutte dans le sang.

– Tu vas le faire publier dans *Ouest-France* ?

– Je vais en parler au rédac chef. D'abord, je vais aller voir les parents de Kévin, ils auront peut-être des détails que je pourrai utiliser.

– Et s'ils ne veulent pas te parler ou refusent que tu publies ton article ?

– On discutera. Je tâcherai de leur faire comprendre que je suis de leur côté.

Elle avait l'air trop sûre d'elle pour que je la contrarie. Elle m'a ensuite parlé de la conserverie Jaouen et de Jexol, l'entreprise de peinture. Un vote avait eu lieu dans les deux boîtes, et une majorité avait accepté une réduction du temps de travail, et donc de salaire, plutôt que d'entrer en conflit avec leurs patrons. D'après Sarah, ils étaient en train de se faire avoir mais, à force d'entendre les médias parler de flexibilité du temps de travail, citer en exemple nos fiers voisins allemands qui savaient s'adapter aux besoins de l'entreprise, ou agiter chaque semaine l'épouvantail du chaos grec, la propagande ultralibérale s'infiltrait comme un poison dans les esprits, et on allait finir comme des Chinois plus tôt qu'on ne le pensait.

– Et c'est moi, le Che ! ai-je dit pour lui permettre de reprendre son souffle.

– Pour l'instant, a-t-elle répondu dans un sourire.

Elle a fini sa bière, repris sa tablette et s'est levée. Je l'ai raccompagnée jusqu'à l'anse de Pouldavid qui terminait le Rhu. Elle ne m'a pas fait la bise et, comme à son habitude, ne s'est pas retournée une fois partie.

16

Je ne suis pas de nature superstitieuse, mais les jours qui ont suivi ont été marqués par une poisse comme j'ai rarement vu. D'abord, il a plu des trombes d'eau pendant trois jours, ce qui a empêché Antoine de s'entraîner. Il a bien continué à ramer en salle, mais, question équilibre, rien à voir avec un skiff. Ensuite, Rémy est arrivé au lycée en boitant, Durandal lui ayant écrasé le pied la veille après l'avoir coincé dans son box. Il m'a assuré que ça n'allait pas l'empêcher de monter et que, de toute façon, c'était de sa faute, il avait gardé sa bombe en entrant. Durandal avait horreur de ça. Je commençais à me demander si Rémy ne laissait pas sa clairvoyance au vestiaire dès qu'on parlait équitation. Un blessé, un autre qui ne pouvait pas s'entraîner, un troisième qui me faisait une gueule royale, la Team Losers portait bien son nom. Les trois bourges qu'on allait affronter dans moins de quinze jours ne se sont d'ailleurs pas fait prier pour nous enfoncer. Toute la journée de mardi, en me croisant, Quentin a mimé un nageur en train de se noyer, Jacques-Étienne m'a demandé si on avait bien réservé nos emplacements place des Halles, quant à Hubert, fidèle à lui-même, il avait préparé un happening du meilleur goût au centre du préau, dépôt d'une gerbe de fleurs devant une croix blanche censée représenter la tombe du chômeur inconnu. Curieusement, plusieurs élèves de Balzac sont venus m'apporter leur soutien. Ils tenaient à se désolidariser de ces pourris et espéraient même qu'on leur flanque une raclée. Je leur ai dit qu'il ne fallait pas trop rêver, mais c'était sympa de leur part.

J'ai alors réalisé que, jusqu'ici, j'avais eu une vision assez manichéenne de notre défi : les bourges de Balzac d'un côté, les prolos de Saint-Hilaire de l'autre. La réalité était plus subtile, et c'était tant mieux, même si cela signifiait qu'on ne faisait pas l'unanimité parmi les nôtres. À propos de Kévin, les avis penchaient d'ailleurs largement en sa faveur. Protéger l'emploi de ses parents apparaissait comme une priorité, ce qui aurait pu se concevoir s'ils avaient eu la moindre garantie. Même Antoine y est allé d'un « vous bilez pas, les gars, on aurait fait pareil, de toute façon, la natation, c'était mort ». Je n'ai pas cherché à polémiquer, chacun étant libre de penser ce qu'il voulait. Par contre, je suis allé dire à Jacques-Étienne qu'il avait intérêt à se présenter à la piscine le soir de l'épreuve, parce que sa victoire ne serait validée qu'après avoir touché la ligne d'arrivée. C'était mesquin, mais je ne voulais leur faire aucun cadeau.

La poisse ne s'est pas bornée à ruiner nos chances sportives, elle s'est aussi occupée de Sarah. L'article qu'elle avait écrit au *Bar à Tribord* n'est jamais paru dans les colonnes de *Ouest-France*. Le rédacteur en chef n'avait pas voulu prendre le risque de se faire attaquer en diffamation, Sarah n'ayant aucune preuve du chantage fait aux parents de Kévin. Elle était repartie avec son article sous le bras en le traitant de couille molle et, la mort dans l'âme, l'avait posté sur son blog.

Je n'ai eu, pour ma part, aucune nouvelle de Camille de toute la semaine, je ne l'ai même pas croisée au lycée. Le mariage de sa cousine avait eu lieu samedi, elle y avait peut-être rencontré un riche héritier qui l'avait emmenée à l'autre bout du monde : à quoi bon passer le bac quand on est jeune et fortunée ?

Je me suis retenu plusieurs fois de l'appeler, j'ai laissé deux mille questions sans réponses tourner en boucle dans ma tête, à propos du déjeuner à *La Scène*, de son beau-père que j'avais peut-être plus énervé que je ne pensais, des articles de Sarah ou du baiser que je lui avais donné et qui ne lui avait pas laissé le souvenir impérissable escompté. Toutes les conditions étaient réunies pour que je sombre dans un cafard intersidéral. Inutile de se voiler la face, c'est exactement ce que j'ai fait.

C'est seulement le vendredi midi que le ciel a bien voulu s'éclaircir. Le vent a balayé les derniers nuages, le soleil a séché les flaques dans les rues et les jardins, et la vie de bord de mer a repris ses couleurs. On en a profité avec Sarah et Rémy pour aller manger des crêpes à *La Dentelle*. Antoine était en stage d'électricité chez son patron, Kévin ne m'adressait toujours pas la parole. Cela tournait d'ailleurs au ridicule, vu que nous étions dans la même classe, parfois même assis l'un à côté de l'autre. Les deux fois où j'ai tenté de renouer le dialogue, il m'a répondu qu'il n'était pas une girouette et n'allait pas changer d'avis tous les quatre matins. Face à un Breton dernière génération, je me sentais trop désarmé pour défendre l'esprit d'équipe. Et, pour être honnête, je n'avais pas bien digéré ses attaques personnelles. Antoine et Rémy, eux, ne voulaient pas s'en mêler et pensaient que ça allait passer. Sauf que, si aucun de nous ne faisait d'effort, ça pouvait durer encore longtemps.

On a pris nos crêpes habituelles, pommes de terre-bacon pour moi, andouille-œuf pour Rémy, chèvre-épinards pour Sarah.

– Pas question de se rouler des pelles après ça !

J'ai préféré ne pas répondre parce que, vu comme c'était parti, Sarah aurait très bien pu faire tout le repas là-dessus. Rémy nous a regardés l'un après l'autre, mais n'a pas posé de questions.

On venait de commencer lorsque le téléphone de Sarah a sonné dans son sac. Elle a pris l'appel et s'est bouché une oreille pour mieux entendre. À sa tête, j'ai compris que c'était sérieux. Pas grave, mais assez important pour justifier qu'elle se lève et aille parler dehors.

– Il y a quoi, entre vous ? en a profité pour me demander Rémy. Vous êtes ensemble ?

– On est potes, c'est tout.

– À la façon dont elle te regarde, on dirait pas. En même temps, toi, c'est Camille qui t'intéresse ?

J'ai dit oui tout en me demandant si je n'étais pas en train de poursuivre une chimère. Pour qu'on ne s'étende pas sur le sujet, je lui ai demandé s'il était remonté à cheval malgré sa blessure.

– Je ne t'ai pas dit ? a-t-il commencé en enfournant d'un coup un quart de sa crêpe. Je me trompe peut-être, mais j'ai l'impression qu'il a des remords.

Ça n'aurait pas été Rémy, j'aurais pensé qu'il parlait d'un copain ou d'un membre de sa famille, mais non, c'était bien de Durandal, son canasson fainéant et caractériel.

– Il m'a fait une séance sans broncher une seule fois, il a même sauté des obstacles sans que je lui demande rien.

– Rassure-moi, tu étais dessus ?

– Évidemment ! Il a dû se rappeler qu'un jour il a été un bon sauteur, une sorte de flash.

– Peut-être qu'il se fait des shoots la nuit dans son box ? Son foin, c'est du mexicain ?

– Arrête de déconner, a-t-il fait, soudain sérieux. C'est pas n'importe qui, Durandal, mon père l'a acheté à un éleveur qui croyait beaucoup en lui.

– Alors, pourquoi il l'a vendu ?

Il n'a pas répondu et je m'en suis aussitôt voulu d'avoir posé la question. Depuis le début, je les dénigrais tous les deux sans rien connaître à l'équitation. Je savais pourtant à quel point il avait aimé ce cheval et combien il avait été compliqué d'arrêter de le monter. Il avait fait preuve de dévouement et d'abnégation en acceptant de reprendre le chemin des écuries, il l'avait fait parce qu'on était amis. Mon rôle était de leur faire confiance, de les pousser à donner le meilleur d'eux-mêmes, et je faisais tout l'inverse. C'est à cet instant que j'ai réalisé qu'il y aurait une vie après le défi, qu'elle ne s'arrêterait pas à la fin de la troisième épreuve. Rémy n'était plus le même depuis qu'il avait recommencé à monter ; il semblait moins renfermé, moins en conflit avec le reste du monde. Cette compétition était peut-être une chance pour nous tous, une de ces paraboles de la vie où l'on prend conscience des choses essentielles.

– C'est toi qui gères avec Durandal, moi je n'y connais rien, ai-je fini par dire. Si tu crois en lui, moi aussi.

L'incident était clos, il a enfourné un autre quart de sa crêpe et m'a parlé tout en mâchant :

– Je ne sais pas s'il peut rivaliser avec un selle français à vingt-cinq mille euros, mais, dans un bon jour, on ne sait jamais.

– Vingt-cinq mille euros ?! Qui peut se payer un cheval à ce prix-là ?

– Hubert ! Son cheval s'appelle Jallis du Manoir. S'il arrêtait de le stresser, il pourrait sauter en national !

Si je ne venais pas à l'instant de lui accorder une confiance aveugle, mon moral aurait fait une chute abyssale.

– Et Durandal, il est quoi ?

– Anglo-arabe.

C'était stupide, mais ça m'a rassuré qu'il soit à moitié anglais. Sarah est revenue à ce moment-là. J'aimais autant qu'elle n'ait pas assisté à notre conversation.

– Un journaliste de *Libé* veut nous voir tous les deux ! a-t-elle dit sans que je sache s'il s'agissait d'une bonne ou d'une mauvaise nouvelle. Il sera là dans une heure, il rappelle quand il arrive.

– Génial ! Ça veut dire qu'il a lu tes articles !

C'était la magie d'Internet : une photo pouvait être vue à l'autre bout de la planète, un article lu et faire le buzz en quelques jours.

La presse écrite française m'étant étrangère, Sarah m'a fait un rapide topo sur le journal. Le tirage peinait pour atteindre les cent mille exemplaires, mais c'était un quotidien national qui avait révélé bon nombre de scandales politiques et financiers. D'après elle, s'il n'était plus aussi percutant qu'avant,

Libération était encore ce qui se faisait de mieux en matière d'investigation et d'honnêteté intellectuelle. Le lectorat était majoritairement de gauche, ce qui devait en faire un équivalent du *Guardian*. Le journaliste qu'elle avait eu au téléphone avait lu les articles de son blog, il avait été impressionné et avait des choses à lui proposer.

– Tu lui as dit que Rémy était là ?

– Il a dit vous deux, s'est-il empressé de rappeler. De toute façon, j'ai dit à Durandal qu'on s'entraînait cet après-midi.

Je me suis retenu juste à temps de lui proposer mon portable pour qu'il l'appelle et décale leur rendez-vous. Sarah a mangé sa crêpe froide, on en a commandé d'autres sucrées et trois bolées de cidre, une façon de fêter les changements qui s'annonçaient.

17

Frédéric Bachelier écrivait depuis quinze ans pour *Libération*. Il s'était récemment illustré dans une enquête compromettant plusieurs personnalités du show-biz et de la politique coupables de dissimulation de comptes en Suisse. Mais ce qu'il aimait par-dessus tout, c'était ce qu'il appelait « les petites gens ». Il avait entendu parler du plan social chez d'Arincourt et, en fouillant sur le Net, était tombé sur le blog de Sarah. C'est comme ça qu'il avait décidé de prendre le train pour Douarnenez. Il lui a mis le deal sur la table sans chercher à la piéger :

– J'ai fait lire ton dernier article à mon rédacteur. Il propose qu'on le publie tel quel, en précisant que tu n'as que seize ans et que ce n'est pas ton métier. Ça fera vendre, parce que c'est émouvant de voir une ado s'impliquer autant dans la dénonciation d'une injustice sociale. Mais ça ne vaut que pour cet article, c'est moi qui prendrai la suite, parce que les lecteurs veulent voir mon nom au bas de la page. Tu as jusqu'à ce soir dix-huit heures pour te décider.

Ce n'était pas la porte de *Libé* qui s'ouvrait, juste la boîte aux lettres. Elle y déposait son article et retournait à son blog, aussi insignifiant qu'un journal intime. Je n'avais pas de conseil à lui donner, mais, à sa place, je lui aurais dit d'aller se faire foutre.

– C'est d'accord, mais, aussi longtemps que vous restez ici, je ne vous lâche pas, et vous m'apprenez tout ce que vous savez.

Il a acquiescé.

– Et je publie ce que je veux sur mon blog, à condition que ça n'ait pas de rapport avec vos articles.

Il a acquiescé de nouveau.

– Et cet été, vous m'obtenez un stage au journal.

Il s'est tourné vers moi et m'a dit que si je devais un jour l'épouser, j'aurais tout intérêt à exiger deux comptes séparés. Elle a répondu que ça n'était pas d'actualité et l'a fixé jusqu'à ce qu'il réponde. Les deux derniers points ayant déjà été évoqués avec son patron, il a tout accepté. Il était presque trois heures, on a commandé des crêpes flambées et, à partir de ce moment, on s'est tutoyés comme si on se connaissait depuis toujours. Sarah lui a alors raconté toute l'histoire depuis le début, Fred a pris des notes, posé des questions et, très vite, je me suis senti exclu. Ce n'était pas eux qui m'ignoraient, mais moi qui ne me sentais pas à ma place. Sarah semblait dans son élément, et je comprenais mieux pourquoi elle avait accepté le marché.

J'ai prétexté avoir mille choses à faire et je suis rentré à la maison en me forçant à croire qu'avec le retour du soleil les choses étaient en train de s'arranger. Mon optimisme a duré une dizaine de minutes. En bas de chez moi était garé un vieux roadster Jaguar. Tape-à-l'œil, mais classe. J'ai su d'instinct à qui il appartenait. J'ai ralenti l'allure malgré moi, probablement pour me donner le temps de me préparer à la rencontre que j'avais imaginée cent fois.

– Vous connaissez mon fils, Sean ? a demandé mon père dès que je suis entré.

– On a fait connaissance au téléphone, a-t-elle dit en s'approchant pour me serrer la main.

Éléonore d'Arincourt avait l'élégance et le prestige d'une première dame américaine. Très belle, elle dégainait en un millième de seconde un sourire à tomber. Elle n'en demeurait pas moins la compagne de Bayard, la raclure qui avait fait chanter les parents de Kévin. Pour cela, elle m'inspirait au mieux de la défiance, au pire du dégoût.

– Vous êtes venue voir les toiles de mon père ? ai-je demandé sans forcer sur l'amabilité.

Elle s'est tournée vers lui avant de répondre. À peine ai-je décelé leur connivence que mon cerveau s'est mis en mode turbo. Depuis combien de temps était-elle ici ? Était-elle réellement venue voir ses toiles ? Y avait-il quelque chose que je ne voyais pas ou ne voulais pas voir ?

– J'ai proposé à ton père d'acheter le tableau qu'il a donné à Camille, il a refusé.

– Il lui en a fait cadeau.

– Un cadeau très cher.

– L'argent ne compte pas, c'était avec le cœur.

Mon père a dû comprendre, parce qu'il m'a jeté son regard noir. Je n'avais pourtant pas cherché à être cinglant, je voulais juste expliquer que c'était dans sa nature.

– C'est tout à son honneur, mais, comme tous les artistes, ton père n'a aucune idée de la valeur de son travail.

– Et vous ?

– Je ne suis pas une professionnelle, et le marché de l'art est une nébuleuse compliquée. Il faut tellement de chance, de hasard, de rencontres…

– Un peu de talent aussi, non ?

Cette fois, c'était dit avec un brin d'insolence, mais elle a souri comme si elle s'y attendait.

– J'ai vu des modes se créer à partir de rien, une critique dans un journal, une simple rumeur, et la cote de peintres multipliée par dix, cent ou mille.

– Comme à la Bourse ?

J'ai cru lire un rien d'agacement dans un clignement de paupières, qu'elle a rapidement effacé :

– On a convenu avec ton père que je prenais quatre toiles pour les faire encadrer. Dimanche soir, j'organise une réception chez moi, il y aura un galeriste et plusieurs amateurs d'art, on verra ce qu'ils en diront.

Quelque chose m'échappait. C'était bien gentil, mais je ne voyais pas son intérêt à exposer les toiles de mon père chez elle le temps d'une soirée. Ce qui me déroutait également, c'est qu'elle avait l'air de tout prendre comme un jeu. J'aurais bien posé d'autres questions, mais ça n'était pas mes affaires, et mon père me l'aurait fait comprendre sans prendre de gants.

– Si les encadrements ne vous plaisent pas, a-t-elle dit en se tournant vers lui, vous pourrez les faire changer, mais je fais entièrement confiance à Luigi.

Mon père avait l'air ravi.

– Je fais confiance aussi.

– On dit dimanche à vingt heures ?

– Dimanche vingt heures, c'est *perfect*.

– Mon chauffeur vous attendra en bas de chez vous. Ah ! Sean, Camille en ferait une maladie si tu ne venais pas.

– Vous êtes sûre ? Parce que ça fait une semaine qu'elle ne m'a pas vu. Le pronostic vital n'est pas engagé, j'espère...

Elle a éclaté de rire et décrété que j'étais le garçon idéal pour Camille. J'ai souri pour ne pas perdre la face, mais j'avais l'impression de l'amuser comme j'avais amusé Bayard, et il n'y avait rien de plus détestable que d'être pris pour un bouffon.

Elle a pris les quatre toiles, a déposé une bise sur la joue de mon père, m'a de nouveau serré la main et est allée attendre devant la porte comme une petite fille bien sage. J'étais en train de me demander à quoi elle jouait quand mon gentleman de père s'est approché pour lui ouvrir. J'ai détourné la tête pour lever les yeux au ciel et attendu de ne plus entendre ses talons claquer dans l'escalier pour bombarder mon père de questions.

– Tu savais qu'elle allait venir, ou elle passait par hasard dans la rue ?

– Elle a téléphoné à midi, je lui ai dit qu'elle pouvait passer.

– Elle est restée longtemps ?

– Un peu plus d'une heure.

J'ai remarqué deux tasses à café dans la cuisine, ainsi que des toiles qu'il était allé chercher à la cave. À vue d'œil, il y en avait une quinzaine. Une heure en tête à tête, ils avaient eu le temps de parler peinture, mais aussi d'un tas d'autres choses, ce qui expliquait la bise avant de partir alors que je n'avais eu droit qu'à une poignée de main.

– Elle t'a versé une caution ou signé un reçu ?

– Je lui fais confiance.

– Tu plaisantes ?! Elle a dit qu'il pouvait y en avoir pour très cher !

– Je l'ai fait avec le cœur, l'argent ne compte pas, m'a-t-il répondu.

C'était la réplique que j'avais donnée à Éléonore cinq minutes plus tôt, comme quoi mon père comprenait de mieux en mieux le français.

– Et c'est qui, Luigi ?

– Le meilleur encadreur de Paris.

– Elle va aller à Paris pour quatre toiles ?!

– Son chauffeur s'en occupe. Luigi va les faire demain dans la journée, c'est un ami.

Ça m'énervait qu'il ait réponse à tout. J'ai poursuivi en mode rabat-joie et décidé que j'avais autre chose à faire dimanche soir que de me faire trimballer par un chauffeur. Mon père a dit qu'il comprenait et est allé ranger ses toiles, ignorant complètement ma petite crise d'adolescent.

– On dîne très bien, chez les d'Arincourt, ça va te plaire ! ai-je lancé en espérant provoquer une réponse.

Ma banderille s'est perdue quelque part entre le salon et la cuisine. J'ai tourné en rond dans ma chambre, fait défiler dix fois les contacts de mon portable, feuilleté des magazines de musique sans lire une ligne, j'ai pensé à Sarah qui allait passer les prochains jours scotchée à Fred, à Antoine et Léa, Rémy et son cheval, tous étaient en couple sauf moi. Restaient Kévin qui me faisait la gueule et Camille qui jouait les fantômes. Si j'avais eu un chat, il aurait vomi sur mon lit. J'ai descendu le casque vintage du scooter qui prenait la poussière au-dessus de mon armoire, je l'ai enfilé, j'ai mis mes lunettes teintées en vert qui allaient avec et je me suis couché. La position n'était pas idéale, mais au moins cultivais-je comme il se doit ma mélancolie.

Lorsque j'ai rouvert les yeux, la lumière avait largement décliné. Je me suis levé, j'étais seul, les toiles qui traînaient sur la table de la cuisine n'étaient plus là, le parfum d'Éléonore d'Arincourt non plus. Je me suis assis dans le canapé et j'ai attendu que quelque chose se passe. À cause du casque, je n'ai pas entendu mon père rentrer et j'ai frôlé l'infarctus lorsqu'il m'a touché l'épaule. Il m'a demandé si ça allait mieux, j'ai répondu que je ne savais pas trop, ce qui n'a pas eu l'air de l'étonner. Il est parti dans sa chambre, en est ressorti avec deux guitares, en a déposé une à côté de moi et s'est assis dans le fauteuil. Je m'attendais à ce qu'il joue, mais non, il a gardé sa Gibson sur les genoux et s'est mis à me débiter en français un charabia qui m'a fait douter de ses facultés mentales :

« Je n'ai jamais eu besoin de l'aide de personne quelle que soit la situation. Mais maintenant, ces jours sont finis, je ne suis plus sûr de moi. Maintenant, je trouve que j'ai changé de façon de penser et j'ouvre des portes. »

Il lui arrivait de me faire comprendre des choses en utilisant des métaphores mais, là, je ne comprenais rien. Je n'étais même pas sûr qu'il s'adressait à moi et, un instant, j'ai pensé nager en plein rêve.

« Aide-moi si tu peux, j'ai le cafard. Et j'apprécie vraiment que tu sois là. Aide-moi, fais-moi revenir sur terre. Pourras-tu s'il te plaît, s'il te plaît m'aider ! »

La situation commençait à être vraiment flippante et j'étais sur le point de lui demander d'arrêter quand il a joué les premières notes sur sa guitare et s'est mis à chanter, en anglais cette fois. C'était les paroles de *Help*, des Beatles, que je connaissais pourtant par cœur pour les avoir chantées mille fois. Comme quoi mon cerveau tournait au ralenti. Il m'a invité à l'accompagner, et je n'ai pas hésité une seconde. Ça faisait des mois qu'on n'avait pas joué ensemble, c'était toujours le même plaisir, indicible, celui d'un moment unique partagé entre un père et un fils qui s'aiment plus que tout. On a enchaîné les chansons qu'on adorait tous les deux, les Stones, Bowie, les Clash, Police, Pink Floyd, jusqu'à Oasis, Robbie Williams et même Amy Winehouse, dont on se rappelait la mort, l'été 2011, à quelques rues de chez nous. Mon père jouait et chantait trop bien pour que les voisins montent se plaindre, il savait changer un rythme rock en version jazz ou latine, improviser une intro sur une chanson mythique, moderniser une musique qui avait mal vieilli. Comme souvent, j'ai fini par ne plus toucher à rien pour en prendre plein les yeux et les oreilles.

– Dimanche soir, j'anime la soirée au piano chez les d'Arincourt, m'a-t-il dit sans que je m'y attende.

J'ai acquiescé, un peu sonné par la nouvelle. Il ne m'a pas laissé le temps de la digérer qu'il m'en a asséné une autre :

– Et lundi, je commence mon nouveau boulot d'agent de propreté urbaine. Je nettoie les tags sur les murs, le caca des chiens sur les trottoirs et, si tout va bien, j'apprendrai à conduire une balayeuse.

J'ai eu envie de pleurer. Non pas parce que je trouvais ce travail déshonorant, mais de le voir réduit à l'état de larbin. Larbin de luxe chez les d'Arincourt, larbin tout court dans les rues de Douarnenez. Ce n'était pas pour me remonter le moral qu'il avait sorti sa guitare, mais pour lui, pour se rappeler qu'il était avant tout un artiste. J'ai senti la rage me tordre le ventre, j'avais envie de hurler au monde qu'il était injuste, d'y mettre le feu comme à un champ gangrené par la mauvaise herbe. J'ai regardé mon père qui se tenait debout, guitare à la main : il était un géant et le resterait, derrière le piano des d'Arincourt ou dans son uniforme d'agent de propreté urbaine. J'ai séché mes larmes et repris ma guitare pour jouer l'intro que je connaissais le mieux, *Paint it Black*, « Peins-le en noir » – ça sonnait mieux en anglais.

18

J'ai été réveillé par les sirènes des pompiers et de la police, un concert assourdissant comme j'en avais déjà entendu à Londres, mais jamais ici. En ouvrant mes volets, j'ai vu une épaisse fumée noire monter vers le ciel. Ça venait de la zone artisanale de Bréhuel, là même où Saint-Hilaire était allé manifester dix jours plus tôt. J'ai attrapé les vêtements qui traînaient sur ma chaise, filé dans la salle de bains pour en ressortir deux minutes plus tard, pas vraiment douché, mais presque. Mon père terminait son café à la fenêtre du salon, j'ai cru qu'il allait me demander de ne pas y aller, mais non, il a attrapé sa veste et m'a accompagné.

La D7 qui passait devant la zone de Bréhuel avait été bloquée à la circulation. Seuls les véhicules de la police et des pompiers y étaient autorisés. On a traversé et rejoint la centaine de curieux, la rumeur nous est alors parvenue : quatre employés de Jexol étaient grimpés sur le toit et menaçaient de tout faire partir en fumée. Un cordon de sécurité composé de policiers et de gendarmes avait été installé devant le parking de l'entreprise, à une soixantaine de mètres du bâtiment. On voyait nettement les quatre hommes sur le toit, et mieux encore la banderole *« US, Go Home »*. La cinquantaine en moyenne, ils avaient l'air à bout de nerfs, allaient et venaient tout en se parlant la main devant la bouche pour que personne ne lise sur leurs lèvres. La situation semblait confuse et j'ai dit à mon père ce que j'avais appris quelques jours plus tôt : aux dernières nouvelles, les employés avaient accepté une réduction du temps de travail pour soulager un peu les finances de l'entreprise.

– Une main dans l'engrenage et le bras suit, a-t-il dit comme s'il connaissait ça par cœur. Et le slogan, c'est pour quoi ?

Je n'en avais aucune idée. J'étais en train de me hisser sur la pointe des pieds pour tenter de voir si Sarah et son nouveau mentor étaient là, quand une voiture a déposé un homme au teint aussi gris que son costume, entouré de deux policiers en civil. Tous les trois ont fendu la foule et franchi le cordon de sécurité. Un des hommes sur le toit a alors pris un mégaphone et s'est approché du bord.

– Ce n'est pas à vous qu'on veut parler, Berthier, rentrez chez vous et allez vous occuper de vos gosses !

Berthier a sorti son portable, mais l'homme sur le toit l'a devancé pour dire que, s'il voulait discuter, la conversation devait être publique. C'était sympa pour nous, mais le message s'adressait avant tout à la caméra de France 3 Bretagne qui se frayait un passage pour obtenir le meilleur angle de vue. Berthier a réfléchi pour la forme et a accepté le mégaphone qu'un gendarme lui tendait. Avant qu'il ne commence, l'homme sur le toit lui a demandé de se présenter à la foule pour que tout le monde comprenne bien la situation.

– Je m'appelle Richard Berthier, a-t-il marmonné dans le micro. Je suis responsable management de Jexol.

– Très bien, et comment s'appellent vos patrons qui n'ont pas le courage de venir à votre place ?

– MM. Jones et Davids sont à Miami. S'ils étaient en France, ils viendraient vous parler.

– Puisque vous avez un téléphone, appelez-les, parce que ce n'est pas avec vous qu'on négociera !

De là où j'étais, je distinguais clairement le visage de Berthier, qui avait tout du lapin pris dans les phares d'un camion. Il avait sûrement déjà mis ses patrons au courant, mais n'avait d'autre choix que de les rappeler. Du côté de la police aussi on s'activait au téléphone, avec le préfet ou un ministre furieux de voir son week-end gâché.

La foule, quant à elle, semblait partagée. Certains trouvaient cette radicalité contre-productive, d'autres, au contraire, étaient sûrs que c'était le seul moyen de se faire entendre. Berthier étant au téléphone, l'homme sur le toit en a profité pour nous faire un petit rappel des faits.

Au départ, Jexol était une entreprise familiale française jusqu'à ce que Jones & Davids la rachètent à son fondateur trop âgé. Malgré leurs promesses, deux ans leur avaient suffi pour saboter l'esprit social de l'entreprise, avec pour seul objectif la rentabilité. La méthode était d'une banalité consternante : non-remplacement des départs en retraite, introduction de la flexibilité de la durée du travail, pression constante sur les cadres pour obtenir toujours plus des ouvriers. Finalement, les deux patrons avaient opté pour une délocalisation au Maghreb, où la main-d'œuvre était moins chère. La seule chose qu'ils n'avaient pas prévue, c'est que les quatre hommes sur le toit préféraient voir Jexol partir en fumée plutôt qu'à l'étranger.

– Alors, qu'en disent les grands chefs, Berthier ?

La réponse a tardé à venir, ce qui n'augurait rien de bon.

– Ils font confiance à la justice française pour que le droit soit respecté.

En clair, ils attendaient que la police les déloge au plus vite. Une clameur de protestation s'est aussitôt élevée de la foule.

– Très bien. Alors demandez-leur s'ils sont bien assurés pour les locaux et le matériel qu'il y a là-dessous, parce que ça va faire un joli feu de Bengale ! Dites-leur aussi de regarder du côté de la mer, avec un peu de chance, ils pourront assister au spectacle depuis Miami !

La tension montant encore d'un cran, des policiers ont commencé à faire le tour du bâtiment et à installer des échelles pour intervenir dès que l'ordre en serait donné.

– Jacques, vous n'obtiendrez rien de cette façon, a alors tenté Berthier avec un semblant de bienveillance. Vous savez bien qu'ils ont verrouillé toutes les possibilités ; vous serez les seuls perdants, dans cette histoire.

– Vous en êtes sûr ? Nous, on a déjà tout perdu. Ça fait des mois qu'on baisse notre froc devant eux, et vous le premier. On ne perdra pas le peu de dignité qu'il nous reste !

On s'est regardés avec mon père et on a eu la même réaction : pas question d'assister une seconde de plus à cette tragédie sociale, c'était aussi glauque que d'attendre de savoir si un dépressif allait sauter du quinzième étage. On a fait demi-tour, croisé quelques regards d'incompréhension, et on a attendu d'être assez loin pour parler de sujets qui n'avaient rien à voir, histoire de garder l'illusion que le monde n'était pas si noir. Mon père m'a demandé où on en était du défi, où j'en étais personnellement avec Camille et si j'étais toujours décidé à ne pas l'accompagner dimanche soir. Le bac n'est arrivé qu'en dernier. Quatre questions, quatre fois la même réponse, je n'en savais rien. Il a souri et m'a dit que c'était mieux comme ça. J'attends encore de savoir ce qu'il voulait dire par là.

Je suis allé seul à Quimper pour retrouver Antoine. Ce n'était pas prévu, mais il m'avait appelé une heure avant pour me dire qu'il y passait la journée avec Léa. Ça ne changeait rien à son entraînement, elle serait juste là pour le voir ramer. J'avais un peu d'appréhension à rencontrer cette femme à peine plus jeune que ma mère, d'autant plus qu'on allait se retrouver seuls tous les deux pendant qu'Antoine s'entraînerait. Je n'avais aucune idée de ce que j'allais pouvoir lui dire. Tous les sujets me paraissaient sans intérêt ou trop sérieux pour une balade au bord de l'eau. Pouvais-je lui parler de mes histoires de cœur, de mon père qu'elle allait bientôt croiser dans les rues de Douarnenez un balai à la main ou au volant de l'unique balayeuse municipale, ou me fallait-il faire semblant de m'intéresser au fitness ?

Ils étaient en train de parler avec Gwendal quand je suis arrivé. Antoine a fait les présentations. Pour la première fois depuis que je le connaissais, je l'ai senti stressé. C'était plutôt bon signe, ça signifiait qu'il prenait leur relation au sérieux. Deux minutes plus tard, il s'est assis sur son bateau sans tomber à l'eau et Gwendal est monté sur son vélo. Le moment que je redoutais est alors arrivé.

– Antoine n'arrête pas de parler de toi, du défi et de ton engagement auprès des salariés. C'est rare, à ton âge, d'avoir ce genre de préoccupations.

Je ne la remercierai jamais assez d'avoir entamé la conversation.

– À ton âge, j'étais centrée sur mes petits problèmes d'adolescente, la lutte des classes n'avait aucun sens.

– C'est parce que vous n'avez pas eu la chance d'avoir trois débiles pour vous humilier publiquement.

Elle a souri et dit que si elle me tutoyait, je devais en faire autant. Je pensais que ça me gênerait mais, finalement, pas du tout. On a parlé de ce qu'on aimait, moi de musique, de Londres, de mon père, elle du sport qu'elle faisait pour se vider la tête, de la photo qu'elle aurait voulu pratiquer en professionnelle. Je ne saurais pas dire combien de temps on a marché, je me souviens juste de cet instant où j'ai cru apercevoir, loin sur l'Odet, Antoine revenir vers nous. Je me rappelle que mon cœur s'est mis à battre plus fort. Les rames frôlaient la surface de l'eau, le skiff volait quelques centimètres au-dessus, je n'osais pas croire que ce soit lui. J'ai cherché Gwendal des yeux, il était là, moulinant sur son vélo, hilare comme s'il n'y croyait pas lui-même.

– Il avance bien, on dirait, non ? s'est étonnée Léa.

Un peu, qu'il avançait ! Ses bras et ses jambes étaient parfaitement synchronisés, le dos droit, le menton relevé : Antoine était passé en mode hors-bord. À peine quelques instants plus tard, Gwendal était sur nous et nous croisait.

– Relâche, pépère, relâche, lui marmonnait-il, trop absorbé par son poulain pour nous voir.

Antoine n'a pas molli, mais a tourné la tête vers nous quand il nous a dépassés.

– Le kif, mec ! Le kif royal ! a-t-il hurlé.

J'en ai ri tout seul. Je me suis senti pousser des ailes et les ai suivis en courant, oubliant Léa et mon asthme. Quand je suis arrivé à l'embarcadère, ils étaient en train de se taper dans les mains, conscients d'avoir réalisé quelque chose d'extraordinaire. Je me suis joint à eux pour partager leur joie, Quentin est alors arrivé avec trois copains.

– Faites gaffe où vous mettez les rames, les gars, leur a-t-il dit en apercevant Antoine, il y a du gros poisson dans l'eau, aujourd'hui.

Les trois ont rigolé bêtement tout en allant s'équiper. C'était le moment idéal pour un petit test grandeur nature.

– Bombasse à cinq heures, a alors dit celui qui paraissait le plus âgé. Quelqu'un veut tenter le coup ?

Il parlait de Léa, qui arrivait tranquillement. C'est vrai qu'elle était belle, en petite robe d'été. Elle est allée se planter au milieu de leur petit groupe, créant surprise et léger malaise.

– Alors, les gars, qui tente le coup ? Personne ? Dans ce cas, je vous propose un truc : vous faites la course, celui qui gagne passe la nuit avec moi, les autres pourront regarder, filmer ou même se tripoter. Ça vous va ?

Aucun n'a osé répliquer. Ils ont baissé la tête et sont allés mettre leurs skiffs à l'eau. Derrière sa moustache de marin breton, Gwendal semblait ravi de la tournure des événements.

– Je prends la pirogue, il faut absolument voir ça de près ! a-t-il dit en se dirigeant vers le club-house.

Il en est ressorti cinq minutes plus tard en traînant une pirogue traditionnelle, taillée d'un seul tronc et équipée d'un moteur vingt-cinq chevaux, pas du tout le style breton, mais parfait selon lui pour suivre une course de près. Léa s'est installée devant, moi au milieu, Gwendal à l'arrière. Quentin et ses copains étaient à une centaine de mètres, Antoine s'est remis sur son skiff et a commencé à ramer. Il ne lui a pas fallu longtemps pour les rattraper. Quentin a alors augmenté progressivement la cadence jusqu'à l'angle droit que faisait l'Odet au niveau de la carrière de sable. En voyant qu'Antoine suivait sans problème, il a ralenti jusqu'à s'arrêter complètement. À cet endroit, le fleuve était plus large, ils pouvaient ramer à cinq de front.

– On dirait que ton champion a envie de faire la course, Gwendal, hein ? a-t-il dit en laissant nonchalamment ses mains traîner dans l'eau. Il peut aller jusqu'où ?

– Il peut aller jusqu'à l'océan, mais on pourrait s'arrêter aux huit cents mètres ?

Tous ont manœuvré pour se positionner sur la même ligne ; Antoine a eu plus de mal, mais ne s'en est pas trop mal sorti, suffisamment bien en tout cas pour que personne ne fasse de remarque.

– Ça fait jusqu'où, huit cents mètres ?

– La bouée rose, mais t'en occupe pas, a répondu Gwendal. Tu penses technique et tu donnes tout ce que t'as !

Antoine a hoché la tête comme si c'était le conseil du siècle. Gwendal a sorti de sa veste une sirène miniature et vérifié qu'aucun bateau n'arrivait en face. J'ai croisé les doigts pour ne pas assister à un désastre.

C'était inattendu mais, en trois coups de rames, Antoine s'est retrouvé un mètre devant tout le monde. Il tirait sur ses avirons comme un bûcheron et son avance s'est accentuée jusqu'au premier tiers du parcours. Seuls Quentin et un autre parvenaient à garder le contact, les deux autres étaient irrémédiablement lâchés. Je ne savais pas ce qui me plaisait le plus : voir Antoine mener alors qu'il était débutant ou la tête de Quentin défigurée par la rage. À mi-parcours, Antoine avait presque dix mètres d'avance mais, peu à peu, Quentin est revenu sur lui. Son copain aussi, mais un peu moins vite. Était-ce Antoine qui coinçait ou eux qui faisaient leur effort, je ne m'y connaissais pas assez en tactique de course pour le savoir. À trois cents mètres de la bouée, mon cerveau s'est mis à faire des calculs improbables sur la distance qui pourrait les séparer à l'arrivée. J'ai alors remarqué que le skiff d'Antoine n'avançait plus de façon rectiligne, tandis que Quentin et son pote filaient droit comme des torpilles. La technique était en train de parler et, au lieu de se relâcher, Antoine a voulu en mettre un peu plus à chaque coup de rame. À cent mètres de l'arrivée, Quentin est revenu à sa hauteur. L'autre aussi gagnait du terrain, mais pas assez pour espérer le dépasser. Ça allait se jouer entre eux deux et ma tête n'arrêtait pas de faire des allers-retours entre la bouée et la pointe de leurs skiffs. C'est au moment où Quentin lui a pris un mètre que le « relâche, pépère » a dû résonner dans le cerveau d'Antoine. Sans perdre de sa puissance, il a retrouvé sa fluidité et est revenu à sa hauteur. Derrière moi, Léa souriait comme s'il s'agissait juste d'un beau match. Pour moi, il se jouait bien plus que ça ; pour Gwendal aussi, qui serrait le poing et donnait des coups de tête dans le vide pour le faire avancer plus vite. Il restait à peine trente mètres, ils étaient au coude à coude quand Quentin s'est désuni en voulant arracher la victoire. Son bateau a légèrement dévié sur un coup de rame trop fort et Antoine s'en est allé franchir la ligne avec un mètre d'avance. J'aurais voulu que Kévin et Rémy voient ça, que Sarah, mon père, et tous les losers du monde soient présents. Ça n'était pas la course officielle, mais c'était une victoire quand même.

Les autres sont arrivés peu de temps après et se sont regroupés pour reprendre leur souffle. L'incrédulité se lisait sur leur visage, puis le naturel est revenu au galop :

– La semaine prochaine, ce sera sur mille mètres et pas en ligne droite, n'a pu s'empêcher de feuler Quentin. Il n'y aura pas que le muscle qui comptera !

– En attendant, t'as paumé, mec ! a simplement répondu Antoine.

Gwendal a fait demi-tour et est venu se positionner devant son skiff. Il a sorti une corde du fond de la pirogue, l'a accrochée à l'anneau situé sous la coque, puis a remis le moteur en marche. On a fait un petit coucou à Quentin et à ses potes et on est rentrés en profitant du paysage. Avirons relevés, Antoine savourait comme il se doit sa victoire.

19

Mon portable étant resté en mode silencieux, je suis monté dans le bus sans me douter de ce qui se passait à Douarnenez. J'ai écouté mes messages et compris que les choses étaient en train de bouger. « C'est la révolution, en ville ! T'es où ? », du style laconique de Rémy, « Sean, les coups de matraque sont déconseillés tant que tu n'es pas remonté prendre ton casque à la maison », le flegme de mon père, « Sean, t'es où, bordel, on t'attend en première ligne ! », la modération selon Sarah. Sur tous les messages, en bruit de fond, j'entendais des cris, des sifflets et d'autres choses plus difficiles à identifier. J'ai rappelé Rémy et Sarah, je suis tombé sur leur répondeur.

Le bus n'a pas pu aller plus loin que le rond-point de Kerharo, à un kilomètre du centre-ville. Des policiers bloquaient la rue, et l'un d'eux est venu expliquer au chauffeur qu'on devait descendre là ou retourner à Quimper. On était une dizaine, on est tous descendus. On n'a pas mis longtemps à tomber sur les premiers manifestants et, à partir de la rue Duguay-Trouin, il a fallu jouer des coudes pour avancer. La foule hurlait : « Non aux licenciements ! », « Les plans sociaux, c'est du pipeau ! » et d'autres slogans qui auraient mérité un peu de la fantaisie des slameurs de Saint-Hilaire. Mon téléphone a alors vibré dans ma poche, je me suis écarté sous un porche pour décrocher :

– Sean, t'es où ? Ça fait une heure que je t'appelle !

J'ai essayé d'expliquer à Sarah où je me trouvais mais, au même moment, les gens autour se sont mis à hurler à m'en vriller les tympans. J'ai raccroché et lui ai envoyé un SMS, elle m'a répondu dans la foulée. J'ai mis dix minutes à la rejoindre alors qu'elle était devant la mairie, à moins de deux cents mètres de là où je me trouvais. Quand je suis arrivé, une vingtaine de CRS étaient en train de se déployer pour protéger le bâtiment.

– On attend que la maire sorte et dise clairement de quel côté elle est ! m'a-t-elle crié à l'oreille. On attend aussi qu'elle en appelle au préfet et, s'il le faut, au ministre !

– On est samedi, vous êtes sûrs qu'elle est là ? ai-je crié à mon tour.

– Quelqu'un l'a vue entrer en début d'après-midi et ne l'a pas vue ressortir. Il y a des chances qu'elle se soit barricadée pour ne pas affronter la foule !

– Il y a aussi des chances pour qu'elle soit en train de bronzer sur son voilier !

Sarah m'a fusillé du regard comme si je venais de briser ses derniers rêves. Elle a tout de même admis que c'était une possibilité mais a ajouté que, dans ce cas-là, ils iraient manifester sous ses fenêtres. Je n'ai pas osé mettre en doute la portée de leur action, ils avaient après tout plus l'habitude des conflits que moi.

– Et Fred, il n'est pas avec toi ?

– Il était là tout à l'heure, il est parti appeler son rédacteur. T'as lu le *Libé* de ce matin ?

J'avais complètement oublié. Elle a secoué la tête de dépit et a sorti sa tablette pour me la mettre sous le nez.

– Il y a mon article et le sien juste après. Il parle de toi et du défi !

J'ai essayé de me concentrer sur la lecture, mais je n'ai pu que survoler l'article. Fred avait repris ce qu'avait déjà écrit Sarah sur son blog. À l'échelle nationale cette fois, j'étais le symbole d'une lutte des classes qui secouait Douarnenez et qui risquait de s'étendre à toute la région. Ça me paraissait exagéré, mais ce qui me dérangeait le plus, c'est qu'il ne citait ni Antoine, ni Rémy, ni Kévin.

– Je te l'ai déjà dit, les gens s'identifient à une personne, pas à un groupe, m'a-t-elle répondu quand j'ai eu le malheur de lui faire part de mes critiques. Il faut que tu assumes, c'est toi qui as lancé ce défi !

J'ai essayé de trouver un groupe de personnes qui avait marqué l'histoire, mais le vacarme de la foule m'empêchait de réfléchir. J'avais bien les Stones, mais ça n'était pas suffisant. J'ai alors repensé à Tommie Smith sur le podium des Jeux de Mexico de 1968. Il avait levé son poing ganté de noir pour protester contre la ségrégation raciale, et l'image avait fait le tour du monde. Je me souvenais de lui, mais pas de l'autre athlète des Black Panthers qui avait fait la même chose. Sarah avait peut-être raison, on ne s'identifiait qu'à une personne à la fois.

– Au fait, tu as rendez-vous avec une journaliste de France 3 Bretagne et un autre de *Ouest-France*. J'ai leur numéro, il faut que tu les rappelles pour fixer une heure.

Là, elle m'a tué ! Elle avait joué les attachées de presse sans même m'en parler ! Elle a ajouté que, pour *Ouest-France*, vu ce qu'ils lui avaient fait, ça ne la dérangeait pas que je les envoie promener, mais c'était à moi de décider. Je n'ai pas eu le temps de lui dire que je n'appellerais ni l'un ni l'autre, la foule autour hurlant subitement de plus belle. Une meute n'ayant qu'un cerveau, j'ai comme les autres regardé du côté du premier étage de la mairie où un volet roulant se levait. J'étais à deux doigts de crier « La maire, avec nous ! » quand une femme de ménage, costaude antillaise au casque vissé sur la tête, est apparue à la fenêtre pour secouer son balai. Pas plus étonnée que ça par la foule, elle a coupé sa musique et profité d'un silence aussi soudain que gêné pour nous expliquer avec son fort accent des îles que c'était samedi, qu'il n'y avait personne et qu'il fallait revenir lundi, mais pas tout ce monde, parce que la mairie était trop petite. Six cents manifestants se sont regardés comme des cons.

– Je t'avais dit qu'elle était sur son voilier.

Sarah m'a ignoré.

D'un bloc, la foule confuse s'est mise en mouvement pour descendre vers la place de la Résistance. Remotiver les troupes après une telle claque n'allait pas être chose aisée.

– Je n'appellerai pas les deux journalistes, ai-je dit à Sarah tandis qu'elle prenait des photos avec sa tablette.

– Quoi ?!

– Je n'ai pas envie de leur parler.

Elle s'est arrêtée et m'a dévisagé comme si j'avais blasphémé saint Karl Marx.

– Tu plaisantes ?! Tu vas passer à la télé, tu vas faire la une du journal, tu vas pouvoir expliquer à des milliers de gens pourquoi tu fais tout ça !

– J'ai lancé un défi à trois bourges et je ne vais participer à aucune épreuve, ça n'a rien de glorieux.

– Arrête de faire ta chochotte, tu sais très bien que tu as fait plus que ça ! Regarde autour de toi, la lutte d'une classe qui entraîne la lutte des classes : on est en plein dedans, là ! Les gens se révoltent parce que tu t'es révolté, tu as montré le chemin !

– D'Arincourt se serait mis en grève sans moi, et Jexol aussi.

– Sans toi, Saint-Hilaire ne serait pas allé manifester justement le jour où d'Arincourt s'est mis en grève. Jexol lui a emboîté le pas et d'autres vont suivre ! Il fallait un déclencheur, et ce déclencheur, c'est toi ! Tu ne peux pas nous lâcher maintenant.

Elle commençait à m'énerver, à m'engueuler et à me dire ce que je devais faire.

– On en a déjà parlé : le défi, c'est du folklore de lycéens. Si tes journalistes n'ont rien d'autre à raconter, c'est triste. Ce matin, quatre employés de Jexol étaient prêts à se faire cramer avec leur entreprise, ils en ont parlé ?

– France 3 a ouvert son journal dessus, ils étaient en direct quand les flics les ont fait descendre !

Le bus qui m'avait ramené était passé tout près de la zone de Bréhuel. La circulation avait été rétablie, et je n'avais rien remarqué qui aurait pu indiquer que Jexol était parti en fumée. Ça m'agaçait, qu'elle ait réponse à tout.

On était tranquillement en train de s'engueuler quand une délégation plus importante encore que celle qui avait manifesté devant la mairie est remontée depuis le Port-Rhu. La place de la Résistance et les rues qui l'entouraient étaient bondées, ce qui commençait à faire beaucoup de monde. Deux cars de CRS étaient garés plus loin, prêts à intervenir au moindre débordement. Un syndicaliste de la CGT a alors grimpé sur un muret et a proposé d'aller manifester sous les fenêtres de Francis Jaouen, patron de la conserverie, puis à la propriété d'Arincourt. Ça faisait une belle balade mais, aux cris de « *Dalc'h mad !* », « Tiens bon ! » en breton, la devise de la ville, la foule a hurlé son enthousiasme. Pendant ce temps, Sarah ne me quittait pas des yeux et attendait une réponse.

– O.K., je les appelle, ai-je capitulé, mais je ne parle que du défi et de mes copains qui vont se battre !

Elle a eu ce petit sourire ravi mais malin qui m'a fait penser que je m'étais fait avoir.

– Tu es le Che, tu leur parles de ce que tu veux !

Elle m'a photographié par surprise avec sa tablette en prétextant qu'il fallait absolument imprimer des tee-shirts à mon effigie. Cette fille était complètement cinglée.

J'ai donné rendez-vous à la journaliste de France 3 Bretagne devant la piscine, c'était ça ou rien. En discutant avec elle, j'ai compris qu'elle n'était pas vraiment au courant du défi. La trentaine bien tassée, elle m'a expliqué que ses questions seraient enregistrées plus tard, qu'il était inutile de me présenter et que si on pouvait ne pas traîner, ça l'arrangeait, parce qu'elle et son cameraman devaient rejoindre au plus vite la manifestation. Elle ne savait même pas si mon interview passerait à l'antenne. Mais, puisqu'on était là, autant s'y mettre, avec des phrases courtes si possible. J'ai mis un peu d'ordre dans mes pensées et, quand elle m'a tendu le micro et que le cameraman a fait signe que ça tournait, tout est sorti comme si j'avais répété mon texte devant la glace. Ça m'arrivait quand on m'avait bien énervé.

– Vous voulez que je vous dise ce qui se passe en ce moment à Douarnenez ? ai-je commencé. Ce n'est pas une grève comme en connaissent des tas d'entreprises, c'est un soulèvement. Et il ne concerne pas le monde du travail, mais la société tout entière, la société des gens qui n'en peuvent plus des petites humiliations du quotidien, des injustices tellement courantes qu'elles en deviennent banales, des atteintes à la dignité et des rancœurs ravalées. Mettez-les bout à bout, vous récoltez ce que vous avez semé : une insurrection. Ce matin, des salariés de Jexol préféraient mourir dans le brasier de leur entreprise plutôt que de la voir partir à l'étranger. Vous imaginez à quel point il faut être désespéré, pour en arriver là ? Et en ce moment, les ouvriers de la plus grosse boîte de la ville parcourent des kilomètres pour aller supplier leur patron de les laisser travailler ! Dans quel monde vit-on ?! Et regardez derrière moi, la nouvelle piscine municipale. C'est là que, vendredi prochain, se déroulera la première épreuve d'un défi sportif qui opposera trois fils de bonne famille à trois prolos qui n'ont aucune chance de gagner. Rien à voir, a priori, seulement, vous savez quoi ? Lors de ces trois épreuves, il y aura des centaines de spectateurs, non pas des curieux ou de simples supporters, mais ces mêmes révoltés qui n'en peuvent plus de courber l'échine. Ce défi est la parabole de ce qu'ils vivent tous les jours, la lutte des faibles contre les puissants. Vous voulez savoir le pire ? Personne ne se fait d'illusions quant à l'issue du match. Seulement, à Douarnenez, aujourd'hui, les gens sont prêts à se battre, parce que c'est tout ce qui leur reste pour sauver leur dignité.

Je m'attendais à ce que la journaliste embraye et me pose des questions, mais rien n'est venu. Le cameraman a laissé un peu tourner, puis, comme je ne disais plus rien, a coupé l'enregistrement.

– Ça a été, la longueur des phrases ? ai-je demandé à la journaliste.

Elle a senti mon antipathie, mais a préféré en sourire. Ça a suffi à me calmer. Je les ai regardés, surpris de les voir ranger leur matériel et remonter en voiture, quand elle a baissé la vitre côté passager.

– Sean Kinsley ?

– Oui ?

– Si un jour tu fais de la politique, je vote pour toi !

J'allais lui dire d'aller se faire foutre, mais elle a ajouté que c'était une bonne idée de faire cette interview devant la piscine et qu'elle essaierait de venir vendredi prochain. Ils sont partis sans que je sache si elle était sérieuse. Il était dix-huit heures trente, il me restait la soirée pour me convaincre que je n'avais pas été complètement nul, ce qui n'était pas gagné.

20

Mon interview est finalement passée au journal de dix-neuf heures. Ceux qui ne l'ont pas vue en direct l'ont regardée en replay, sur YouTube ou sur Facebook, le plus souvent en laissant un commentaire. La sobriété et la retenue n'ayant pas cours sur le Net, j'alternais entre le dieu vivant et le débile profond, le boss et le boloss, j'avais le swag, puis je ne l'avais plus, ma prestation était chanmé, oufissime ou trop abusée, ce qui voulait tout et rien dire à la fois. J'en ai lu une centaine et j'ai laissé tomber. Côté téléphone, j'ai eu droit à quelques SMS d'insultes, tous en numéro privé, mais aussi à des remerciements, des encouragements à poursuivre la lutte et beaucoup de promesses d'être présent aux trois épreuves du défi. J'ai également eu des messages sur ma boîte vocale, celui d'Antoine qui savait depuis le début que j'étais *The Coach*, de Rémy qui avait hâte d'être à samedi prochain, et de Sarah qui me demandait quand j'aurais un week-end de libre pour qu'on se marie. Mon portable était sur la table de la cuisine quand j'ai vu le numéro de ma mère s'afficher. J'ai hésité jusqu'à la dernière seconde, puis j'ai décroché par excès d'enthousiasme. Je n'aurais pas dû. Selon elle, la cause que je défendais était noble, mais il fallait aussi que je pense à moi, *aussi*, dans son esprit, signifiant *d'abord*. J'avais le bac de français et de sciences dans quinze jours, mes propres problèmes d'argent, et d'autres, d'ordre moral, compliqués à gérer pour un adolescent de mon âge – sa façon gerbante de parler de l'homosexualité de mon père. Quant à la politique et au syndicalisme, il valait mieux que je laisse ça à ceux qui étaient directement concernés. J'ai raccroché en repensant à cette discussion que j'avais eue, sur les bords de la Tamise, avec mes copains de Londres, où l'on s'était dit qu'il y aurait forcément un moment où nos parents descendraient du piédestal sur lequel on les avait placés. Ce soir, j'étais désolé de constater à quel point ma mère était égoïste et superficielle.

Mon père m'a appelé vers vingt heures, non pas pour me parler de mon interview, qu'il n'avait pas vue, mais pour me dire qu'il n'allait pas rentrer. Il a prétendu répéter les morceaux qu'il allait jouer le lendemain, mais je ne l'ai pas cru. D'abord parce qu'il ne le faisait jamais, sauf pour le classique, ensuite parce que je ne lui connaissais aucun ami possédant un piano. Je n'ai pas posé les questions qui me démangeaient, effort qui m'a coûté la demi-heure qui a suivi à faire la liste de tous les endroits où il pouvait être. La seule chose que je craignais, finalement, c'était qu'il se soit fait entraîner dans une nouvelle soirée de beuverie.

J'étais parti pour enchaîner la trilogie des *Jason Bourne* avec Matt Damon quand on a frappé à ma porte. J'ai regardé l'horloge du micro-ondes, il était neuf heures et demie passées. Dans l'ordre, j'ai pensé qu'un voisin avait besoin d'un tournevis ou d'un tire-bouchon – c'était déjà arrivé –, j'ai mis une option sur une bande de fachos payés pour me casser la figure et saccager l'appartement à cause de mon interview gauchiste, puis je me suis pris à rêver que Camille avait appris que j'étais seul et était bien décidée à passer la nuit la plus folle de sa vie. J'ai ouvert sans me poser plus de questions ; c'est finalement de ma bande de fachos que j'étais le plus proche.

– Tu es bien Sean Kinsley ? m'a demandé un type d'une quarantaine d'années en costume impeccable.

Ça ne me plaisait qu'à moitié qu'il me tutoie et je n'avais pas envie de lui répondre avant qu'il se présente et me dise ce qu'il voulait.

– Ça n'est pas dans mes habitudes de venir si tard, mais c'est important. On peut parler à l'intérieur ?

– Non. Qui êtes-vous ?

– Mon nom ne te dira rien, et je ne peux pas te dire qui m'envoie.

– O.K., salut ! ai-je fait en refermant la porte.

– Non, attends, j'ai quelque chose pour toi !

Il a fouillé dans la poche intérieure de sa veste et en a sorti une enveloppe en papier kraft qu'il m'a tendue. À l'intérieur, il y avait plus de billets de cent et deux cents euros que je n'en avais jamais vu. C'était comme dans un film de gangsters. Ce type était en train de m'acheter pour le compte de pourris qui tenaient à rester dans l'ombre. Je n'en revenais tellement pas que je suis sorti sur le palier pour voir si ce n'était pas des copains qui me faisaient une blague. Mais non, il n'y avait personne.

– Il y a cinq mille euros, a-t-il repris en baissant la voix. Tu les gardes pour toi ou tu partages avec tes copains, mais le défi s'arrête là.

– Sans déconner, vous croyez qu'on vaut cinq mille euros ? On va se faire laminer, on va être la risée de tout le lycée, et notre gage sera de se déguiser en Roumains pour faire la manche place des Halles ! Vous êtes complètement à la masse, les mecs !

– Cinq mille euros, ce n'est pas du luxe, dans vos situations.

Il avait peut-être raison, mais cette remarque m'a fait sortir de mes gonds.

– De quoi vous parlez, là ? De nos appartements ? De nos fringues ? Qu'est-ce qu'elles ont, nos situations ? Vous savez ce que vous allez leur dire, aux pauvres cons qui vous envoient ? Qu'on les emmerde ! On va faire ce qu'on a dit et on va le faire à fond, et leurs cinq mille euros, ils peuvent se les rouler en cônes et s'asseoir dessus !

J'ai claqué la porte et je suis allé dans la cuisine me servir la première boisson venue. J'étais en train d'ouvrir le frigo quand le type a frappé de nouveau.

– Qu'est-ce qu'il y a encore, c'était pas clair ? ai-je presque crié en rouvrant la porte.

– L'enveloppe, a-t-il répondu deux tons en dessous.

Je l'avais encore dans la main et la lui ai jetée avant de refermer la porte. C'était une histoire de dingues, et j'avais besoin d'en parler. J'ai appelé Sarah pour qu'elle me donne le numéro de Fred. Elle a senti à ma voix qu'il s'était passé quelque chose, je ne lui ai rien dit. Deux minutes plus tard, j'hallucinais en écoutant ce qu'en pensait le journaliste de *Libé*. Selon lui, la tentative de corruption dont j'avais fait l'objet n'avait rien d'étonnant. Il regrettait même de ne pas m'avoir prévenu que ça pouvait arriver. Comme Sarah, il pensait que j'avais lancé bien plus qu'un défi, et que les cinq mille euros qu'on m'avait proposés n'étaient rien comparés à ce que coûterait une insurrection. C'était le terme que j'avais employé devant la caméra de France 3 Bretagne.

– J'ai dit ça comme ça, je me suis enflammé parce que la journaliste m'avait énervé, on n'y est pas encore, à l'insurrection.

– Eux pensent qu'elle peut arriver. Ils anticipent.

– Et c'est qui, « eux » ?

– Bayard, probablement, mais aussi des patrons qui ont tout intérêt à ce que le calme revienne. Tu n'as pas suivi le scandale de l'UIMM ?

J'ai dit que non, que si ça datait de plus d'un an, j'étais à Londres et que je ne m'intéressais pas à l'actualité française. Fred m'a expliqué que, fin 2007, le grand patron de l'Union des industries et des métiers de la métallurgie avait avoué à la brigade financière qu'une caisse noire servait à soutenir les entreprises en proie à un conflit social, mais aussi à arroser les syndicats les plus actifs du pays.

– C'est des méthodes de mafieux, on voit ça dans les films !

– C'est vrai, et n'oublie pas que la fraude fiscale est le sport numéro un chez les riches. Chez certains, la corruption est même une seconde nature.

– Je peux les dénoncer !

– Qui vas-tu dénoncer? Tu ne sais pas qui est l'homme qui s'est présenté chez toi et tu ne sais pas qui l'a envoyé. Si tu cites des noms sans apporter de preuves, ils vont t'attaquer en diffamation, et tu perdras. De l'argent d'abord, ta crédibilité ensuite. Continue à faire ce que tu fais, c'est de ce Sean-là qu'ils ont peur. Tu es le Che de Douarnenez, tu es en train de devenir une icône et personne ne peut dire jusqu'où tu iras.

J'avais l'impression de rêver. J'étais le Che parce qu'un court-circuit avait mis le feu au lycée Balzac, que ma route avait croisé celle de Camille d'Arincourt et que trois élèves m'avaient humilié à la sortie du lycée ? C'était ça, la théorie du battement d'ailes du papillon, une étincelle dans une salle vide et, deux mois plus tard, toute une ville se révoltait ? Fred m'a conseillé de ne rien raconter à Sarah, en tout cas pas avant que les choses ne se soient tassées. C'était une fille brillante, mais d'un tempérament trop ardent pour qu'elle n'en parle pas sur son blog. J'ai accepté ses conseils, c'était pour ça que je l'avais appelé. Il m'a un peu raconté la manifestation devant la propriété des d'Arincourt, beaucoup de bruit pour rien à son avis, mais une lutte sociale se gagnait sur le long terme.

Mon père est rentré vers trois heures du matin, je m'en suis souvenu le lendemain en déjeunant. Au moins connaissait-il sur le bout des doigts les morceaux qu'il allait jouer le soir, mais je restais convaincu qu'il n'avait pas fait que répéter. Je détestais ces situations où les rôles étaient inversés. Ç'aurait dû être à moi de rentrer au milieu de la nuit et à lui de faire semblant de dormir en regardant l'heure. Quand il s'est levé, vers dix heures, il a parlé de tout sauf de sa soirée. J'ai tout de même noté qu'il ne sentait pas l'alcool et qu'il avait l'air tout à fait épanoui, j'ai même cru déceler un certain plaisir à me voir aussi perplexe devant mes questions sans réponses.

J'ai laissé tomber : je préférais ça plutôt que de le retrouver affalé sur le canapé comme une vieille otarie suintant le whisky.

Lorsque je lui ai raconté la visite que j'avais reçue la veille, il a eu la même réflexion que Fred : on ne corrompt que ceux dont on a peur. Je crois que c'est à ce moment-là que j'ai accepté le fait d'avoir plus d'influence que je ne pensais. Je n'en étais pas encore à m'assumer comme leader, mais j'avais donné plusieurs interviews et je ne pouvais plus nier que mon avis comptait. Cependant, si j'avais un quelconque pouvoir, j'allais devoir m'en servir intelligemment. Pas question de me faire manipuler ou simplement récupérer pour des causes qui n'étaient pas les miennes.

– Tu ne viens toujours pas ce soir ? m'a demandé mon père.

– Non, merci. J'ai déjeuné une fois avec Bayard, ça suffira pour cette vie.

– Tu n'as personne à voir ?

J'essayais de ne pas trop y penser, mais ça m'énervait que Camille ne m'ait pas invité personnellement. Qu'est-ce que ça lui coûtait de m'appeler, ou au moins de m'envoyer un SMS ? Elle le faisait probablement exprès et c'était de bonne guerre, puisque j'avais fait la même chose au début, mais il était hors de question que je cède. C'était sûrement puéril, mais c'était comme ça.

J'étais en train de débarrasser mon bol quand on a entendu passer sous nos fenêtres plusieurs voitures de police, sirènes hurlantes. Elles ne se dirigeaient pas vers la zone de Bréhuel, mais vers celle de Pouldavid. Un peu plus loin, il y avait la route d'Audierne, celle qui passait devant les Ateliers d'Arincourt. Mon portable a sonné presque en même temps : Sarah m'apprenait que Bayard était séquestré dans son bureau. J'ai pris une douche, mon VTT, et je suis parti la rejoindre. Enfin une journée qui commençait bien !

Le parking était noir de monde et trois policiers gardaient l'entrée du bâtiment où se trouvait le bureau de Bayard. Plusieurs équipes de télévision avaient été dépêchées et filmaient en continu. J'ai reconnu la journaliste de France 3 Bretagne qui m'avait interviewé la veille, mais aussi les logos sur les micros de BFM, LCI et même du *Petit Journal* de Canal +. Après les incidents de Jexol la veille, Douarnenez était en train de devenir la plaque tournante du conflit social. J'ai posé mon vélo à l'écart et me suis approché pour tenter de trouver Sarah. Je n'ai pas fait dix mètres que des visages se sont tournés vers moi. Des gens que je ne connaissais pas m'ont fait des sourires, des signes avec leurs pouces levés, puis l'un d'eux m'a parlé, incitant les autres à en faire autant. « C'est bien, ce que tu as dit à la télé ! Il en faut plus des jeunes comme toi ! », ai-je d'abord entendu, puis : « Merci, Sean, on est avec toi ! », et encore : « T'es un bon gars, Sean ! On sera là aux épreuves ! » On m'a tapé amicalement sur l'épaule, on m'a serré la main, on m'a invité à déjeuner quand je le souhaitais, je ne sais plus chez qui. Cette soudaine popularité allait me faire monter les larmes aux yeux quand j'ai aperçu Sarah et Fred.

– T'avais raison, les gens s'en foutent, du défi ! s'est-elle moquée en m'embrassant sur la joue.

Fred m'a glissé un clin d'œil et dit qu'être aimé par les siens valait tout l'or du monde, faisant allusion aux cinq mille euros que j'avais refusés.

Bayard n'était pas le seul à être retenu par les salariés : Delaunay lui tenait compagnie et la situation n'évoluait pas beaucoup. Vers midi, un inspecteur du travail, nommé comme négociateur, est arrivé avec l'air de se demander ce qu'il allait bien pouvoir négocier. J'ai demandé à Sarah comment Bayard s'était retrouvé dans cette situation, elle m'a expliqué qu'il avait eu besoin de documents dans le coffre-fort de son bureau, sans penser un instant que sa petite visite pourrait être interprétée comme une provocation. Bougez pas, les gars, je ne fais que passer, quand vous en aurez marre de garder la maison, vous me ferez signe. Ça ne m'étonnait pas de lui. Le temps d'un déjeuner à *La Scène*, j'avais pu mesurer sa suffisance et le mépris qu'il traînait dans son ombre. Quant à Delaunay, sans nouvelles du boss, il était passé et s'était fait extirper de sa voiture manu militari. Sarah avait filmé la scène avec sa tablette. Si les images étaient exploitables, il était probable qu'elles passent sur une chaîne ou même plusieurs.

Depuis quinze jours que la grève avait commencé, les salariés avaient eu le temps de s'organiser. On pouvait manger, boire, dormir, il y avait même des toilettes à l'extérieur. La nuit, quarante personnes restaient à tour de rôle dans l'entreprise. C'était suffisant pour retarder une expulsion musclée des CRS, au moins le temps d'alerter le reste des salariés prêts à sauter du lit pour venir en renfort. Jusqu'ici, aucun ordre de ce genre n'avait été donné, mais personne n'était dupe, cela pouvait arriver n'importe quand.

J'étais en train d'avaler un sandwich quand Antoine m'a téléphoné. Il venait de terminer son entraînement et avait une mauvaise nouvelle à m'annoncer : Quentin l'avait largement battu, sur la même distance que la veille.

– C'est pas possible, tu lui as mis cinq mètres hier !

– Il a changé de bateau.

– Comment ça, il a changé de bateau ?!

– Il a un skiff de compétition, un Empacher à dix mille euros. On dirait qu'il est monté sur coussin d'air.

Gwendal m'avait déjà parlé de ces bateaux, mais je n'avais à aucun moment envisagé la possibilité que Quentin en possède un.

– Et Gwendal, il en a pas un à te prêter ?

– Trop cher pour lui. Par contre, il y a un magasin à Quimper qui loue des skiffs, mais il faut laisser une caution.

– Combien, la caution ?

– Généralement, c'est le prix du skiff.

J'ai repensé à l'enveloppe de billets que j'avais tenue la veille dans mes mains – elle n'aurait même pas suffi. J'étais prêt à lui dire qu'on pouvait abandonner quand mon regard s'est mis à flotter autour de moi.

– T'es là, Sean ?

– Attends deux secondes.

Je l'ai fait attendre plus que deux secondes. S'il y avait une solution, elle était devant moi : Bayard, les Ateliers d'Arincourt. Je n'avais rien à perdre et j'étais prêt à tout tenter plutôt que de jeter l'éponge. Je suis allé dire au revoir à Sarah, prétextant le bac à réviser, j'ai repris mon vélo et je suis rentré. Il me restait trois heures pour préparer ce que j'allais dire, c'était peu et sans doute trop à la fois.

21

Mon père avait mis un costume, moi une chemise blanche presque neuve. J'avais toujours la veste Cerutti et la montre Chaumet que m'avaient données Hubert et Quentin, mais ça m'aurait fait mal de les porter. La Chrysler 300C est arrivée en avance en bas de chez nous ; on est descendus, le chauffeur nous a ouvert la portière et est retourné s'asseoir devant. Jamais je n'étais monté dans une voiture aussi luxueuse. Ce n'est pas la qualité des cuirs ou des boiseries qui m'ont le plus impressionné, ni même l'absence de bruit du moteur, mais cette étrange sensation de flotter dans l'air. Pas un trou ou une bosse sur la route pour nous faire tressauter, à croire que quelqu'un avait refait le revêtement avant notre passage.

En fait de propriété, la famille d'Arincourt habitait un manoir qui n'aurait pas souffert de la comparaison avec un château écossais. Je n'étais pas un pro de l'architecture, mais j'ai reconnu le style néogothique. Bâtisse de granit sur quatre niveaux avec vue sur la mer, accès direct à la plage, parc paysager, pins et oliviers centenaires et, pour ne rien gâcher, une rénovation soignée. La lutte des classes ne devait pas avoir beaucoup de sens, ici. Le chauffeur a garé la voiture à côté du coupé Jaguar d'Éléonore.

– Mme d'Arincourt vous attend côté chapelle. Elle pense que la lumière y sera meilleure.

Ça s'adressait à mon père, à propos de ses toiles, j'imagine. Il n'a rien répondu. J'ai respecté son silence sans pour autant croire qu'il puisse être stressé. Il avait animé des centaines de ces soirées, certaines pour des gens de la haute société londonienne. Il y avait sans doute autre chose, j'ignorais encore quoi, et mon cerveau était trop encombré pour que j'essaye de comprendre. Depuis que j'avais quitté les ateliers, j'avais échafaudé mille plans, tous abandonnés en cours de réflexion. Rien ne tenait debout, il y avait trop d'inconnues dans mes équations. Le mieux était de m'en remettre à mon instinct, de marcher sur la corde raide et de prier que ce ne soit pas cette fois-ci que je trébuche.

Que ce soit par professionnalisme ou par habitude, j'avais du mal à comprendre pourquoi le chauffeur se comportait avec nous comme si nous étions ducs ou comtes. Ma réflexion s'est arrêtée net quand je suis entré dans la chapelle, d'abord parce que le lieu était magnifique, baigné de la lumière du soir, ensuite parce qu'une fille sublime était en train d'y admirer les tableaux de mon père. Elle ne nous avait pas entendus, et ni lui ni moi n'avons osé la déranger. Élégante et gracieuse comme une poupée de porcelaine, elle a senti notre présence, nous a souri et s'est approchée à petits pas de danseuse :

– Lou d'Arincourt, a-t-elle dit en tendant la main à mon père. Vous êtes l'auteur de ces toiles, n'est-ce pas ?

– Peter Kinsley, enchanté.

Elle s'est tournée vers moi et m'a tendu la main.

– Pareil, ai-je dit. Enfin, juste Kinsley. Pas Peter, Sean. Et je ne suis pas peintre. Mais enchanté quand même.

Elle a souri, j'ai soupiré. Quelqu'un m'avait jeté un sort qui me faisait passer pour un corniaud fini devant les plus belles femmes du monde, il allait falloir que je lui mette rapidement la main dessus.

– Cela fait une heure que je suis ici. Il se dégage de vos toiles une vraie émotion, une violence et en même temps une telle tendresse, c'est fantastique ! Venez, maman est à la maison, les premiers invités vont bientôt arriver. Vous connaissez Bellanger ?

Mon père a fait non de la tête, elle a expliqué qu'il était commissaire d'exposition et qu'il allait adorer ses toiles. On est ressortis de la chapelle et on l'a suivie. Cette fille était un tourbillon comme l'étaient toutes les d'Arincourt, il n'y avait aucune justice. Des tables rondes étaient dressées dans la salle de réception, des bouteilles flottaient dans des seaux à glace, un piano à queue patientait dans un coin : la grande classe. Éléonore était au téléphone lorsqu'on est arrivés, elle avait l'air énervée et je me suis douté que c'était à cause de la séquestration de Bayard. Elle a abrégé sa conversation dès qu'elle nous a vus et est venue nous accueillir avec son plus beau sourire. Cette fois, j'ai eu droit à la bise, j'étais monté en grade dans son estime.

– C'est bien que tu sois venu, Sean, Camille sera ravie.

Je me suis contenté de sourire. J'avais déjà pas mal bafouillé avec l'aînée, je ne voulais pas gâcher toutes mes munitions à peine arrivé.

– Lou vous a dit qu'elle adorait vos toiles, Peter ? Je suis sûre que mes amis seront du même avis. Vous êtes allé à la chapelle, la lumière vous plaît ?

On y est retournés, on a vu la superbe lumière, on s'est extasiés devant l'émotion, la violence et la tendresse des tableaux de mon père ; je n'ai pas su apprécier à leur juste valeur la dynamique plastique, les références évidentes au néoréalisme, encore moins la déconstruction du hors-champ, mais j'ai fait confiance. Mon père aussi, d'ailleurs. Je commençais à trouver le temps long, quand un géant habillé en serveur est venu nous prévenir que les invités étaient arrivés. Éléonore a donné le signal du départ, j'ai senti que c'était l'occasion de lui parler, mais – avais-je faim ou l'analyse picturale des chefs-d'œuvre de mon père m'avait-elle anesthésié –, je me suis dégonflé.

Une trentaine de personnes patientaient sagement dans la salle de réception, les hommes en costume, les femmes en robe. Ils étaient arrivés presque en même temps et je me suis demandé s'ils n'étaient pas venus en bus. On est restés en retrait, admiratifs de ces effusions d'amabilités, d'embrassades et autres compliments de circonstance. Les conversations ont aussitôt fondu sur le cas Bayard. C'était affreux, il fallait absolument condamner cette violence, ce n'était pas des façons de dialoguer, jusqu'où irait-on ? Est ensuite arrivé le moment où Éléonore nous a présentés, Peter, le peintre, moi, le fils. « Nicolas, s'il vous plaît, vous servirez le champagne à la chapelle ? – Oui, Madame, très bien, Madame. » On est repartis voir les peintures de mon père, je commençais à avoir le parcours bien en tête.

C'est seulement vers neuf heures que Camille a fait son apparition, s'excusant d'avoir été aussi longue sur Skype avec son amie australienne. On était revenus dans la salle de réception, prêts à passer à table. C'est vers moi qu'elle s'est dirigée, m'enlaçant d'un bras léger avant de m'embrasser sur la joue. J'ai lu des sourires de connivence sur certains visages : elle aurait annoncé à la trompette que j'étais son jouet qu'elle ne s'y serait pas prise autrement. On était assis à la même table, en compagnie de deux couples que je ne connaissais pas. Mon père s'est installé au piano et a commencé à jouer des standards de jazz, ce qui m'a tout de suite mis mal à l'aise. Je dînais alors que lui travaillait, je faisais partie de la cour de la reine pendant qu'un ménestrel nous divertissait. Mes amis d'un soir n'ont pas tari d'éloges sur ses dons de musicien et de peintre – la femme à ma droite a même proposé à son mari d'acheter une toile –, seulement j'étais dans un jour maussade. J'avais envie de lui dire qu'on n'était pas à un gala de charité et qu'on n'avait pas besoin de son argent. Je l'ai gardé pour moi, ce n'était pas pour ça que j'étais venu. Une fois expédiés les potins des uns et des autres, la conversation est revenue sur le sujet du jour : la chienlit qui régnait en ville. Personne ne savait comment, mais tous étaient d'accord pour dire que cela donnait une triste image de Douarnenez. La solution consistait à faire appel aux CRS ou même à l'armée, mais la maire et le préfet s'y refusaient encore. J'hallucinais ! On s'empiffrait de verrines de bar aux asperges, de crabe et de filets d'agneau, il fallait encore qu'on se plaigne de l'image de la ville ! J'ai regardé du côté de mon père pour échapper au flot de saloperies qui se déversait sur ma table, je n'aurais pas dû. L'homme en face de moi, antisyndicaliste primaire, a cru que je m'ennuyais et m'a dit que j'avais bien de la chance d'être encore au lycée. C'était un lieu préservé de tout problème politique et social, un sanctuaire dont il fallait profiter le plus longtemps possible.

– Tu es à Balzac avec Camille, c'est bien ça ?

Je me suis demandé s'il le faisait exprès, par esprit de provocation, ou si, tout simplement, il n'était pas complètement con.

– Je ne suis pas à Balzac, mais à Saint-Hilaire, un sanctuaire de fils d'ouvriers qui se préoccupent plus de leur emploi que de l'image de la ville. Il y a quinze jours, on a séché les cours pour aller soutenir les salariés de Jexol, de la conserverie Jaouen et des Ateliers d'Arincourt. La grève générale a démarré juste après.

– Au lycée, on le surnomme le Che, a ajouté Camille avec fierté.

Les quatre adultes se sont regardés, pas très sûrs de vouloir poursuivre sur ce chemin. J'étais par ailleurs surpris de la réaction de Camille et je me demandais si elle ne me prenait pas pour son coq de combat. On aurait pu en rester là, c'était sans compter sur l'orgueil de l'homme qui m'avait sorti de ma léthargie :

– C'est toi qui es passé à la télé, hier soir, n'est-ce pas ? Tu as appelé à l'insurrection, m'a-t-on dit.

– Je n'ai pas appelé à l'insurrection, j'ai constaté qu'il y avait une insurrection.

– Quelques centaines de manifestants, on est loin de 1848 ! Et quel roi penses-tu faire abdiquer ?

– Tous les petits rois qui croient pouvoir jouer

avec la vie des gens. Votre ami Bayard est en train de le comprendre.

– Je le connais bien, il n'abdiquera pas.

– Vous n'en savez rien. Et, en attendant, il rate un excellent dîner.

Son visage s'est subitement obscurci et j'ai compris que cette petite altercation prenait un tour qui ne lui convenait pas. Il s'est forcé à sourire, mais il était clair qu'il en faisait une affaire personnelle.

– J'en conclus que tu cautionnes la violence ? m'a-t-il demandé d'un ton doucereux qui n'était pas pour me calmer. La séquestration serait une méthode acceptable pour dialoguer au XXIe siècle ?

– Et vous, la violence d'un licenciement, vous cautionnez ? Vous savez ce que ça signifie, pour un ouvrier, de perdre son emploi ? Ça veut dire qu'il va devoir serrer des ceintures, la sienne et celle de ses enfants, ça veut dire qu'il devra peut-être revendre sa maison, à perte, parce que les traites seront trop élevées, ça veut dire qu'il sera exposé à la dépression, au divorce et au suicide. Vous cautionnez cette violence au XXIe siècle ?

J'avais élevé la voix, et j'attendais une réponse. Autour de nous, les conversations avaient cessé, et tout le monde nous regardait. Ça ne me gênait pas d'avoir créé un malaise, d'autant que la pression n'était pas sur moi, mais sur le con qui tardait à répondre. Mon père s'est alors mis à jouer un nouveau morceau, une façon de me soutenir sans en avoir l'air.

– Vous avez raison, Peter, a finalement dit l'homme, plus mal à l'aise qu'il n'aurait voulu paraître. La musique adoucit les mœurs, c'est très apaisant, ce que vous jouez là !

Tu m'étonnes ! Une version classique d'un chant révolutionnaire chilien, *El pueblo unido jamás será vencido*[1] *!* Mon père a hoché la tête et lui a renvoyé son sourire, sa façon à lui de répondre à l'ignorance et à la bêtise. Éléonore a alors fait signe au géant qu'il était temps de servir le dessert, les autres tables ont repris le fil de leurs conversations, la nôtre a eu un peu plus de mal à évacuer l'incident. La femme du type qui m'avait cherché semblait ébranlée, le prestige de son mari en avait pris un coup, et j'étais prêt à parier qu'elle rêvait de le voir remonter sur le ring pour moucher le petit merdeux que j'étais. Je lui ai adressé un sourire angélique, elle a baissé la tête et fait semblant d'écarter des miettes sur la nappe.

Le dessert était servi sur les canapés, plus près du piano sur lequel mon père jouait depuis maintenant une heure. Camille est restée près de moi, les deux couples avec qui nous avions dîné en ont profité pour aller s'asseoir le plus loin possible.

---

1. En espagnol : « Le peuple uni ne sera jamais vaincu ! »

– Ton nouvel ami s'appelle Patrick Dantremont, il vend des chaussures, m'a-t-elle glissé à l'oreille.

C'est seulement après s'être réjouie de voir ma tête ahurie qu'elle a précisé qu'il travaillait pour Ralph Lauren Europe et gérait six cents magasins. Elle ne pouvait pas le sentir. J'allais enfin me détendre et profiter de la pyramide de macarons qui arrivait sur un chariot quand j'ai vu mon père aller chercher une pile de partitions dans le tiroir d'une console adossée au mur, et revenir s'asseoir à son piano le plus tranquillement du monde. Ça n'a choqué personne, moi si. Mon père connaissait parfaitement les lieux ! J'avais déjà trouvé curieux qu'il joue son premier morceau sans faire de gammes, comme il en avait l'habitude dès qu'il avait affaire à un nouvel instrument. Cette fois, je comprenais : c'était ici qu'il avait répété la veille. J'ai croisé le regard amusé d'Éléonore, elle savait que je savais, puis celui de mon père, parfaitement innocent. L'évidence m'a sauté aux yeux : la propriétaire des Ateliers d'Arincourt et mon père homosexuel avaient passé la soirée et une partie de la nuit ensemble ! Toutes mes convictions ont valsé d'un coup. Je ne savais plus ce que je devais croire, en qui je devais avoir confiance, cette soirée était en train de virer au cauchemar.

Il m'a fallu plusieurs minutes pour reprendre pied, me convaincre que leur histoire ne me regardait pas, mais c'était au-dessus de mes forces. Les macarons n'avaient aucun goût, je n'entendais rien de ce qui se disait autour de moi, je n'étais pas à ma place et je n'aurais jamais dû venir ici. Camille a pris mon hébétude pour de l'ennui et s'est alors approchée de mon oreille.

– Tu sais ce qui m'exciterait beaucoup ? m'a-t-elle chuchoté. Qu'on aille faire l'amour dans ma chambre et qu'on redescende comme si de rien n'était.

Ç'aurait dû être la plus belle proposition de ma vie, le rêve ultime, l'aboutissement de mon adolescence, seulement, mauvais timing, je l'ai mal pris. Et je n'avais pas aimé la façon dont elle s'était comportée avec moi toute la soirée, je n'avais pas aimé son silence des derniers jours, elle soufflait le chaud et le froid, elle était déjà la femme de pouvoir et de décision qu'elle serait plus tard, une Éléonore *bis* : c'était trop pour moi.

– Tu es sûre ? Moi, je crois que ce qui t'excite, c'est d'être comme ta mère, jouer les princesses de cour et te faire culbuter par un paysan. Trouve-toi un autre jouet, ça ne manque pas, les débiles prêts à croire à tes rêves.

Une autre m'aurait giflé ou aurait fondu en larmes, Camille s'est levée et est allée s'asseoir à côté de sa sœur. Personne ne s'est douté de l'affront que je venais de lui infliger. Au point où j'en étais, soirée gâchée pour soirée gâchée, je suis allé trouver Éléonore et lui ai demandé à la voir en privé. Elle s'est excusée auprès de ses amis et m'a suivi jusqu'à la porte.

– Tu veux déjà t'en aller ?

– Je n'aurais pas dû venir. Et ça n'a rien à voir avec mon père et vous.

Elle n'avait pas à se justifier et n'a pas nié non plus.

– Cette soirée n'était pas pour moi. J'étais venu pour vous voir, ça aurait dû attendre demain.

Elle a eu l'air intriguée et m'a prié de m'expliquer. Je n'avais eu le temps de mettre aucun plan au point, j'ai tout déballé comme c'est venu.

– Hier soir, quelqu'un m'a proposé cinq mille euros pour que je renonce au défi que j'ai lancé à trois élèves de Balzac. Si ça ne vient pas de votre ami Bayard, c'est de quelqu'un comme lui, d'un ou de plusieurs patrons que notre combat dérange. J'ai refusé.

J'ai lu de l'incompréhension dans ses yeux et me suis demandé si elle était au courant de cette histoire de défi. Je lui ai posé la question, elle a fait non de la tête.

– Il y a trois épreuves : la natation, l'aviron et l'équitation. On a déjà perdu la natation parce que votre ami Bayard et son DRH ont menacé les parents de notre nageur d'être les premiers licenciés s'il se présentait au départ. Le chantage a parfaitement fonctionné, il ne nagera pas. Restent l'aviron et l'équitation. Je ne sais pas à quel coup fourré on doit s'attendre pour l'équitation mais, aujourd'hui, on a perdu l'épreuve d'aviron. Pas faute de muscles, faute d'argent. Hier matin, Quentin Jaouen s'est fait battre à la régulière, aujourd'hui, il a sorti de son chapeau un bateau à dix mille euros pour être sûr de gagner.

J'avais l'impression de l'avoir perdue quelque part, sans savoir où. Son visage s'était peu à peu crispé et je commençais à me dire que j'allais y avoir droit, à la gifle, ou bien à l'engueulade. Au lieu de ça, d'une voix froide que je ne lui connaissais pas, elle m'a demandé ce que j'attendais d'elle.

– Un chèque de caution de dix mille euros, ai-je répondu avant de me poser trop de questions. Pour que la course soit équitable.

Elle m'a regardé sans me voir pendant un temps qui m'a paru une éternité. Devais-je dire autre chose, attendre ? Je n'en avais aucune idée. Elle a fini par vider d'un trait la coupe de champagne qu'elle tenait à la main.

– Mon chauffeur va te raccompagner.

Je n'avais pas de réponse, inutile d'en demander.

Il était temps de partir, il me fallait encore saluer ceux qui restaient. Camille m'a enlacé comme elle l'avait fait en descendant de sa chambre, le vendeur de chaussures m'a gratifié d'un sourire au moins aussi faux que celui de sa femme, les autres étaient ravis d'avoir fait ma connaissance, même ceux à qui je n'avais pas parlé. Quant à mon père, il m'a simplement demandé de ne pas laisser la clef dans la serrure pour quand il rentrerait. J'ai pensé lui dire que, si ça posait un problème, il y avait sûrement des chambres plus accueillantes ici, mais c'était mon père, je l'aimais trop pour me sentir le droit de le juger.

Cinq minutes plus tard, j'étais assis à l'arrière de la Chrysler. Ma soirée chez les d'Arincourt avait tourné court, ma seule consolation était que Bayard, en plus d'être cocu, n'était toujours pas rentré.

22

Je craignais d'avoir le sommeil haché, de revivre dix fois ma soirée chez les d'Arincourt, il n'en a rien été. Je n'ai même pas entendu mon père rentrer, seulement la porte se refermer quand il est parti vers sept heures. Ce n'était pas dans ses habitudes, ce qui m'a obligé à remettre rapidement de l'ordre dans mes idées. Je me suis alors rappelé que c'était son premier jour de travail au service entretien de la commune. Si un Kinsley salissait l'image de la ville, l'autre la nettoyait.

J'ai bondi hors de mon lit pour aller voir si un chèque traînait quelque part, j'ai cherché dans des lieux improbables, je n'ai trouvé qu'une assiette de macarons dans le frigo. J'étais déçu, parce que je pensais vraiment qu'Éléonore d'Arincourt évoluait au-dessus de la mêlée. Je suis parti au lycée pour ma dernière semaine de cours. À aucun moment je ne me suis douté du tour que prendrait la journée.

J'ai compris que quelque chose ne tournait pas rond bien avant d'arriver à Saint-Hilaire. En bas de chez moi, deux élèves de première ES m'ont regardé avec ce qui était, au mieux, du dédain, au pire, du dégoût. D'autres, sur le chemin, ne m'ont pas dit bonjour, mais c'est en entrant dans la cour du lycée que j'ai pris conscience de la profondeur du malaise. J'étais seul. Non pas seul dans la cour, mais seul, isolé. Personne pour venir me parler, les regards étaient de biais, méfiants, parfois agressifs, on parlait à voix basse. J'ai fait un tour sur moi-même, ils étaient tous là, à distance, comme si j'avais la gale. J'ai reconnu la plupart de ceux qui, la veille encore, m'avaient envoyé des messages de soutien sur mon portable ou sur ma boîte mail.

– C'est quoi, votre problème, les mecs ? ai-je fini par leur demander à tous.

Personne ne m'a répondu. C'était pire que ce que je pensais. Des élèves de Balzac étaient là, ni plus ni moins amicaux que les autres. Puis j'ai aperçu Rémy, Kévin et Antoine ensemble, eux aussi en train de me regarder de travers. Ça m'a fait l'effet d'un direct au foie. Mon monde s'écroulait, mes seuls vrais copains m'abandonnaient, je n'arrivais plus à réfléchir, tout se brouillait dans ma tête. La seule chose qui me laissait espérer, c'est qu'ils n'avaient pas l'air d'accord entre eux. Antoine et Rémy sont finalement venus vers moi. Rémy a sorti son portable et me l'a tendu après avoir affiché le site Internet qu'il voulait me montrer. Il y avait un titre, « Ma soirée chez les d'Arincourt», et des photos de moi en train de déguster une verrine de bar, sur un canapé un macaron à la main, ou en tête à tête avec Éléonore. Sur une autre page, Camille m'embrassait sur la joue. La photo avait été recadrée pour qu'on ne voie que nous. Qu'est-ce que je pouvais répondre à ça ? Leur dire que c'était un coup monté, des photos truquées, que ce n'était pas moi, mais quelqu'un qui me ressemblait ? J'étais allé à cette soirée, j'avais joué un double jeu, et j'avais perdu.

– On mange bien, chez les bourges ? a lancé un élève sans se montrer.

– Et la belle-mère, elle est sympa ? a demandé une autre.

Camille n'avait pas tardé à se venger, elle n'avait frappé qu'une fois, là où ça ne pouvait pas faire plus mal.

– Je m'en fous que t'aies été là-bas, a alors dit Antoine. T'avais sûrement tes raisons, et même si t'en n'avais pas, je m'en fous.

– Pareil pour moi, a dit Rémy à son tour. Tant qu'on continue le défi, ça ne me regarde pas.

J'avais envie de chialer, de les prendre dans mes bras et de leur dire à quel point c'était des mecs super. J'aurais aimé que Kévin soit là aussi, mais je comprenais qu'il garde ses distances. J'ai pensé me justifier, expliquer à tout le monde pourquoi j'avais été à cette soirée, mais ça aurait été trop long, trop compliqué.

Il aurait fallu que je parle de mon père, et je n'avais pas envie de le mêler à mes histoires. La sonnerie a retenti, chacun s'est dirigé vers les escaliers menant à sa classe. Le cœur n'y était pas, on continuait de marmonner dans les rangs et de me regarder de travers. Je m'étonnais que Sarah ne se soit pas encore manifestée. J'ai eu de ses nouvelles cinq minutes plus tard, un SMS laconique, mais explicite : « Connard ! » Je n'avais rien d'autre à faire que de serrer les dents et d'attendre que ça passe.

La suspicion dont je faisais l'objet aurait pu durer longtemps si l'attention n'avait pas été détournée par une manifestation d'une nouvelle ampleur. À midi, ce n'était plus seulement les salariés des Ateliers d'Arincourt, de Jexol ou de la conserverie Jaouen qui défilaient, mais des centaines d'autres, de Douarnenez et des environs, tous unis pour réclamer l'abandon des plans sociaux, le règlement d'heures supplémentaires non payées et le respect de tout un tas d'autres droits qui avaient une fâcheuse tendance à s'effacer des tablettes des patrons. À propos de patron, la rumeur courait que Bayard était resté séquestré dans son bureau jusqu'à cinq heures du matin, heure à laquelle il avait piqué une crise de nerfs monumentale, obligeant les salariés qui le retenaient à appeler un médecin pour lui administrer un sédatif. La police n'avait pas donné l'assaut, l'inspecteur du travail n'avait rien négocié et, coup de bluff ou pas, l'image du P-DG craquant nerveusement devant ses salariés était écornée pour longtemps.

Si la manifestation avait pris une autre dimension, c'est parce que la maire et plusieurs personnalités politiques locales avaient pris position en tête du cortège. L'impact médiatique allait forcément suivre et le rapport de force s'en trouver rééquilibré. C'était une bonne nouvelle pour les grévistes, c'en était une aussi pour moi. J'allais enfin disparaître de la scène publique.

Toute la semaine, Douarnenez a vu ses rues envahies par un flot toujours plus nombreux de manifestants. La presse nationale a rappliqué en masse, le débat public sur la compétitivité des entreprises a été relancé, un ministre a tapé du poing sur la table pour dire qu'il fallait sauver les emplois coûte que coûte, un autre a argué que ce n'était pas si simple parce que l'État n'avait qu'une marge de manœuvre limitée pour intervenir dans la gestion des entreprises privées, bref, personne n'était d'accord. Je me sentais toujours solidaire du mouvement social, mais avec un recul qui m'allait très bien.

Je ne regrettais rien de ce que j'avais fait, même si j'avais beaucoup perdu dans cette histoire. Camille et Sarah me haïssaient, je m'étais brouillé avec Kévin, Saint-Hilaire avait fait de moi un leader, puis m'avait tourné le dos, et je ne comprenais rien à la relation entre mon père et Éléonore. Je suis resté à la maison presque toute la semaine, passant du salon à ma chambre, de la télé à l'ordinateur, de mes fiches de français à mon MP3. J'ai dormi le matin, l'après-midi et le soir, mangé des pâtes, des conserves et ce qui traînait dans le congélateur ; si j'avais su naviguer, j'aurais pris le large en solitaire, il me manquait juste un bateau.

Mercredi, je suis tombé sur une interview de Cédric Jaouen, le père de Quentin. Il était plein de rage et de larmes dans les yeux. C'était le premier patron que l'on voyait s'exprimer à la télé. La conserverie était toute sa vie, transmise de père en fils. Il appelait ses employés par leur prénom, c'était un crève-cœur de les licencier, et il allait tout faire pour les aider à retrouver un emploi. Selon lui, les vrais responsables de cette tragédie étaient les industriels qui produisaient à bas coût sans se soucier ni de la qualité des produits ni des conditions de travail de ceux qui les fabriquaient. Il dénonçait le scandale des poissons asiatiques bourrés d'antibiotiques, les pays du nord de l'Europe pour leurs élevages intensifs, mais aussi tous ceux qui se gavaient au passage de ce commerce honteux et injuste. Il épinglait les banques qui avaient refusé un rééchelonnement de ses dettes et le ministère de l'Agriculture qui faisait la sourde oreille. Qu'on lui prête deux millions, et la conserverie repartait aussitôt.

Je ne savais pas trop quoi en penser. Autant Bayard dégoulinait de suffisance et d'hypocrisie, autant Cédric Jaouen avait l'air sincère et affecté par la situation. Quand le journaliste lui a demandé ce qu'il envisageait de faire, il a parlé d'en finir avec toute cette misère. C'était sans doute une allusion au suicide, le sien, pas celui de ses salariés. J'ai éteint et songé à Quentin qui étudiait dans un lycée privé, s'habillait avec des marques et possédait un skiff à dix mille euros. Le père méritait-il l'oscar du meilleur acteur ou le fils s'était-il affranchi des valeurs de la famille ? Impossible de le savoir, mais cela me rassurait de constater que le paradoxe n'était pas une spécialité des Kinsley.

J'ai cru jusqu'à jeudi au miracle Éléonore, puis j'ai laissé tomber. Mon père n'avait pas plus de nouvelles que moi, ni d'elle ni des professionnels de l'art qu'elle avait invités à sa petite réception. Il ne semblait pas déçu, en tout cas il n'en montrait rien. Il était de toute façon trop fatigué par ses journées de travail, les manifestations quotidiennes engendrant un surcroît de travail tel qu'il avait déjà fait une dizaine d'heures supplémentaires. Je n'avais pas non plus de nouvelles de Kévin alors que l'épreuve de natation était toujours programmée pour le lendemain à dix-neuf heures. Les seuls qui m'appelaient étaient Antoine et Rémy, quand ils avaient terminé leur entraînement. J'ai aussi eu un coup de fil de Léa, qui proposait de faire un chèque de caution de dix mille euros pour le skiff. J'ai refusé, parce qu'en cas de pépin on n'avait aucun moyen de la rembourser.

Le grand jour a fini par arriver. La contestation en ville ne faiblissait pas, et la tension était montée d'un cran depuis que les premiers entretiens préalables aux licenciements avaient eu lieu. Une contre-manifestation avait également jeté de l'huile sur le feu, menée par une poignée d'ultralibéraux et des commerçants exaspérés de voir les touristes fuir la région. Ils étaient allés provoquer les grévistes sur le quai du Port-Rhu, et les CRS, sur le pied de guerre depuis le début du mouvement, s'étaient interposés sans ménagement. Plusieurs personnes, de part et d'autre, avaient fini à la baille.

Ce vendredi 5 juin à dix-huit heures, je suis sorti de chez moi, direction la nouvelle piscine. J'avais rendez-vous avec Antoine et Rémy, j'estimais à une chance sur cent la possibilité que Kévin revienne sur sa décision.

23

Si l'épreuve de natation marquait le début du défi, elle était celle qui comportait le moins d'enjeux. Tout le monde savait que Kévin n'avait aucune chance de battre Jacques-Étienne, mais ils étaient des centaines à attendre devant la piscine. J'ai sorti mon portable pour vérifier qu'il ne m'avait pas laissé un message pour me dire qu'il venait, mais non, je n'avais rien. Antoine et Rémy n'en savaient pas plus que moi, alors pourquoi ces gens étaient-ils venus ? J'ai reconnu des salariés de chez d'Arincourt, d'autres de la conserverie Jaouen et de Jexol, des élèves de Saint-Hilaire, et de Balzac, Fred, le journaliste, mais pas Sarah. J'ai aussi aperçu Kibus, Baloo et Legallovitch. Jamais tout ce monde n'allait pouvoir entrer dans la piscine.

Sur la plupart des visages, l'excitation se mêlait à l'inquiétude, mais à aucun moment je n'ai lu le moindre ressentiment envers moi. Certains me souriaient, d'autres me montraient leur poing serré en signe de victoire, une femme s'est même approchée de moi, les yeux mouillés de larmes, pour me dire combien elle espérait qu'on l'emporte. Je n'ai pas osé lui dire que ce n'était pas pour ce soir, j'ai serré sa main et hoché la tête pour ne pas la décevoir. Elle a ajouté que son mari ne pouvait pas venir, mais qu'il était de tout cœur avec nous. C'était l'un de ceux qui étaient montés sur le toit de Jexol une semaine plus tôt ; je n'ai su que plus tard qu'il avait été interné en hôpital psychiatrique suite à la dépression dans laquelle l'avait plongé son licenciement. J'ai senti une boule dans mon ventre. Sarah m'avait prévenu que le cadre du simple défi était dépassé depuis longtemps, et, cette fois, on était sur le champ de bataille. Cette première défaite allait ruiner un peu plus le moral de cette femme et de tous ceux qui étaient venus. Je doutais d'avoir les épaules assez solides pour supporter de telles déceptions.

– Ils arrivent, a dit Antoine en désignant un cortège de voitures.

J'ai espéré un instant qu'il parlait de Kévin, mais j'ai reconnu Quentin, Hubert et Jacques-Étienne. Une trentaine de supporters les accompagnaient, tout sourire. Ils ont traversé la rue et sont venus droit vers nous.

– Je ne vois pas votre athlète, a dit Hubert. Il est en train de s'échauffer ou il est resté chez lui ?

– La course est à sept heures et se terminera quand l'un des deux nageurs aura parcouru les cent mètres, ai-je répondu, parce qu'il n'y avait rien d'autre à dire.

Ils m'ont regardé avec leur dédain habituel, et Jacques-Étienne a fendu la foule, entraînant ses supporters vers l'entrée de la piscine.

– Et nous, on fait quoi ? a demandé Rémy.

J'ai regardé autour de moi, la question semblait se lire dans tous les regards.

– On y va aussi, la course est dans vingt minutes.

Inutile de dire que ce furent les vingt minutes les plus longues de ma vie. Les premiers arrivés se sont tassés dans les gradins et sur les escaliers qui y menaient, les autres ont trouvé de la place le long du bassin. Ça ne ressemblait à aucune course que j'avais pu voir à la télé, mais c'était la nôtre, aussi importante qu'une finale olympique. Les deux lignes du milieu avaient été réservées, Erwan, le maître-nageur, était au bord du bassin, sifflet à la main, prêt à donner le départ. Du haut des marches où je me trouvais, j'ai aperçu Léa et, un peu plus loin derrière, mon père. Je leur ai fait signe à tous les deux, il leur a fallu cinq minutes pour se frayer un chemin et nous rejoindre.

Tous les yeux étaient rivés sur le pédiluve par lequel les nageurs allaient faire leur entrée. Il était sept heures moins dix, je n'avais toujours aucun message de Kévin sur mon portable. Une clameur s'est soudain élevée, puis des cris et des applaudissements, mais c'était pour saluer l'arrivée de Jacques-Étienne. Son survêtement rouge ressortait sur le carrelage blanc : on ne voyait que lui. Il avait déjà mis son bonnet et ses lunettes teintées lui donnaient une allure de robot futuriste. Ses supporters ont scandé son prénom et tapé en rythme dans leurs mains, les nôtres se sont tus, déjà vaincus. Il restait trois minutes quand un nouveau nom s'est mis à résonner dans toute la piscine.

– Nemo ! Nemo ! Nemo !

Quentin et Hubert dirigeaient leur troupe comme deux chefs d'orchestre hilares. C'était une gifle à chaque fois que le nom résonnait. J'ai regardé autour de moi, les mâchoires étaient serrées, les yeux pleins de rage. J'ai senti la main de mon père sur mon épaule : il savait que je pleurais à l'intérieur. C'est alors que, à travers mes yeux brouillés, j'ai vu ce couple improbable marcher sur le bord du bassin. L'homme mesurait près de deux mètres et devait peser pas loin de cent cinquante kilos. La femme qui l'accompagnait était petite et ronde. La foule s'est écartée pour les laisser passer et, peu à peu, plus personne n'a osé prononcer le nom *Nemo*. Les parents de Kévin sont montés jusqu'à nous, il n'en manquait plus qu'un et tous les regards se sont tournés vers le pédiluve.

Le miracle était qu'il soit là, il ne fallait pas en demander davantage. Kévin n'avait pas pris la peine de mettre un survêtement, ni le bonnet ou les lunettes qui nous avaient fait tant rire la première fois. Il avait tout d'un sumo égaré sur la route du dojo, et personne ne s'est senti l'audace d'applaudir. Jacques-Étienne s'est déshabillé, a fait admirer sa musculature, puis est monté sur son plot. Kévin est monté sur le sien comme on monte à l'échafaud et a attendu le signal d'Erwan. Existait-il plus grand courage que celui de Kévin à cet instant ? J'avais beau chercher, je ne trouvais pas. Le résultat aurait été le même s'il était resté chez lui, mais il était là, dans toute son obésité qui le complexait tant, offert aux regards de centaines de personnes qu'il ne connaissait pas. C'est moi qui l'avais traîné dans cette galère, j'avais une dette à vie envers ce type de dix-sept ans qui était en train de sacrifier son amour-propre.

Au coup de sifflet d'Erwan, Jacques-Étienne a bondi et fendu l'eau sans faire d'éclaboussures. Il a nagé les quinze mètres autorisés sous la surface et a filé vers le fond du bassin. Des encouragements l'ont accompagné au début, puis se sont tus, il n'en avait pas besoin. À la ligne d'à côté, Kévin ressortait de l'eau après un plat qui avait claqué comme un coup de fusil et entamait sa première longueur de son style caractéristique, entre la crise d'épilepsie et la décharge de taser à bout portant. Sur les lèvres d'Erwan se lisaient des conseils qu'il ne pouvait pas entendre, tandis que Jacques-Étienne amorçait déjà un virage impeccable pour revenir vers nous comme une torpille.

Ils se sont croisés au milieu du bassin. Plus personne ne disait rien, chacun gérant le désastre comme il pouvait. Je savais que ça se passerait ainsi, je m'y étais préparé, mais ça faisait un mal de chien. Quentin et Hubert ont applaudi lorsque Jacques-Étienne a touché le mur, une dizaine de supporters ont suivi docilement, tandis que Kévin finissait sa première longueur. Comme beaucoup, je m'attendais à ce qu'il s'arrête là, mais il a fait son virage comme il a pu, bu la tasse au passage et repris son chemin de croix. Jacques-Étienne s'est retourné pour voir où il en était, il n'a même pas eu le cœur de lever les bras.

C'est alors qu'une voix s'est élevée dans les gradins, la voix d'un père fier de son fils, résonnant d'abord seule avant d'être relayée par des dizaines, puis des centaines d'autres. Au milieu du bassin, Kévin était rouge comme une tomate, et je n'étais pas le seul à penser qu'il allait couler à pic. Il s'est arrêté pour reprendre son souffle, gesticulant de tous ses membres pour se maintenir à flot, puis est reparti. Mes larmes ont jailli sans que je puisse les retenir, elles n'étaient plus de rage, mais de bonheur. J'ai hurlé avec les autres le prénom de mon copain.

– Kévin ! Kévin ! Kévin !

Porté par nos encouragements, il a finalement touché le mur, rejoint l'échelle sur le côté et s'est hissé hors de l'eau. Comme un alpiniste regardant le sommet qu'il vient de gravir, il s'est tourné vers la piscine avant de balayer le public du regard. Le cri libérateur qu'il a alors poussé en prenant une posture de culturiste a sonné comme une victoire, celle de l'abnégation et du dépassement de soi. Il avait perdu la course, mais il n'en était pas moins le héros de la soirée.

Pour ne pas perdre la face, Quentin m'a indiqué le score de ses mains : son index pour le un, un rond pour le zéro. Je lui ai renvoyé ma vision des choses, un rond pour le zéro, mon majeur pour le un.

Il nous a fallu une demi-heure pour évacuer la piscine. Les parents de Kévin étaient félicités de toutes parts, chacun refaisant la course et y allant de sa métaphore sur la lutte sociale. Au passage, Antoine, Rémy et moi avions droit à de vigoureuses poignées de main, des « c'est bien, les gars, continuez à vous battre », et des promesses d'être présents aux prochaines épreuves. Fred, le journaliste, nous a pris en photo avec son portable, j'ai regretté que Sarah ne soit pas là.

Kévin avait lancé le défi de la plus belle des manières et, à l'extérieur, ils étaient encore une centaine à attendre la sortie du héros. Quand il est enfin apparu, entouré de ses parents, c'est droit vers nous qu'il est venu. Il ne souriait pas et je me suis demandé un instant s'il n'allait pas nous engueuler. Il nous a regardés tour à tour et son visage s'est enfin éclairé :

– Je suis un putain de guerrier, les gars ! Vous le saviez, ça, que j'étais un putain de guerrier ?!

Il n'y avait pas plus belle défaite, et on n'allait pas se gêner pour la fêter. Auparavant, il a fallu se prêter au jeu des photos de la Lucky Losers Team et attendre que Kévin réponde aux questions de la journaliste de France 3 Bretagne, qui avait fait le déplacement. J'en ai profité pour chercher mon père dans la foule, je ne l'ai pas trouvé. Sur mon portable, j'avais un message où il m'expliquait qu'il avait dû partir et que je ne devais pas l'attendre. Il ajoutait qu'il était fier de moi et de l'homme que j'étais en train de devenir, ce qui faisait beaucoup d'émotions pour la soirée. J'étais en train de ranger mon téléphone quand il a sonné dans ma main. Le numéro qui s'est affiché m'était inconnu, j'ai décroché sans réfléchir.

– Bonsoir, Sean, c'est Éléonore.

J'ai tout de suite pensé à une blague, un sale coup pour gâcher la soirée. Je me suis écarté en lâchant un bonsoir nerveux, et j'ai écouté la suite :

– J'ai réfléchi à ce que tu m'as dit dimanche soir, et je pense que tu as raison : une course doit être équitable. J'ai pris la liberté de contacter Morgan Sport, le magasin d'avirons à Quimper. Tu peux y aller demain matin de ma part avec ton ami, vous demanderez le patron, il vous fournira ce qui se fait de mieux et se chargera d'acheminer le bateau au départ de la course.

C'était bien elle. Je n'imaginais pas un instant qu'elle ait pu rapporter notre conversation à qui que ce soit. Je me demandais seulement pourquoi elle nous aidait et pourquoi maintenant.

– Sean, tu es encore là ?

– Oui, je suis là.

– Ce que je te propose te convient ?

Qu'est-ce que je pouvais répondre à ça ? Bien sûr que ça me convenait. À skiff égal, Antoine avait toutes ses chances. On pouvait revenir à égalité et tout se jouerait lors du concours d'équitation. Je l'ai remerciée, elle a dit que ce n'était pas la peine et nous a souhaité bonne chance.

Je devais faire une tête bizarre, parce que Antoine et Rémy sont venus me demander ce qui se passait. Je leur ai tout expliqué, mon dîner chez les d'Arincourt quelques jours plus tôt et le coup de fil qu'Éléonore venait de me passer. Antoine a dit que c'était cool, Rémy qu'il ne fallait pas chercher à comprendre les bourgeois et encore moins les bourgeoises. Sans doute avaient-ils raison tous les deux.

Il était presque huit heures, il nous en restait deux pour aller manger et boire un verre. Pas question de se coucher tard, il y avait de la revanche dans l'air dès le lendemain à onze heures sur l'Odet.

24

Il y avait bien un Morgan Sport à Quimper qui louait du matériel nautique, j'avais vérifié sur Google, mais j'ai douté jusqu'au moment d'entrer dans le magasin. Une bonne partie de la nuit, j'avais essayé de comprendre pourquoi Éléonore d'Arincourt avait pris une telle décision. Elle jouait clairement contre son camp et ne m'avait même pas demandé de rester discret. Je la savais assez libre et indépendante pour se moquer du qu'en-dira-t-on. D'un autre côté, je ne pouvais pas m'empêcher de penser que, d'une façon ou d'une autre, ce choix servait ses intérêts.

Morgan était le prénom du patron. Il connaissait Gwendal et les deux hommes semblaient aussi heureux l'un que l'autre de la situation. On est allés jusqu'à l'arrière du magasin, là où se trouvaient les plus beaux bateaux. On pouvait prendre ce qu'on voulait, on ne s'est pas gênés : un skiff Filippi avec portants en carbone, le F14 précisément, un nom qui sonnait comme celui d'un avion de chasse.

– La vitesse est limitée, sur l'Odet, a plaisanté Morgan à l'intention d'Antoine. Tu peux te faire flasher, avec un bestiau pareil !

C'est lui qui a eu l'idée d'aller l'essayer, non pas sur le lieu de la course, mais plus au sud, en toute discrétion. Si ce bijou était une surprise pour nous, il devait l'être aussi pour Quentin.

Aux premiers coups d'avirons, on a tous su que, sauf accident ou nouveau coup fourré, la course était pliée. Le F14 était bien un bolide, et Antoine n'a pas mis longtemps à l'apprivoiser. Gwendal en a profité pour peaufiner quelques détails techniques, notamment le virage lancé, sous l'œil averti de Morgan qui a estimé qu'Antoine aurait fait une belle carrière dans l'aviron si quelqu'un avait détecté ses qualités plus tôt. Je lui ai demandé combien coûtait un tel bateau. Il n'avait pas les nouveaux tarifs en tête, mais c'était au-delà des dix mille euros.

– Ce n'est pas risqué de louer des skiffs à ce prix-là, même avec une caution ?

– Je ne loue des bateaux qu'en dessous de trois mille euros, c'est bien assez risqué comme ça.

– Et pourquoi vous faites une exception pour nous ?

Il m'a regardé avec un sourire en coin que j'ai failli mal prendre, puis j'ai compris.

– Il n'est pas loué, c'est ça ?

– Mme d'Arincourt vous l'offre. Elle m'a dit que si vous n'en aviez pas l'utilité après la course, je devais m'occuper de le revendre et que vous vous partageriez la somme.

Je n'en revenais pas. Dix mille euros à quatre, cela faisait deux mille cinq cents chacun. Jamais je n'avais eu autant d'argent d'un coup. En même temps, c'en était presque indécent : aucun de nous n'avait mérité une telle somme. Ça me rappelait une cousine qui avait travaillé comme caissière au salon de coiffure du Hilton de Londres. Les princesses du Moyen-Orient qui venaient s'y faire coiffer n'avaient aucune idée de la valeur de l'argent et lui laissaient des pourboires de cinquante, voire cent livres. La vie était simple, chez les gens riches, on y jouait comme au Monopoly. J'ai convenu avec Morgan de ne rien dire avant la fin de la course, j'avais trop peur qu'Antoine n'ose plus monter sur son skiff ou se retienne au moment de tirer sur les avirons.

On est arrivés cinq minutes avant le début de la course et tout s'est passé très vite. Des centaines de personnes avaient pris place le long du chemin de halage. Quentin était déjà sur l'eau, en train de répéter mentalement ses mouvements comme s'il allait courir le Grand Prix de Monaco ; il avait l'air ridicule. Sa colonie de supporters était là, des élèves de Balzac pour la plupart et d'autres que je ne connaissais pas, des filles calquées sur le même modèle, robe d'été, ballerines et lunettes de soleil qui leur mangeaient la moitié du visage, des garçons habillés pour sortir dans une boîte branchée. Ce petit monde propret affichait une jovialité qui tranchait radicalement avec l'inquiétude qui rongeait les nôtres.

J'ai revu à peu près les mêmes têtes qu'à la piscine, une majorité d'élèves de Saint-Hilaire et beaucoup de salariés des entreprises en grève. J'ai aperçu deux profs du lycée, sans savoir s'ils étaient là par simple curiosité ou s'ils soutenaient un camp ou l'autre. Parmi les absents notoires figuraient Sarah, Fred le journaliste, la caméra de France 3 Bretagne qui, visiblement, ne croyait déjà plus en nous, et mon père qui n'était pas rentré de la nuit. Léa, Kévin et Rémy discutaient ensemble et m'ont rejoint dès qu'ils m'ont vu. Un peu plus loin, Morgan et Gwendal mettaient le F14 à l'eau tandis qu'Antoine se préparait pour la course.

– Il a ses chances ? m'a demandé Rémy anxieux.

– Aucune.

– Tu veux dire que c'est mort ?!

– C'est mort pour Quentin.

Léa n'a pas paru surprise, elle avait déjà vu Antoine s'entraîner et était au courant pour le nouveau skiff. Je m'apprêtais à donner des explications à Kévin et Rémy quand la voix de Quentin m'a coupé dans mon élan :

– C'est quoi, ce bateau ?! a-t-il braillé tandis qu'Antoine le rejoignait sur la ligne de départ.

– Il déboîte, hein ?! F14 de chez Filippi, il paraît qu'on peut se faire flasher avec un bestiau pareil.

Antoine avait répondu avec sa placidité habituelle. Quentin était furieux, seulement il avait fait la même chose une semaine plus tôt et ne pouvait pas nous accuser de tricherie. Cette fois, la course allait être équitable.

C'est Gwendal qui a donné le départ, libérant la foule du stress de l'attente. Les encouragements ont fusé dans les deux camps mais, après seulement cinquante mètres, Quentin s'est trouvé distancé. Ses fans les plus fidèles ont tenté de se rassurer en évoquant une tactique mais, au tiers de la course, l'écart avait doublé. À la moitié, il avait quarante mètres de retard et le cœur n'y était plus. Ça n'avait rien de fair-play, mais je prenais un plaisir revanchard à le voir grimacer, pathétique mulet traînant une charge trop lourde pour lui.

Jamais je n'aurais imaginé plus beau moment. La foule se déplaçait au rythme de la course, les plus excités couraient pour ne rien rater de l'arrivée, on entendait des « Allez, Antoine ! » remplis de joie et d'un espoir retrouvé. Comme si cela ne suffisait pas, Quentin a commis une faute technique dans le virage. Son skiff s'est retrouvé de travers et il a encore perdu du temps pour se remettre dans l'axe. Loin devant, Antoine filait vers la victoire sans donner le moindre signe de faiblesse.

On était à trois cents mètres de l'arrivée quand on a entendu la clameur. Les supporters de Quentin rebroussaient chemin plutôt que d'affronter la défaite, Jacques-Étienne et Hubert, eux, étaient obligés d'être là. On s'est retrouvés sur l'aire d'arrivée pour attester qu'on était à égalité, mitraillés par des dizaines de portables.

– Le défi se gagnera cet après-midi sur l'épreuve d'équitation, a simplement dit Hubert, le visage maussade.

Sa morgue avait disparu. La défaite de Quentin venait de lui faire prendre conscience que tout n'était pas joué d'avance comme il le pensait depuis des semaines.

Antoine a eu droit à sa *standing ovation* et plusieurs adultes, des costauds de la conserverie Jaouen, l'ont porté en triomphe. Le fils Jaouen vaincu à la régulière était pour eux tout un symbole.

Je pensais que Sarah allait m'appeler, quelqu'un lui ayant forcément raconté l'histoire du skiff que j'étais allé solliciter auprès d'Éléonore d'Arincourt. À mes yeux, cela justifiait ma présence au côté de Camille, même dans des postures équivoques. Pas aux siens, visiblement. Kévin et Antoine ont reçu un SMS de félicitations, Rémy un message d'encouragement pour le concours de l'après-midi, moi, rien. J'avais disparu de l'équation, fini le Che, fini le baiser sur la plage des Dames, mon nom sur son répertoire téléphonique avait fait les frais de sa colère.

Avant de quitter l'Odet, j'ai demandé à Morgan de ne rien dire à propos des dix mille euros. On avait tout le temps d'en discuter entre nous, inutile de perturber notre belle dynamique avec des histoires d'argent.

Une heure plus tard, on fêtait la victoire autour d'un barbecue dans le jardin de Léa. Gwendal était de la partie et n'en finissait plus de refaire le film de la course. Rémy est parti trois heures avant le début du concours équestre, sans avoir beaucoup mangé ni même beaucoup parlé. Il n'a pas voulu qu'on l'accompagne, il voulait y aller seul pour pouvoir se concentrer.

– Tu feras la bise à Durandal, ai-je tenté pour détendre l'atmosphère.

Il a hoché la tête en silence. Depuis qu'Antoine nous avait ramenés à un point partout, toute la pression du monde pesait sur ses épaules.

25

La nouvelle de la victoire d'Antoine s'était répandue comme une traînée de poudre dans toute la ville et les environs. Impossible de trouver une place à moins de cinq cents mètres du centre équestre. Lors des deux premières épreuves, nous avions le plus large public, mais, cette fois, les supporters d'Hubert étaient venus en force. Bizarrement, il y avait plus d'adultes que de lycéens, comme si, après avoir laissé jouer les enfants, il était temps de reprendre les choses en main. Ils occupaient presque intégralement la tribune qui surplombait le parcours, confortablement assis à l'ombre, alors que nous attendions debout en plein soleil. Une façon de nous faire comprendre qu'on était ici chez eux et que la mixité sociale n'y avait pas cours. La différence entre les deux publics était choquante, on nageait en pleine caricature. Sarah avait raison depuis le début : c'était bien la lutte des classes qui allait se jouer ici, on n'était pas là pour s'amuser ou pour assister à une épreuve sportive.

– Te bile pas, James, c'est eux qui ont la trouille.

Je me suis retourné et j'ai reconnu Kibus. Baloo et Legallovitch étaient là aussi. J'ai regardé un peu plus loin, mon père n'était pas là.

– Vous êtes sûr qu'ils ont la trouille ? Moi, je les vois sourire.

– Ils sourient pour masquer leur peur.

– Vous êtes au courant qu'ils sont archifavoris ?

– C'est pour ça qu'ils ont peur : ils ont tout à perdre.

Le raisonnement pouvait tenir debout, mais ne m'a pas rassuré pour autant. Hubert était galop neuf alors que Rémy n'avait jamais été plus haut que le galop sept, il montait toutes les semaines depuis des années, son cheval était un selle français à vingt-cinq mille euros et, cette fois, on n'était pas allés dans un magasin en louer un de race équivalente. Jallis du Manoir contre Durandal, rien qu'aux noms, on partait avec un handicap.

Les seize cavaliers engagés dans le concours étaient encore à l'échauffement sous le manège couvert. Une porte ouverte les laissait apparaître un à un, répétant un saut ou laissant trotter tranquillement leur monture. J'étais trop loin pour distinguer des visages, mais j'étais sûr de ne pas me tromper quand Rémy est passé à son tour. Il n'y avait que lui pour marcher à côté de son cheval. Je les imaginais philosopher sur le mérite à accorder à l'homme et à la bête, le premier guidant, le second sautant, à moins qu'ils ne soient plongés en pleine séance de méditation transcendantale. Cela dit, tant qu'ils faisaient mieux qu'Hubert, je m'en foutais.

Il était cinq heures moins dix et le concours allait bientôt commencer. Kévin m'a alors fait remarquer que les journalistes étaient revenus, ceux de *Ouest-France*, de LCI, mais aussi la caméra de France 3 Bretagne. Je me suis hissé sur la pointe des pieds pour voir si c'était la même journaliste qui m'avait interviewé, c'est alors que j'ai croisé le regard de Sarah, à seulement quelques mètres de là où je me trouvais. On ne s'est rien dit, pas même bonjour. J'avais envie d'aller la voir, de lui dire que j'étais content qu'elle soit là, que j'étais désolé pour les photos que lui avait envoyées Camille. Je suis resté à ma place, incapable de faire le moindre mouvement, elle a détourné la tête comme si je n'existais pas. Comparé au « connard » de son dernier SMS, il y avait un net progrès.

Le président du jury, installé dans une loge au centre de la tribune, n'expliquait pas les règles à chaque fois mais, puisque la moitié de la ville avait fait le déplacement, autant en profiter pour faire un peu de pédagogie. Le podium allait se jouer aux points, le temps ne servant qu'à départager les cavaliers ex aequo. Chaque faute ou refus valait quatre points ; au troisième refus, c'était l'élimination. Quant à l'ordre de passage, il avait été tiré au sort par ordinateur. Conscient que les neuf dixièmes des spectateurs ne connaissaient rien aux us et coutumes d'un concours équestre, il a rappelé que les chevaux étaient des animaux craintifs et que, pour garantir l'équité, il était recommandé de ne pas parler trop fort, de couper les sonneries des portables et d'éviter les gestes brusques. Ç'aurait été exagéré si on n'avait été qu'une poignée de spectateurs, mais à quatre cents agglutinés aux barrières, tous plus nerveux les uns que les autres, cela se justifiait. La plupart d'entre nous n'ont retenu que deux noms en l'écoutant égrener la liste des cavaliers : Hubert Guilbec, montant Jallis du Manoir, en huitième position, et Rémy Gallic, montant Durandal, en quatorzième. Je ne m'y connaissais pas assez pour savoir s'il valait mieux passer avant ou après, ceux qui étaient autour de moi non plus, mais ça ne les empêchait pas d'avoir des avis bien tranchés sur la question.

Comme beaucoup, j'avais les mains moites et le ventre en marmelade. La victoire d'Antoine avait fait naître un espoir qui risquait d'être vite anéanti. Ç'aurait été plus simple si on avait perdu sur toute la ligne comme on s'y était préparés.

Le premier concurrent à se présenter était un homme d'une trentaine d'années, élégant, concentré et sûr de lui. C'était au moins ça de gagné, parce que son cheval jetait des coups de tête nerveux dans tous les sens comme s'il avait senti la présence d'un boucher-charcutier dans le public. Dès que la cloche a sonné, il est parti comme une furie et a enchaîné les trois obstacles de la première diagonale sans la moindre faute. Je me suis dit que le niveau allait être relevé, mais ça s'est gâté dans le virage. Du coin de l'œil, il a repéré la rivière, qui en fait était une grosse bassine posée au sol. Elle n'était que le huitième obstacle, mais il avait l'air de faire une fixation. Il a galopé toute la ligne droite en tournant la tête et en bronchant tous les trois mètres. Le premier oxer est passé de justesse, mais il a touché les deux barres du double qui suivait. Huit points de pénalité. Son cavalier a essayé de le calmer avant de l'engager dans la seconde diagonale, rien à faire. Au moment de sauter la rivière, refus. Quatre nouveaux points. Au deuxième essai, nouveau refus. Des exclamations étouffées ont alors vibré dans le public. Autour de moi, les visages étaient crispés, les gens vivaient la course comme si c'était la leur. Lorsque le cheval a finalement franchi la rivière, évitant l'élimination directe, un ouf de soulagement l'a accompagné. Il lui restait quatre obstacles, dont un vertical d'un mètre trente, une belle hauteur pour un concours de club. Trop heureux d'avoir franchi la rivière, il l'a sauté largement. Deux refus et deux barres tombées, seize points de pénalité pour un temps d'une minute quarante. Le cavalier, pas rancunier, a félicité sa monture ; il y avait de la place pour faire mieux.

Les cinq suivants ont tous été plus rapides. Pas de refus, juste des barres touchées, notamment ce vertical d'un mètre trente qui avait l'air d'être la difficulté du parcours. Est arrivée ensuite une gamine de treize ans, tout sourire, montant Calice, jument appaloosa, contente d'être là elle aussi. En une minute vingt-cinq, elle a bouclé le parcours avec un sans-faute, reléguant le deuxième à quatre points. J'ai profité d'un petit temps mort pour regarder du côté de Sarah. Un type que je ne connaissais pas la serrait de près. Quant aux petits seigneurs de Douarnenez, sagement assis dans leurs fauteuils de camping, la plupart avaient l'air de s'ennuyer ferme en attendant leur champion. Au premier rang, Quentin avait retrouvé sa tête de sale gosse et ricanait avec Jacques-Étienne. Un peu plus loin, j'ai reconnu Dantremont, le vendeur de chaussures de chez Ralph Lauren. Il m'a vu et m'a adressé un signe de la main qui se voulait amical. J'ai quand même eu l'impression qu'il se foutait de ma gueule.

Le sixième concurrent, un gars de mon âge, est venu rappeler à tout le monde que le saut d'obstacles était une discipline exigeante, nécessitant une harmonie parfaite entre le cavalier et son cheval. Lui le savait, pas forcément son cheval. Joli-Cœur, robe palomino, semblait plus disposé à la promenade champêtre qu'au saut d'obstacles. Trois barres au sol sur trois tentées dans la première diagonale, un arrêt d'âne buté en plein milieu de la ligne droite, le message était clair. Son cavalier a persisté, jouant des éperons et de la cravache ; trois mètres plus loin, il était au sol, personne ne l'a plaint.

Le tour d'Hubert et de Jallis du Manoir est alors arrivé. C'était le premier selle français que je voyais, le seul de la compétition. Robe noire luisante, crinière tressée, le muscle tressautant sous la peau, prêt à avaler les obstacles les uns après les autres. Mes mains ont serré plus fort la barrière sans me demander la permission, la cloche a sonné, donnant le départ à un peu plus d'une minute d'angoisse.

La première diagonale n'a posé aucun problème, la ligne droite avec le triple non plus. Jallis du Manoir avait le galop régulier et le port de tête majestueux, il était rompu à ce genre d'exercices et n'évoluait pas dans la même catégorie. Il était presque indécent de facilité. Lorsqu'il a franchi la piscine sans même s'apercevoir qu'elle était là, l'abattement s'est mis à peser de tout son poids sur nos épaules. En face, les sourires commençaient à se dessiner sur les visages. Quand il a sauté quinze centimètres au-dessus du vertical, des poings se sont serrés en signe de victoire. Il ne restait que deux obstacles, un croisillon et un double. J'ai baissé la tête et fermé les yeux, la foulée du champion résonnait dans le sol jusque dans mon corps. C'est alors que j'ai perçu le bruit d'un sabot heurtant une barre, provoquant la stupeur dans le public. J'ai relevé la tête et vu la barre au sol, la porte du miracle venait de s'ouvrir. Avec onze secondes de moins que la gamine de treize ans, Hubert aurait dû tuer le concours et prendre la première place. C'était une faute bête, une faute d'inattention. C'était aussi tout un symbole. Encore une fois, il s'était vu trop beau, vainqueur avant d'avoir franchi la ligne d'arrivée. Il a quitté la piste sous les applaudissements, avec toutefois la satisfaction d'avoir placé la barre très haut. Il restait cinq cavaliers avant qu'arrive le tour de Rémy, la tension déjà vive allait encore grimper.

– Il y a ton père avec une nana, là-bas, m'a alors glissé Antoine à l'oreille.

Une fraction de seconde, j'ai eu peur qu'il ne s'agisse d'Éléonore d'Arincourt. Elle aurait tout gâché en venant ici, on n'aurait parlé que d'elle s'affichant publiquement avec mon père. Ce n'était pas elle, mais ma surprise n'en a pas été moins grande. J'ai d'abord aperçu Louise, puis ma mère. Peut-être parce que je ne les avais pas vues depuis longtemps, ou à cause de la distance qui nous séparait, pour la première fois je réalisais à quel point elles se ressemblaient. Même allure, même façon de s'habiller, même inquiétude dans le regard trahissant un manque de confiance viscéral, la mère et la fille, impossible de se tromper. Qu'elles soient venues pour moi ou pour le défi, ça me faisait plaisir de les voir ici. Mon père m'a vu et les a poussées dans ma direction. On s'est embrassés comme si on ne s'était jamais quittés, ma mère m'a demandé si Rémy avait des chances de gagner, montrant qu'elle était au courant des enjeux, j'ai dit oui, sans hésiter. Elle m'aurait demandé si j'étais capable de faire un triple salto en chantant *God Save the Queen*, j'aurais répondu la même chose. À cet instant, j'étais le plus heureux sur Terre, entouré des gens que j'aimais.

Les cinq concurrents qui sont passés après Hubert ont effectué leur tour de piste dans l'indifférence la plus totale. Pas de chute, pas de coup d'éclat non plus, deux ont fait quatre points dans des temps honorables, pas suffisant pour monter sur le podium. Une fois la piste libérée par le dernier cavalier, un silence assourdissant s'est abattu sur tout le centre équestre.

– Cette fois, on y est, les mecs, a murmuré Kévin.

On a acquiescé et on s'est serrés les uns contre les autres. Si quelqu'un lançait un pétard, on avait vingt crises cardiaques sur les bras. J'ai regardé une dernière fois du côté de Sarah, une façon de me sentir plus proche d'elle.

Je me souviendrai toute ma vie de l'entrée de Rémy sur la piste. Il était présent et absent à la fois. Ou bien c'était nous qui n'étions pas là. Durandal semblait tout aussi calme et concentré. Lorsque la cloche a retenti, ils sont restés immobiles plusieurs secondes, des secondes qui ont paru des heures. Puis Rémy a donné le signal et Durandal s'est élancé. Comme les autres, il a avalé la première diagonale sans faire de faute, d'un galop léger et régulier. Il a ensuite déroulé dans la ligne droite pour sauter le premier oxer, puis le triple, avant d'amorcer son virage. Au bout de la seconde diagonale, il y avait la rivière. Rémy m'avait expliqué que les chevaux avaient rarement l'occasion de s'exercer à ce genre d'obstacle, qu'il arrivait qu'ils refusent de le sauter, comme l'avait appris à ses dépens le premier concurrent. Durandal a enchaîné un second oxer et un vertical et n'a pas hésité une seconde sur la rivière. J'ai senti les bras de Kévin et d'Antoine me serrer plus fort, comme je devais le faire moi-même inconsciemment. Rémy était moins rapide qu'Hubert, mais il n'avait pour l'instant commis aucune faute.

C'est à cet instant que je me suis mis à rêver. Durandal semblait flotter dans un état de grâce, il se dégageait de l'anglo-arabe une aisance et une fluidité qui lui conféraient une sorte d'invincibilité. J'ai revu toutes les fois où je m'étais moqué de lui et j'ai tout effacé.

C'est de la ligne opposée que le coup bas est parti, juste avant le vertical d'un mètre trente. Une spectatrice de la tribune, proche de Quentin, a ouvert une ombrelle. Elle n'était même pas au soleil. Le règlement stipulait qu'un cavalier devait savoir maîtriser son cheval en toutes circonstances, mais Durandal s'est arrêté net, tout près de la barre, trop près pour la franchir sans élan. Si Rémy lui faisait faire demi-tour, cela équivalait à un refus. Avec quatre points de pénalité, Hubert ayant été le plus rapide, la victoire lui échappait. Tout s'est passé en moins d'une seconde. J'ai vu des sourires dans la tribune. J'avais envie de traverser la piste et d'aller leur hurler leur médiocrité à la figure. Ces gens n'avaient ni morale ni dignité, ils gagnaient parce qu'ils avaient l'argent, le pouvoir, et si cela ne suffisait pas, ils trichaient.

– *Come on, boy*, ai-je alors entendu mon père marmonner derrière moi.

Il s'adressait à Durandal et a aussitôt été relayé par d'autres, en français. Des « Allez, mon gars ! » ont fusé de partout, des « Tu peux le faire ! » pour aider le prodige à s'accomplir. Il n'y avait pas refus tant qu'il ne faisait pas demi-tour, mais sauter une telle hauteur avec une seule foulée d'élan, là où les autres en avaient eu quatre, relevait du miracle. Antoine s'y est mis d'un « c'est cool, bonhomme, tu vas y arriver ». C'était impossible et, pourtant, j'y ai cru. Parce que c'était Rémy, parce que Durandal était un cheval à part et parce que ça ne pouvait pas être autrement. Lorsqu'il a fait sa dernière foulée et s'est élancé, toutes les respirations se sont arrêtées. Les pattes avant se sont repliées sous les flancs, libérant la puissance des pattes arrière, le corps a jailli du sol et s'est envolé dans les airs. C'était le saut libérateur, celui d'un cheval hors du commun, d'un cavalier qui l'aimait comme un frère et de tout un public qui les portait. Un sabot a effleuré la barre, mais pas suffisamment pour la faire tomber. Durandal a poursuivi sa course, franchi le croisillon, puis le double et la cloche a sonné la fin du parcours. Il n'y a eu aucune réaction dans le public. C'était l'hébétude dans les deux camps, les uns pétrifiés par la défaite, les autres chancelant devant la victoire.

– Rémy Gallic, en selle sur Durandal, prend la deuxième place ! a alors annoncé le président du jury.

Par respect pour les deux derniers concurrents, on a contenu notre joie encore quelques minutes, le temps qu'ils effectuent leur tour de piste. Quand le dernier a franchi la ligne d'arrivée, la fête a commencé, à la hauteur de l'exploit. Pendant plusieurs heures, chacun a oublié ses problèmes. On a bu, on a chanté, on a dansé, le bar du centre équestre a fait sa recette de l'année. Rémy était un héros et a répondu aux questions des journalistes. D'ordinaire réservé, il s'est plié au jeu des centaines de photographes amateurs, on lui a fait la ola, on l'a porté en triomphe, on a scandé son nom et celui de Durandal.

Sarah est restée jusqu'au bout en prenant soin de m'éviter. Le type que j'avais vu à ses côtés ne l'a pas lâchée, sans pour autant la tenir par la main ou l'embrasser. Ce n'était pas de la jalousie, j'avais juste envie de partager ces moments avec elle. Elle était le cinquième membre de la Team Losers, elle m'avait toujours soutenu, encouragé, poussé à me poser les bonnes questions, j'étais devenu le Che parce qu'elle l'avait écrit sur son blog. Je lui devais beaucoup, et je ne pouvais rien lui rendre.

26

Il nous a fallu plusieurs jours pour descendre de notre nuage. C'était une curieuse sensation, comme si plus rien n'existait. En ville, on était des héros, des filles nous refilaient leur numéro de portable, des adultes qu'on ne connaissait pas tenaient absolument à nous offrir une tournée de crêpes quand on retournait à *La Dentelle*, quelqu'un a même tagué sur le mur de mon immeuble un « Ici vit encore le Che », que Mme Brieux s'est empressée d'effacer.

Côté grèves, le mouvement qui donnait des signes d'essoufflement a connu un nouvel élan. Les rues ne se vidaient que pour la nuit, les slogans transpiraient d'optimisme et le combat promettait de durer encore longtemps. À en croire les anciens, Douarnenez n'avait pas connu une telle effervescence depuis des décennies. Et le plus incroyable, c'est qu'on y était pour quelque chose.

Le revers de la médaille, c'est que durant ces dernières semaines, le défi avait pris trop de place dans nos esprits. Une fois fini, il laissait un vide immense.

Je sentais toutefois que plusieurs grains de sable s'étaient glissés dans mon cerveau et m'empêchaient de profiter pleinement de la victoire. L'un d'eux concernait le défi, j'avais du mal à identifier l'autre.

C'est mardi soir que la nouvelle est tombée : le plan social des Ateliers d'Arincourt était abandonné et tous les salariés conservaient leur emploi. C'était une victoire pour ceux qui avaient mené la lutte, le spectre du chômage s'éloignait et l'été allait se décliner au rythme des vacances. Éléonore d'Arincourt avait viré Bayard de son lit et du poste de P-DG, elle était propriétaire des ateliers et reprenait les choses en main.

Le lendemain, ç'a été au tour de la conserverie Jaouen et de Jexol de céder. Encore une fois, c'était une bonne nouvelle, mais tous ces revirements me semblaient trop soudains pour être honnêtes et je gardais en mémoire ce que m'avait dit le journaliste de *Libé* à propos de l'Union des industries et des métiers de la métallurgie. Si de l'argent sale avait circulé en secret pour soutenir ces entreprises ou pour arroser les syndicats, cela signifiait que les plans sociaux n'étaient pas abandonnés, mais attendaient patiemment que la tempête sociale soit retombée.

On a longuement réfléchi à propos du chèque du skiff et on a décidé de l'encaisser. Ça faisait deux mille cinq cents euros chacun, aucun de nous n'avait jamais hérité d'une telle somme. On s'est creusés pour faire un cadeau à Éléonore, on a choisi un rosier portant son nom, lumineux, intense et généreux, c'était écrit sur le descriptif. On a fait un selfie de la Team Losers qu'on a fait agrandir au cas où elle voudrait l'encadrer et on a rédigé une belle lettre de remerciements. La grande question, c'était de savoir pourquoi elle avait accepté de nous aider. Était-ce par souci d'équité, avait-elle voulu emmerder Bayard ou lui était-on simplement sympathiques ? On s'est dit qu'il y avait sans doute un peu des trois et on a arrêté d'y penser en allant fêter notre soudaine fortune au cinéma et au *Bar à Tribord*. Ça faisait du bien de se retrouver tous les quatre, on avait vécu une grande aventure, on avait pris des coups et on en avait donné, mais ce qui comptait par-dessus tout c'est que, malgré les difficultés, on avait su rester une équipe.

J'ai eu une conversation avec Sarah. C'est elle qui m'a appelé, on s'est retrouvés sur la plage du Ris, pas loin de là où j'avais une fois essayé de courir. Elle a été directe, comme à son habitude. Elle avait bien réfléchi et, d'après elle, on était faits pour être amis. Je pensais que c'était une manière polie de m'annoncer qu'on ne se reverrait plus que par hasard, mais pas du tout. Elle voulait dire les meilleurs amis du monde, complices, alliés indéfectibles. Elle m'a même donné l'exemple de Kate Winslet et de Leonardo DiCaprio. Elle a quand même ajouté qu'elle n'était pas sûre qu'ils ne couchaient pas ensemble de temps en temps, mais que, en ce qui nous concernait, ce ne serait pas pour tout de suite parce qu'elle partait le lendemain pour son stage à *Libé* et qu'elle voulait avoir les idées claires. Ça m'allait, et je lui ai dit qu'elle était une drôle de fille ; elle m'a répondu que j'étais un drôle de mec, on s'est serrés dans les bras, on était Kate et Leo.

Le vendredi 12 juin à midi, Quentin, Jacques-Étienne et Hubert ont respecté leur engagement et sont venus manger à la cantine. D'abord stressés, ils se sont peu à peu détendus, pensant que nous avions seulement prévu de leur donner une leçon philosophique. Trois bourgeois déjeunant au milieu d'une foule de prolos, l'image avait une résonance symbolique dans ce climat de lutte sociale, mais ça n'était pas suffisant pour laver les humiliations qu'on avait essuyées. À la fin du repas, on s'est levés, on a formé un cercle autour de leur table et on a commencé à chanter *L'Internationale*. C'était une blague, à prendre au second degré, mais quand nos voix sont montées crescendo jusqu'à résonner dans tout le réfectoire, on en a eu des frissons. Quentin, Jacques-Étienne et Hubert n'ont pourtant pas tardé à échanger ces regards qu'on leur connaissait, mélange de mépris et de suffisance. C'était le signal qu'on attendait. Une pluie de petits-suisses s'est alors abattue sur eux, des centaines de fromages frais lancés en braillant. Je souhaite à tout le monde de vivre une fois dans sa vie un moment aussi dingue. C'est pourtant à cet instant que j'ai compris ce qu'était ce grain de sable qui grinçait dans ma tête depuis dimanche soir. Si notre gage était potache, moins humiliant que la punition à laquelle on aurait dû se plier en cas de défaite, il n'était pas exempt d'une certaine animosité, et je tenais à ce que tout le monde comprenne bien pourquoi on avait fait ça, à commencer par Quentin, Jacques-Étienne et Hubert. Je me suis par ailleurs promis intérieurement que c'était la dernière fois que je prenais la parole en public ; après ça, j'abandonnais le flambeau.

J'ai fait deux pas en avant et le calme s'est abattu dans le réfectoire. Ça m'a mis mal à l'aise et limite énervé. Je n'étais ni le Duce ni un quelconque chef de guerre qu'on suit aveuglément, je n'avais aucune vérité biblique à délivrer, juste un sentiment auquel je croyais. J'ai attendu que les trois bourges essuient le plus gros des petits-suisses qu'ils avaient sur les yeux et dans les oreilles et j'ai lâché ce que j'avais sur le cœur :

– Vous avez tout perdu, les mecs, le défi et le contact avec la réalité ! Depuis le début, vous pensez qu'on ne peut pas s'encadrer parce que vous êtes des bourges et nous des prolos, mais c'est plus simple que ça. À nos yeux, vous n'êtes pas trois bourges, vous êtes trois grands cons, sans valeur ni morale, juste tournés sur vous-mêmes. Un jour, vous nous avez demandé si tout allait bien dans notre XXe siècle, si on pensait rétablir les kolkhozes. Ce jour-là, vous vous êtes bâchés tout seuls. Vous vous croyez visionnaires, mais vous êtes des arriérés, incapables de voir que le monde est en train de changer et qu'on est tous pareils, condamnés à faire avancer le même bateau. Brillez dans le commerce ou la finance, gagnez autant d'argent que vous voulez, on s'en fout. La seule chose qui fera de vous des types meilleurs que ce que vous êtes aujourd'hui, ce sera votre façon de le dépenser. Tous pareils, que ça vous plaise ou non !

Je pensais qu'au moins l'un d'eux allait répliquer, me faire un de ses sourires narquois ou même un doigt, mais non, le silence s'est de nouveau imposé, au point que je me suis dit que j'avais ruiné l'ambiance. C'est à cet instant que j'ai senti un petit-suisse s'écraser sur ma tête. Je me suis retourné et j'ai vu Antoine, un sourire lui remontant jusqu'aux oreilles.

– Tous pareils, le Che !

Ça aurait pu être un autre, mais c'était mieux que ce soit lui, mon pote fidèle parmi les fidèles depuis bientôt un an, le premier à m'avoir adressé la parole dans la cour de Saint-Hilaire. Je ne sais pas combien de petits-suisses ont encore volé dans le réfectoire mais, très vite, il a été impossible de savoir qui était qui. Maculés de blanc des pieds à la tête, on ne faisait pas mieux comme métaphore de la fraternité. J'ignore si Quentin, Jacques-Étienne et Hubert ont participé au délire, ils auraient pu, ça n'avait plus d'importance parce que tout avait été dit.

C'était il y a un mois.

Ensuite il y a eu le bac de français, treize à l'écrit et dix-sept à l'oral, merci *Lorenzaccio*, et un petit onze en sciences alors que je n'avais pratiquement rien révisé. Kévin et Rémy ont fait à peine moins bien, quant à Antoine, il a obtenu son bac pro et a dans la foulée été embauché à plein temps par son patron. Ça, c'est pour le côté pratique. La vraie bonne nouvelle, c'est qu'Éléonore d'Arincourt a acheté les quatre toiles de mon père. Quarante mille euros cash, de quoi régler toutes nos dettes en un claquement de doigts. C'est beaucoup d'argent, mais paraît-il qu'elle s'est fiée à ce que lui a dit son ami commissaire d'exposition. J'ignore la nature de la relation qu'elle entretient avec mon père, je sais juste qu'ils s'apprécient et se voient de temps en temps, ça me suffit.

Mon père a démissionné de son boulot d'agent de propreté urbaine et a promis de se mettre sérieusement à la peinture. Il a même cherché dans son foutoir la carte du type qui lui avait proposé d'exposer à la galerie Saatchi. En attendant, il nous a trouvé un appartement à Londres pour passer les vacances, exactement ce dont j'avais besoin pour évacuer la pression des dernières semaines.

Camden Town, à deux pas de là où on habitait. J'ai retrouvé mes copains, les rues où j'aimais traîner, les bars et les magasins de fringues et, pourtant, quelque chose n'allait pas. Rien n'avait réellement changé; c'est moi qui avais grandi et qui n'étais plus tout à fait le même. Et il y avait cet autre grain de sable, dont je commençais à cerner les contours, qui m'empêchait de trouver le sommeil même quand je me couchais tard. Il concernait Éléonore d'Arincourt, et forcément Camille, que je n'avais pas revues depuis la fameuse réception. Avec le recul, elles restaient pour moi des énigmes, et je n'étais plus très sûr de les avoir bien jugées. Comme je l'avais espéré en me rendant chez elle ce soir-là, Éléonore s'était tenue au-dessus de la mêlée. Elle nous avait aidés pour le skiff, elle avait prouvé par la suite qu'elle croyait sincèrement aux talents de peintre de mon père. Ni dans un cas ni dans l'autre, je n'avais senti que c'était par charité. C'était une femme riche et, l'un pouvant aller avec l'autre, elle avait du cœur et des convictions. Quant à Camille, les derniers mots que je lui avais jetés à la figure me sont revenus comme un boomerang. Je l'avais traitée de princesse cherchant à se faire culbuter par un paysan, c'était dur, cruel, et finalement peut-être injuste. Ça m'a travaillé toute une nuit. Au matin, j'ai écrit une lettre dans laquelle je m'excusais pour ces mots lâchés sous le coup de la colère. Je n'espérais rien en retour, je comprenais même les photos qu'elle avait postées sur Facebook. Je lui ai parlé de Londres et lui ai souhaité de belles vacances, sans évoquer le fait qu'on puisse se revoir un jour.

– Camille ?!

Je l'ai trouvée devant le *Fifty-Five*, un pub à l'angle de Jamestown Road et d'Arlington Road, en train de consulter un plan de Londres. Combien de dieux s'étaient relayés jour et nuit pour façonner une fille aussi belle ? Elle a levé les yeux et m'a dit avec une moue à laquelle il était inutile de résister qu'elle était perdue et ne retrouvait plus le chemin de son hôtel.

J'avais posté ma lettre trois jours plus tôt, on ne faisait pas plus réactive. Je n'ai pas cru un mot à son histoire d'hôtel qu'elle ne retrouvait plus. C'était une conversation que nous avions eue la fois où elle avait apporté des gâteaux à la maison. Elle m'a d'ailleurs avoué un peu plus tard que cela faisait deux jours qu'elle faisait exprès de se perdre dans Camden Town et qu'elle commençait à connaître le quartier comme sa poche.

Je n'aurais jamais osé rêver qu'un tel jour puisse arriver, mais il est bien là. Je suis devant le *Harlingford Hotel*, en face de Cartwright Gardens, Camille d'Arincourt y a réservé une chambre double pour encore quelques jours que nous pourrons prolonger d'un simple coup de fil à la réception. Je la suis dans l'ascenseur et c'est elle qui m'embrasse dès que les portes se referment sur nous. Quand ses lèvres quittent les miennes, c'est pour me dire qu'elle me pardonne pour le mal que je lui ai fait, mais que j'ai intérêt à me rattraper durant les cinquante ans à venir. C'est plus fort que moi, j'ai une pensée pour tous les prolos que je suis en train de trahir mais, très vite, je réalise qu'elle en fait autant avec les siens. On mélange les torchons et les serviettes, on se fout du reste parce qu'on s'aime ; y a-t-il autre chose qui vaille, en ce bas monde ?

FIN

Remerciements

Je tiens à remercier chaleureusement Gérard de Cortanze pour m'avoir encouragé à écrire ce roman, pour l'avoir lu en deux jours et pour avoir transmis son enthousiasme à toute l'équipe à Albin Michel.
Je remercie tout aussi chaleureusement Karine Van Wormhoudt, mon éditrice chez Albin Michel Jeunesse, avec qui tout devient simple.
Merci à Charlène, 17 ans, pour avoir été la première à dévorer ce roman.
Merci à mes parents, ma femme, mes filles, les amis proches et lointains, tous ceux qui ne demandent pas si, en dehors de l'écriture, j'ai un vrai métier.
Merci tout particulièrement à mon père, mon premier lecteur, qui me corrige avec autant de passion depuis mes premiers textes.

D'autres titres Albin Michel :

Audren, *Wild Girl*
Jay ASHER, *Treize raisons*
Sherman ALEXIE, *Le premier qui pleure a perdu*
Jennifer BROWN, *Hate List*
Jennifer BROWN, *Tornade*
Fabrice COLIN, *Le Pays qui te ressemble*
Michelle DALTON, *15 ans*
Jenny HAN, *L'Été où je suis devenue jolie*
Jenny HAN, *L'Été où je t'ai retrouvé*
Jenny HAN, *L'Été devant nous*
Jenny HAN, *L'Été où je suis devenue jolie, L'intégrale*
Ami POLONSKY, *Le Secret de Grayson*
Joyce Carol OATES, *Un endroit où se cacher*
Joyce Carol OATES, *Ce que j'ai oublié de te dire*
Meg ROSOFF, *Au bout du voyage*

Retrouvez-nous sur :

AMJ_romans amjromans

Création du logo litt' : Isabelle Southgate.

Impression CPI Bussière en octobre 2017
ISBN : 978-2-226-32844-1
ISSN : 2430-6290
Numéro d'édition : 22278/02 - Numéro d'impression : 2033154
Dépôt légal : janvier 2017